鄭清文

紅磚港坪

短篇連作小說集

2

戰後・戒嚴篇

目次

追尋文學的極光
——導讀鄭清文《紅磚港坪》／彭瑞金——5
紅磚港坪的走讀／楊富閔——17
序，和幾點說明／鄭谷苑——23

戰後・戒嚴時期（一九四五～一九八七）

求龜——30
班車上——37
乳房記憶——66
吳雪玉——99
壽山三年——151
張杏華——196

家庭會議——224
第三水門——242
抓魔神仔——254
觀音山——282
同學會——298
山腳村——325
蚵仔麵線——373
學生畫家——388
鰹節——418
人像——429
囚——447
命運論者——469
紅磚港坪——490
附錄／鄭清文手稿——521

追尋文學的極光
——導讀鄭清文《紅磚港坪》

彭瑞金

《紅磚港坪》是鄭清文最後的作品，但顯然是未完成的作品。鄭清文走得有點突然，他去世的前一個禮拜，和文友聚會時，還認真地向在場人士探尋若干台灣歷史事件的細節，都和他的「石世文」系列有關。他一向都是非常注意作品細節的作家，所以慢工出細活，作品量不算多。我在悼念他的文章中說，感覺上，他一直都在寫，只要開口向他邀稿，一定有邀必應，頂多說讓他寬限幾天，有些小細節還要再修改。他走了快一年，不想他的時候會錯覺他還在他的書房裡寫作。記憶沒錯的話，他的「石世文系列」作品，是他退休後就開始構思，動筆迄今恐怕有十年吧！他的寫作步調不急不徐，但節奏明確，石世文系列是個典型。《紅磚港坪》就是「石世文系列」的總體呈現。

李喬是鄭清文的文學至交，很得意地宣稱，自己七十歲以後，還寫了好幾百萬字，想寫、要寫、能寫的都寫完了。言下之意是為老友惋惜，認為鄭清文還有要寫的作品未完成就走了。全面讀完「石世文系列」之後，我不以李喬的看法為然。年輕、甚至盛壯之年的鄭、李二人的文學，都是相同的尋尋覓覓。尋找自己、尋找人生、尋找生命的意義。我曾經說過，李喬在他的「幽情三部曲」，甚至是《散靈堂傳奇》，都已經找到了清楚而明確的答案，我頗能體會他所謂的使命已經完成的心情，因為雙腳已明顯不若從前有力的李喬，心靈、思想上却已經暢行天地無阻。鄭清文不一樣。老年鄭清文，還是不斷地在尋找、在追尋。鄭清文認為，文學就是在找尋自己，尋找人生，那是不會有答案的，或者說人生的答案是存在的，人生的終極答案就像那極光，文學的極光，不是所有的寫作者追尋一生，就必然有幸目睹。

鄭清文自銀行退休後，不知道被多少人問過，他是否還在寫他的畢生鉅作——長篇。問的人可能基於兩種心理：一是，長篇才是一個作家完美的畢生之作，以鄭清文的文學功力而言，那是必然要有的輕易之舉。一是，「石世文系列」給人，「那就是了」的印象。讓關注鄭清文文學的人見獵心喜。據我所知，鄭清文從未給過明確的答案。同樣也是讀過「石世文系列」之後，我才完全瞭解他那微笑不答代表的意義了。一方面，固然是因為他對文學類型的認知和別人不同，他無法預料、預先設定「石世文系列」可能發展的規模，和他的「尋找」理論一樣，連他自己也不知道，何時或一定可以找到那人生或生命的極光。另一方面，大部分的人都認為，長篇小說或大河小說，一定要有歷史或家族史背景。「石世文系列」雖有家族史的影子，也有台灣近現代史的投射，但整個「故事」並不按照家族史或大歷史的脈絡在發展。

「歷史軸心」在這個系列裡，被壓扁了，讀者幾乎看不到它的軸心，但是家族和台灣史的影子卻如影隨形無所不在。在結構上，既不是源遠流長的大河形式，也不是大樹幹式的由根及幹，由幹再分支，更不是建物式的照建築藍圖施工。它比較接近蔓藤式地；不斷地漫渙出來，葛藤交纏，像番薯藤一樣，有它的原始點，一旦藤葉繁茂、不斷地從葉目上分出新枝之後，彼此間既分不出層屬，也辨不出先後，只知道和石世文這個人有連結，連結到他的父、祖、伯、叔、伯母、阿妗、姑姑、嬸嬸、兄、嫂、弟、弟媳、侄子、姪女這些家族成員，也連結到姻親、同事、青梅竹馬的玩伴、上學後的同窗、鄰居、街坊，甚至是社區公園裡一起下棋的棋友、唱歌的歌友、聊天的話友，偶然在公園裡遇見的寫生小女孩，而這些像在蕃薯藤園呈現出來的，平面連結出來的眾生臉譜，又不乏其立體、有歷史縱深的個人生命故事或家族、或家園、或大時代、或某歷史、社會事件的「歷史」，就不只是每一枝分岔出去的番薯藤有故事，而是每一片葉子都可能有它的故事。鄭清文在「石世文系列」，是把每一片葉子當做獨立的生命在找尋。雖然，石世文是主角，但鄭清文不是只說、只找尋石世文一個人的生命故事，而是透過石世文這條藤，把和他同時，也是同空間存在的「生命」，都加以尋思、探索。這樣的「故事」是何其龐大的寫作「計畫」，叫他如何回答它是屬於怎樣類型的作品？也就莫怪他只能微笑以對了。

「石世文系列」的「結構」特色，在於沒預設的「結構」。正如生命之不可預設，順著石世文的生命藤走，誰能預測他的生命會遇上怎樣的人、怎樣的事？鄭清文寫「石世文系列」和一般小說家一旦架構好小說人物的命運，想好了人物、事件的情節，然後依計畫寫作的情形，很不相同。在某種程度上，他可以說是奉行寫實主義的精神，他不寫他不知道的事情，這不是說他的小說沒有想像、沒有虛構，而是另一種寫作態度，鄭清文的寫實主義是「我寫的、我負責」。他負的不是法律責任，而是人道責任，他的文學，他的小說既然是尋找自己、尋找人生，當然就是在尋索生命的真諦，這又豈容向自己造謠、說謊、作假？「石世文系列」的石世文，當然不是鄭清文，石世文是中學的生物老師，鄭清文一輩子都在銀行上班，是銀行家。石世文教書之外，是畫家，鄭清文不畫畫，只寫小說。不過依小說情節推算，石世文出生於一九三二年，在日治時代完成小學教育，剛進入中學，和鄭清文同年。他們都在小時候過繼給自己的表親，都在舊鎮長大。他們活在同一時代、同一空間。他們的生命歷程中，從生長環境而言，他們經歷過相同的人與事。他們同樣出生在勞動家庭，長大後却蛻變為中產階級。這麼多的相同，只是要證明「石世文系列」寫實有據。

歐諾黑．巴爾札克（一七九九～一八五〇）被譽為法國寫實主義文學的開山鼻祖。他在一八三〇年代決心去分析闡明支配人生與社會的各項原則，揭示人類行為產生的各種原因，以及社會因此形成的各種風俗，寫成一套見證一八三〇年代大巴黎生活的《人間喜劇》。「人間喜劇系列」大致上分六大方向：私人生活、（相對於巴黎的）外省生活、巴黎生活、政治生活、軍隊生活、鄉村生活，也就是發動六大寫作收尋引擎去收集寫作題材。巴爾札克的寫作顛覆了過去文學創作、藝術表演只關注帝王、貴族及神職人員的「古典」思維。他的《人間喜劇》，雖然不如預期地寫出一百三十七部，但從一八二九年到一八四七年，一共完成了九十一部，裡面寫到的人物則多達二千四百七十二人。這些人物包括了貴族、官吏、士兵、主教、神父、銀行家、高利貸業者、車夫、乞丐、妓女、女僕……而且從都市到鄉村，從高階到低端，徹底打破了沙龍文藝的褊狹文藝。

鄭清文在「石世文系列」裡的人物屬性，以「三教九流」實在還不足以形容。其實和巴爾札克想藉由《人間喜劇》呈現巴黎的寫作意圖相同，不外是呈現他所經歷的時代和社會，它是怎樣的時代、怎樣的社會，就會有怎樣的人。由於「石世文系列」裡的人物，他們經歷的時間，有日治、有戰後，當它們被「壓扁」來看時，他們只是和石世文的身世，產生平面的連結關係，只是石世文這個生命體的人際網絡的一環，但只要把每一個生命鬆開來看，從各個生命體的生命經歷（史）看，它就可以上天下地，連結出一個完整而立體的時代來，而且「歷時」長遠。我認為這是鄭清文刻意的別出心裁，因為如果刻意或明確地立起歷史發展的主軸，由時代、歷史來看人生，那會被扭曲為操縱或主掌人生和時代、社會的是時間，是歷史，從歷史去解釋人的行為、風格，而不是人，也就不是從人的角度去探索人，還可以稱為人生探索嗎？石世文是整個系列的主腦人物，但他既缺乏英雄事蹟，也沒有坎坷的人生際遇，作者也無意將他塑造成悲情或英雄人物，作者只是以他作為整個系列的連結點，就是在暗示他想呈現的是大時代的故事，而不是某一個人的故事。石世文經歷的時代，也是作者本人經歷的時代，但寫的不是歷史，只是人的生活。

從石世文連結到虯毛伯，連結的就是像李姓家族這樣的、跨越戰爭和戰後世代的家族生活風情，但也由家族輻散出去，成為那個世代社會共同的生活風情。而李家或社會的世代相傳，又把李家和李家周邊的親友、鄰里街坊，甚至不甚相關的路人甲乙，將之立體化為一個時代或一段歷史。巴爾札克完成九十一部《人間喜劇》，並不是整齊的系列小說，有的還被歸類為隨筆，意謂只是隨手記下的人間故事，小說也是有長有短。不去特意用力加工的生命故事原型，不都應該如此嗎？不才是生命現象的「真相」嗎？《人間喜劇》如此，「石世文系列」也是如此。稱之為「石世文系列」是要接近作者寫作的真實情況，此系列非彼系列，和「系列小說」的定義並不相同。「石世文系列」的瑣碎問題，完全肇因於作者的表現觀念，試問活在同一世代甚至同一個家庭的人，就必然有生命的連結，會碰撞出生命火花？有值得記述的生命故事？萍水相逢的陌生人，就不可能擦出生命的火花嗎？

從長長的生命之旅去看（石世文至少是從一九三〇年代活到二十一世紀的人），有的是血脈根源或姻親關係相繫的親人，有的是互動良好或沒有互動的街坊鄰居，兒時戲水，玩朴子管的玩伴，一起到馬場町看被槍決的政治犯屍體的同學，戰時家人遭米機炸死的孤女，開麵攤的，混黑道的，當神棍的，銀行裡性騷擾下屬的上司，因失戀殺光理髮師一家人的副排長，被人連續故意撞死的掃街老夫妻，戰爭時的三腳仔，戰敗的日本人，二二八事件，白色恐怖，山豬坑事件，唐氏症，留學回來的法學博士不守法，魔神仔，算命，趁食查某，西方繪畫史，台灣老畫家和他的畫，校園之狼……如此列下去，還會有一長串的，出現在「石世文系列」裡的人、事、物。不過僅就上列就足以見識系列不僅無法分類排列，也無法輕易裡出頭緒。雖然所有的一切都是從石世文這個人輻散出去，但石世文不是這些人也不是這些事的軸心，更缺乏有機的連結。連結這些人和這些事的，只是石世文生活、存在的空間。如果從長篇歷史小說或講究小說結構的系列小說概念去看「石世文系列」，會有找不到頭緒的困惑，當然也會迷失在「石世文」這個人物的身世探祕的迷宮裡，但如果只是以翻閱時代（也是特定世代）風景圖的心情來翻閱石世文同時代人、經歷的歲月風情，又能鎖定和系列故事場景相同的地標。那麼，每一翻頁都可以連結出一篇讓人或會心一笑，或齜牙怒斥，或血脈賁張，或仰天長嘆，或垂首啜泣……的共鳴，系列不是主觀、預設意識形態或立場去表述，而是客觀且刻意隱去作者個人意識的許多人、許多事的亂集合。鄭清文可以說是有意地不提供他個人對歷史，包括人物事件的解讀，他要讓讀者自己去感知。所以，「系列」沒有主角，但每一個出現的人物都是一個角色，也都只上演他演出的部分，讀者不必問，某個書中人物的來路，也不必問某個書中角色的去蹤，他（或她）就是真實出現在「系列」的時空。同樣的，書中出現的事件，也沒有大事、小事，或主要事件次要事件之分，它就是真實出現在「系列」人物並存的時空。

四十年前，我第一次評論鄭清文小說，用的是「大王椰子」的意象，代表我對他的作品的理解，靈感來自他的一本小說集《校園裡的椰子樹》。但椰子樹有很多種，我拜曾經在台灣最南端鄉鎮的最高學府服務之賜，知道校園裡的椰子樹，絕大部分是不結椰果的大王椰子。很多比較「年長」的樹園，甚至公園，還有屏鵝公路的兩旁，都以大王椰子為行道樹。圓柱型的樹幹，宛如水泥灌注的電線桿，動輒兩、三層樓高。維基百科說，大王椰子學名王棕，高可達三十米，一九〇一年，由日本人引入。比較令人訝異的是，樹幹沒有分枝，上下粗細幾乎一致，葉子像筍殼一樣，瓜熟蒂落時會自然剝落，開花結果乏人注意，自然也乏人照拂，它就這樣直挺挺靜默地長在路邊、道側，經歷酷暑寒天不稀奇，就算颱颱風、大地震，它也沒有倒下，平時誰也不在意它的存在，發現它時，往往都是存在數十年的老欉，越看越令人敬畏，它是怎樣的「生物」可以這樣靜默挺立數十寒暑「不動」如山？越想越令人心中發毛，它是怎樣的「怪物」，可以這樣強韌地矗立人間？神木之所以為神木，是因為它長在人跡罕至，雲霧繚繞的仙境，設若不然，早已被當柴燒了，或是化為桌椅櫥櫃；大王椰子混居人間的能耐，連神木也不及。

雖然，後來學界和評論家都相襲以冰山理論詮釋鄭清文文學，多半指的是他用語簡省、表現素樸，讓人看得到的只是冰山一角，水面下百分之九十的，都被他藏了起來。我認為這只是他的表現手法，他本來就不是習慣用長篇累牘表達自己意見、想法的人，言簡意賅是他的表現手法與特色，如果冰山理論被詮釋為他思想上的藏私，就是誤讀了。據我所知，鄭清文那一代的台灣文學人，多少都有台灣文學宣教師的使命感，只有恨不得使出渾身解數把台灣文學宏揚出去，豈有藏私之理？在文學意象上，我認為大王椰子更為有理，它始終就是無遮無掩，昂然挺立在那裡。「石世文系列」的輕描淡寫，秉持的是鄭清文一貫的文字風格，只有用心體會他那大王椰子般的堅韌，才可以了解鄭清文終極的文學追求。

「石世文系列」除了壓平整個系列故事的時間軸，避免閱讀者對其「歷史」有過多的聯想，以還原每一棵大王椰子的生命位置外，鄭清文也刻意在人物的空間關係上予以淡化，以保持各個生命體的獨立存在，但並不表示這些故事是散裝的。他只是避免閱讀者便宜行事隨便撿一張舊鎮史、一張家族史、一張民族史、一張國族史之類的大包裝紙包起來，他採用的是小包裝。「皇民化時期的教育」是一張，「一九三〇年代出生的舊鎮人的童年、童玩、童趣」是一張，「二二八事件及其周邊」是一張，「白色恐怖及其周邊」是一張，「同學會」是一張，「公園即景」是一張，「台灣畫家及其畫作」是一張，「重逢十五、二十歲時」是一張、「小舞台」是一張……和系列被壓平壓扁的時間軸一樣，它形成了可以無限延伸的小說結構發展機制。系列中，每一個人物（和石世文的連結）和每一個人物生命的時間斷點，都具有再延伸的平台和機制，但它也可以就是斷點或終結的句點。像阿米巴一樣，是購成生命的基本元素，整體又是一完整的生命體。

以「虬毛伯」為例，它可以從〈童伴〉、〈土人間〉、〈阿子〉、〈大和撫子〉、

〈李宗文〉、〈李元玲〉……接出整個日治時代出生的一代人的童年，以及他們在戰後一生的發展。像李宗文在戰後商戰場上的爭逐，李元玲想進入學界發生的〈狼年紀事〉，〈大和撫子〉川口秀子代表的女性生命滄桑，〈童伴〉阿水、阿盛、陳明章、黃錫坤、金星、阿美……構成的終戰前後的舊鎮人的生命史，沒有一個不是可以繼續延伸出去的生命故事。隨著「石世文」這號人物的生命史推進，路上會有生命、故事，不斷地湧現，「系列」的沒有架構的小說結構，儼然已是無限龐大的寫作架構，但它也不是一座沒有完工的建物，每一個生命故事都有清楚的斷點，就每一個斷點而言，都是一個完整的生命故事。系列的每一個斷點，都留給閱讀者意猶未盡的無限遐思，就是鄭清文一貫的風格。如果有人想問他，故事的續集是什麼，他一定會回答，人間故事豈能說得完？

鄭清文在構想寫作「石世文系列」之前，就對系列的形式和內容，有了充分確切的掌握，不是隨興所至地任意寫。證據是他在序曲就讓石世文的姪女李元玲讀中文研究所碩班的研究題目定為〈《十日談》和《聊齋》的比較研究〉。我讀到這裡，不由得向鄭清文豐富的學養脫帽致敬。這兩本文學名著，一本是說不完的人的故事，一本是說不完的鬼故事。一本是西方文藝復興時期的代表作，一本是中國文學不問蒼生問鬼神文學的標竿。個別是人的故事和鬼（狐精、仙、妖）的故事就可連結成兩部巨著，沒有人會說《十日談》或《聊齋》是一部未完成之作，也沒有人說它們不可以無限擴充下去，「石世文系列」正是這樣的理念下形成的作品型態。

不過，鄭清文的「石世文系列」裡的人的故事，都烙有「台灣」二字的浮水印，一定都是發生在台灣歷史裡和台灣這塊土地上的人與事。這個印記是標示作者自己存在時空位置的標記，強調自己做為一個台灣作家關心的是台灣人與台灣事。他寫的不是泛人間的故事，即使他寫的這些故事經得起普遍人性的檢驗也經得起時間的考驗，也不會影響、改變他是一生都堅持只說台灣故事的台灣小說家事實。也許，鄭清文和所有偉大的小說家都一樣，一生的寫作都難免有或短或長的寫作歲月，躑躅在尋尋覓覓，尤其是鄭清文，一生從不對自己的寫作內容夸夸而談，也從不向人預示自己的未來寫作計畫是什麼？只是默默不急不徐地寫，套一句文友的話：鄭清文可惜了，還沒有寫出一部畢生代表作。我沒有仔細追究，指的是他的大部頭長篇，還是人稱的大河小說？相信讀了「石世文系列」的人，都會了解鄭清文在這個系列裡對文學、小說定義、形式的追尋，得到了怎樣的終極答案，可能就不必為他的文學抱憾，應該為他慶幸他晚年最後的終極之作，已然為他的文學找到了極光。

彭瑞金，靜宜大學台灣文學系退休教授。

紅磚港坪的走讀

楊富閔

鄭清文的小說風格獨樹一幟，將近六十年的寫作路走來，學界早已積累相當豐沛的論述文字，國內外諸多文藝獎項的肯定，在在說明鄭先生創作的經典意義。一名作家持續創作超過半個世紀，從一九五八年於《聯合報》發表〈第一課〉以降，直至此刻抵達我們眼前三十萬餘字的《紅磚港坪》：我們應當如何綜觀他的文學生命與寫作故事呢？《紅磚港坪》的適時出現，可以說是二十一世紀重新理解鄭清文創作的轆轤性作品，它在鄭清文創作脈絡具有超越「遺作」、「未完稿」等分類的位置意義，而定錨「紅磚港坪」作為全書命名亦相當精準，卻非一個斷點，它倒像一趟文學生命的走讀行程：我們可以於此出發，沿岸聆聽鄭先生說故事；可以乾脆縱身躍入河心體會水線高低，鄭的多少人物於焉登場、從此離去。《紅磚港坪》整部小說的結構得以成立，與小說家如何想像設計此一不尋常的場景，關係尤其密切：

大水河，公會堂那一段的港坪，也就是堤坡，呈ㄣ型。上面一段是較長的斜坡，中間有一條順著河流的通道，下面是一段較短，也較陡的斜坡。斜坡很特別，都是用紅磚串成的。（《紅磚港坪1》，頁二〇九）

紅磚港坪，外觀特殊，小說家反覆書寫，再三強調，它每每讓串流的故事都因有了港坪得到喘息，只是紅顏色的斜坡面，它將形成一種怎樣的視角呢？閱讀《紅磚港坪》即可發現，故事與故事之間其實總有故事，而故事也有屬於自己的故事，如同曾經漫漶但總有自己水路要走的大水河，我們必須學會放心跟隨鄭的敘事節奏，登上紅磚港坪，方能經由小說家的文字視線，走入這部以石世文為核心，時間跨度極大的舊鎮滄桑備忘錄：

公會堂的南側，流著大水河，在紅磚港坪的上方，種有幾棵大樹。從西端，也就是從媽祖宮通往河邊的大路那邊算起，有朴子樹、大榕樹、苦楝、榕樹、烏屎榕，還有一棵已枯萎，只剩下半截樹幹的樟樹，和一棵合歡。

在樹下，放著一排石椅條，可以觀景，也可以坐涼。在大榕樹下，還放著一些石柱和石碑，是修建媽祖廟時，移到這邊來的。

坐在石椅條上，可以看到海山郡，也可以看到台北市。前幾天，就有不少人在這裡看著台北市遭到轟炸，起火燃燒。（《紅磚港坪1》，頁二五〇）

《紅磚港坪》的故事背景橫跨戰前戰後，小說家處理戰前戰後的敘事筆調並不相同，讀者不妨加以比較；而熟悉鄭清文的讀者，很快也得以在《紅磚港坪》找到諸多類似的題材、熟悉的形象、經典的場景；有趣的是，這些原本散落報刊雜誌的故事，因著「成書」而匯流來到《紅磚港坪》，當下彷彿我們（包括鄭先生），跟著一同站在河堤見證六十年來舊鎮、沙洲、大水河等書寫，它在小說家筆下的歷時變化。換言之《紅磚港坪》於我而言，更像一名做為台灣小說家關於「何謂創作」的一場自省，是我們喜愛的鄭清文在回望「小說家鄭清文」的寫作筆路，是一個關於怎麼寫的展現；也是一次關於寫什麼的集合。如此理解小說家何以將石世文做為醉心繪畫的身分設定，也就有了更為飽滿的象徵意涵：小說家對於人物寫作的傾心，與石世文對於畫人的理念其實遙相呼應；而做為「過繼子」的家族身分，與其漣漪擴散的人事牽絆，情場糾葛，乃至歷史暗喻，也就增添情節更具思辨的解讀空間。

眾所皆知，鄭清文的敘事語言相當節制，許多故事戛然而止，杳無水痕，小說家的點到為止，誠如他所私淑的冰山理論，有著一以貫之的美學信念，而紅磚港坪此一地貌無疑是方法論的再提升，新作我們可以藉由石世文的一次回鄉奔喪，她與舊識月桃來到堤岸，上與下之間，小說家給了我們觀看這部巨作的線索：

「這紅磚坪，一直伸入水中？」

「沒有錯，下面也是紅磚坪，一直到河底。水雖然不是很乾淨，不過洗過的地方顏色還鮮明。」（《紅磚港坪2》，頁五〇一）

水面之上是紅磚坪，水面之下還是紅磚坪。作為支撐鄭清文創作的新的方法論，它統合了過往我們熟悉的大水河意象，也內建了一組關於谷地的視角。深入水中的紅磚色提示了水勢的起落，生活經驗的提煉知察、生命最難以言說的，那些不能名狀的各種名狀，褪色中的紅磚仍是歷歷在目——差別是水色不再清晰。這顯眼的不常見的紅磚色，傾斜的四十五度，成為推動情節的重點地景。三十七萬字一路讀來，我們知道行到紅磚港坪得以遠望將臨的轟炸機，它能夠指引你判斷台北的方向是在哪裡；港坪上還能看見空襲過後的總督府，以及鐵橋上的白煙火車，當年嬉鬧的朴仔樹，朝鮮婆仔正在走來，還有石椅條上的呂秀好、林里美……

鄭清文藉由《紅磚港坪》寫活了諸多女形人物，全篇讀來我最揪心卻是做為過繼子的石世文，與其心理狀態的幽微變化。同名篇目〈紅磚港坪〉寫到石世文回到舊鎮參與阿雲姊的喪禮，他與阿雲姊當年一同過給了阿舅，然而此刻前來執行封釘儀式的卻非石世文，而是生家的親生大哥李宗文。換言之，過繼身分不單只是人物背景，而具有觀點設定的殊異功能；紅磚港坪曾有他們兒少嬉戲的身影，流轉在世文、宗文、友文之間的手足心事，以及世文如何找到做為過繼的發聲立場，小說家看似輕輕帶過，對於理解世文的心理狀態其實幫助甚大，同時也與開篇建造家族墓的精湛描寫連成一氣，成為全書系列創作耐人尋味的一道伏流，值得我們繼續探究。

鄭清文先生是我最欽佩的台灣小說家，他那句台灣作家要有信心，時常迴盪在我的耳際。回想這份文稿厚達一千多頁，放在我的背包陪我南下北上，半刻不敢鬆懈，我幾乎不捨得將它一次讀完，讀完某個章節，我就溯流而上，找出系列過往鄭的相關作品，如此看完《紅磚港坪》，竟已近乎看遍鄭先生的創作。突然我就察覺：會不會這正是《紅磚港坪》最理想的讀法，每個章節都像生命切片，讀者得以任意行走，拉出線面，動態地看到一張龐大且複雜的故事地圖，看到舊鎮故事的變與不變：

> 河的對面已經變了，而這邊也將改變。會怎麼改變呢？
>
> 紅磚港坪就要消失了。從舊鎮消失，從他的記憶裡消失。他走過台灣的一些地方，好像只有舊鎮有這種紅磚的河堤，其他的都是用竹籠或鐵絲籠裝石頭做成的石籠。實際上，舊鎮，從媽祖宮前面的通道走過來，有一段石階，上游也是石籠。如果這是台灣唯一的紅磚斜坡堤，也將要永遠消失了。（《紅磚港坪2》，頁四九五）

紅磚港坪不會消失。好幾年前我在台大後門，巧遇以傘為杖的小說家，那時我是名年輕的碩士班研究生，不知哪來勇氣，跑去向他搭訕，一問之下，這才知道他正要去的地方，正是我剛下課的台文所。我主動說要陪他走路，短短幾分路途，忘記我們是否有所交談，我的情緒十分雀躍卻是真的。如今倒像鄭先生引領著我重返小說現場，攀上紅磚港坪，連帶回顧起了他那創作生涯的過去到現在。閱讀《紅磚港坪》心情多次起伏，我何其幸運得以逐字逐字的讀，並與他對小說藝術終其一生、努力不懈的精神對話。我也可以寫六十年嗎？這才發現鄭先生早已沿著港坪走遠：大水河前、正榕樹下，石椅條上他安安靜靜坐了下來。

楊富閔，小說家，台灣大學台灣文學研究所博士候選人。著有《花甲男孩》等作品。

序，和幾點說明

鄭谷苑

大約二十年前，我的爸爸鄭清文從華南銀行退休了，很高興有更多的時間來寫作。低調的他，安靜的跟我說：「我一定要寫，有些東西只有我能寫。」從那時候，他不斷的構思，收集查證資料，和寫作。在過世前幾天，他還跟我說：「我還有二十幾個故事可以寫。」在整理他的文稿時，除了《紅磚港坪》所收錄的文章（大多是已經發表的）之外，還有只有構想的、有大綱的、寫一半的，還有幾乎完成的作品。無論完成與否，這些都是爸爸心中，他應該要來寫的東西。

他說「只有我能寫」的意思，和他描述自己成為作家的文章〈偶然與必然──文學的形成〉有類似的想法。那篇文章，主要是講根據成長時代背景、語文能力、求學、就業等人生歷程，表面上看來，他能夠成為一個作家似乎只是一件偶然的事，其實裡面有其必然性。而他退休之後「一定要寫」的，是從日治時代，經過二二八、戒嚴、白色恐怖、解嚴，到現在，台灣這塊土地和人們，所經歷和面臨的種種生命歷程。他認為自己夠老，能親身經歷這些時代，卻又夠年輕，他的語文能力足以用小說的形式來表達。「我的文學屬於台灣」，這是他得到國家文學獎時的致詞。而這，也是他對深愛的台灣，沒有選擇，必然要完成的工作。

雖然要寫的，是跨越幾個世代的複雜又大量的內容，但是他從一開始就沒有想要寫一個「長篇小說」。短篇小說是他最擅長的形式，也是他認為最合適的形式。他沒有寫完就過世了，當然很可惜。但是我想，就算他再活二十年，把所有想寫的都寫完，應該也就還是一個短篇小說連作的形式吧，不會是一個長篇。這才是鄭清文的做法。

在過去三十多年，我和爸爸每天聊天，我會問他：「今天做了什麼？」他會跟我說，看到某個事件或某個人，讓他覺得可以寫，要怎麼寫。或是今天想了一個什麼大綱，或是寫了初稿，或是已經半完成，可以給我看了。對我而言，他的每一篇作品，就是這樣慢慢成形的。他的作品，從來都不是畢卡索〈格爾尼卡〉這樣巨幅的大作。每一篇，都是一塊精緻的馬賽克磁磚，拼貼成台灣的故事長河。

在寫作的技巧上，爸爸喜歡用「呈現」的，不喜歡用「說明」的。他在多次演講中，他也說自己喜歡showing，不喜歡telling的手法。《紅磚港坪》就好像爸爸帶著讀著，走過這些歷史，走過這些土地。用showing的方式，對讀者說故事。

爸爸走得突然。但是很慶幸在他的整體架構下，大多數重要的作品都已經完成了。所以《紅磚港坪》收錄的作品，連後記的〈日出〉，共有四十篇。其中〈家庭會議〉、〈捉魔神仔〉、〈蚵仔麵線〉、〈紙飛機〉、〈夏子老師〉是已經完成未發表的。而〈小舞台二〉和〈日出〉這兩篇是未完成，由我根據他的筆記和半完成的稿件，來完成的。

在這些作品中，爸爸和我說過最多次的，應該是〈重會〉。他本來的題目是〈饑餓地獄〉。爸爸和我都很喜歡這個題目，但是最後在《文學台灣》發表時，改成了〈重會〉。喜歡「饑餓地獄」這個名字，是因為它很強烈，和很有畫面。張杏華的二哥是白色恐怖的受難者。被冤枉要槍決前，因為含冤憤憤不平，所以不吃行刑前的最後一餐，把一碗飯打翻在地上。他媽媽認為浪費食物的人，要下到饑餓地獄去，受到永世的懲罰。媽媽認為兒子在饑餓地獄受苦，所以也故意浪費食物，這樣她死後就可以去地獄，再見到兒子，甚至可以救兒子出地獄。鄭清文用這樣的故事，來表達對白色恐怖的抗議，對母子親情的悲憫，甚至對傳統信仰的質疑（所以在〈日出〉中，石世文向蔡文鈴說，也許她的二舅並沒有在地獄）。而〈重會〉這個標題，比較內斂，也比較符合爸爸的個性。

很多人都知道，鄭清文並不是一個多產的作家。《紅磚港坪》和其他很多未完成的故事，總共加起來的字數，也不到五十萬字。但是每一篇都是他細心思量，修改再修改的作品。每年過年，他會稍稍休息，不寫作。到了大約初五，他就會跟我說：「糟糕，已經五天沒工作了，已經七天沒工作了。怎麼辦。」我都會安慰他說，過年可以放假到元宵節。除了這段時間，他每天都是開心的讀書、構思、寫作。他走得突然。也許，做為一個作家，這是幸福的。因為到了生命的最後，他都還是充滿創作的能量，每天都不間斷的寫作。

當然，作為一個讀者，我心中充滿惋惜。他跟親近的朋友說到，他要來寫「鹿窟事件」。我也看到他已經收集好的一些資料。我不禁自問，不知道他寫出來的「鹿窟事件」會是如何有趣的作品？但是，爸爸寫作從來不缺題材。我想，就算他再活二十年，還是不會有「寫完」的一天。所以，所謂的惋惜，看來也是我的人生無可避免的一個必然。

鄭清文作品的特色之一，就是文字的精煉，有時候連情節也相對簡單。有評論家說他的作品「因為簡單，所以它可以含蓄得更多」。但是常常還是有讀者會問他有關作品的問題，想要他多做說明。有一次，我跟他說：「為什麼讀者要問你，其實你有畫一條虛線呀，就跟著虛線自己想，就知道了。」爸爸很喜歡這個說法。後來，有時候被問到，他就會跟對方說：「請跟著虛線走。」爸爸寫作了五十九年，留下很多作品。至於沒有寫完的作品，就請大家跟著虛線走。虛線，無限延伸。

鄭谷苑，中原大學心理系副教授，鄭清文女兒。

紅磚港坪（2）

戰後・戒嚴時期（一九四五～一九八七）

求龜

「世文，來去王爺宮看撞過火。」

李友文穿著學生服，白色短袖襯衫、卡其短褲、黑白籃球鞋。

「我看過了。」

石世文正在畫畫。

「你在畫什麼？」

「香蕉。」

「香蕉？來去啦，來去看撞過火。」

李友文拉了他的手，半央求，半命令。

「宗文也去？」

上午石世文在街上碰到李宗文，他今天休假。

「他沒有空。」

李友文回答。

王爺宮就是保元宮，也叫太子爺廟，在街尾，叫草店尾，也就是舊鎮的街道和縱貫道路交接的地方，廟的南側是大水河，北側是灌溉用的圳溝。廟庭兩側堆著石垣，也是堤防。

在廟庭中央堆著一堆煤炭，像穀堆，已點火了，有兩個電風扇在搧著。電風扇一個是從鎮公所借來的，另外一個是省議員捐的。

廟庭四周已有不少人，有人已爬上石垣，戲台面對著廟，戲已開演了。在廟庭的一角，今天要參加撞過火的人正在演練。他們穿著制服，上身是白衫，寫著「保元宮」，白色半統褲，有人在打拍鼓，有人一邊舞劍，一邊踩腳步，也有人在畫符。

李友文在前面，穿過人縫，走進內庭，石世文猶豫一下，跟進去。

廟的前廊和中庭擺著幾張大桌，上面擺著許多祭拜用的牲禮和金紙，有許多婦女在燒香祭拜。有一張桌子上，擺著許多大小不同的紅龜粿。這些紅龜都是秤重的，以一斤的做標準，大的可能有一百斤以上吧。這些紅龜，是供人求乞的。求一隻，明年還兩隻，求一百斤大龜的，明年除了還一隻大龜，還要一場戲。這些大龜，都是生意人在求乞的，有時，一個人負擔不起，由幾個合夥。

以前，紅龜都是用糯米作的，現在，也有用土豆仁粉，還有人用鳳片糕。至於一百斤的大龜，為了分割方便，都用土豆仁粉或鳳片糕。

李友文點了幾根香，也分三根給石世文。燒香之後，還要擲杯，表示神明已同意你的乞求。石世文忽然看到廟公在迴廊的側面那邊看著他和李友文。

「廟公會問你？」

石世文問李友文。

「不會。」

「為什麼？」

「他相信每一個人。因為每一個人都是對著神明的。」

「呃。」

廟公還是一直看著這邊。石世文感到不安，就走到迴廊的另一側。廟公向外邊走過來，石世文就往裡面走進去。

回頭，他看到廟公走到李友文身邊，停下來，看了他一眼，又走開了。這時，石世文已走到大殿。大殿中央，上面供奉的是托塔天王李靖。

石世文讀過《封神榜》，知道李靖一家四個人的故事。在《封神榜》裡面，有七個人沒有戰死，肉身成聖。這七個人是沒有受姜子牙封神的。李靖一家就佔了四個。石世文去過仙公廟，呂洞賓也是直接成仙的。或許在這裡供奉天王一家人，也是同一個道理吧。

在《封神榜》裡，三太子哪吒是一個很重要的角色，但是在廟裡，他只有幾個小小的，騎著風火輪的塑像。為什麼？從神明的位置，他知道在中央上位的是李靖。王爺宮這個名字，也是從這裡來的吧。那為什麼也有人稱它叫太子爺廟呢？李哪吒、楊戩、孫悟空都是民間喜歡的人物。從廟裡的神像看來，他也不知道哪一個是金吒，那一個是木吒。

在中殿，神明的兩側，站著幾個巨大的神將。在遊街的時候，這些神將都走在主神前面。主神是坐轎，神將是由人扛著走的。他們走路的時候，有一定的架式，腳步、手勢都要講求，顯示他們的威儀。

石世文看著他們，有的是青臉，有的是紅臉，也有的是黑臉。他們共同的特點，就是有很大的眼睛，就是故事書所講的「眼如銅鈴」吧。

石世文不知道，這些神將和大眾廟的七爺八爺是不是一樣。七爺八爺很可怕，把舌頭都伸出來，他們是會處罰壞人的。王爺宮裡面的這些神將，會處罰人嗎？

這時，他好像聽到有點氣息，轉頭一看，廟公就站在他旁邊。他又嚇了一跳。廟公並沒有說話，只是對他笑了一下。廟公叫紅膏柳。他在廟後種了一些青草，大概在兩年前，石世文臉上生了疔子，紅膏柳給他敷上疔子草，膿出來了，疔子也消了。他是不是還認得出自己呢？

廟公走過去，石世文轉頭，李友文正在向他招手。

「好了？」

「你也求一個。」

「為什麼？」

「可以畫畫呀。」

石世文看李友文手上捧著一塊一斤重的紅龜粿，一邊說，走出廟門。

撞過火快要開始了。道士在前面，手拿著寶劍和旗子，一邊繞著火堆，口裡唸了一段，就把金紙塞到火堆邊緣，後面跟著剛才在演練的年輕人。

他也看到有人抬著神轎，那是專門給撞過火用的，比一般的神轎小很多。

「回去，我分給你吃。」

「我要看撞過火。」

「你不是說已看過？」

「我想再看一下。」

「我們回去。」

「明年，你會來還？」

「會。」

「你怎麼還？」

「我會把零用錢省起來呀。」

紅龜粿很多人自己做，不過求龜用的，比較大，都是向糕餅店買的。

「去年，你也是這樣講。不過，你沒有還。」

「今年求一個，明年還兩個，對不對？」

「對呀。」

「我們老師說，這是高利貸。」

高利貸？李友文才初中一年級，他知道什麼叫高利貸？老師會教這一些嗎？看起來，他好像懂。石世文曾經問李宗文，什麼叫高利貸？高利貸是不是不好的事。

「高利貸是不好，不過，那是神明做的。因為我們有祈求呀。而且都求很大的事，求好運，求賺大錢，求好婚姻。」

「一定有人沒有還的。」

李友文說，跟石世文回家。

「有人敢嗎？」

「祈求的，不會都應驗呀。」

「不管應驗不應驗，都要還呀。」

「阿妗不在嗎？」

「不在。」

李友文拿紅龜粿到石世文家，把它切成八塊。

「你吃一塊。」

「我不吃。」

「為什麼？」

「我不餓。」

「你不敢吃？」

「不是不敢吃。我要去畫畫。」

「那你就吃一塊，吃了再去畫。這是向神明求的龜，一定會保佑你，保佑你畫好畫。」

李友文說，吃了一塊，把其餘的包回去。

班車上

林純純

舊鎮有一條長長的主要街道，叫舊莊路，大致是東西向，南邊是大水河，北邊是縱貫道路，舊鎮的人叫它大馬路。大馬路是台灣南北交通的主要幹道，行駛各種車輛。舊鎮的人，主要的交通工具，就是局營巴士，戰後改為公路局班車。

在戰爭剛結束時，很多巴士，因為太舊或缺乏零件，無法行駛，有時也會用貨車代替。那時，石世文就坐了好幾次貨車上學。

這一天，禮拜六的下午四點鐘左右，石世文從公路局西站坐班車回舊鎮。車上，乘客並不多，後排還有幾個空位。石世文喜歡坐後排，從後面算第二排，就是五人坐的前面一排右側的窗邊。他不很清楚為什麼，或許，可以減少接觸其他的乘客，看一點書，不過也可以看乘客上下車的情形。

發車時間還沒到，石世文看到有乘客陸續上來。他也看到阿子林里美，也匆匆走過來，上了車。林里美穿著學生服，是黑裙子白襯衫，胸部繡有學校的名字和學號。她肩上掛著書包，露出算盤袋子。她讀商職，聽說她精於算盤，已上段了。她家開肉脯店，戰時因豬肉配給，暫時歇業，做蜜餞。戰後，豬肉可以自由買賣，她家重新做肉脯，另外也繼續做蜜餞，不過已不是主要產品了。她家有五個兄弟和四個姊妹，姊妹中她是老三。有時候，她會在前落看店，一斤十六兩，不管是幾兩，她立即用心算算出價錢。

林里美上車，眼睛往後排掃了一眼，她是不是看到了石世文？她嘴角動一下，把視線移向他前面兩排的座位。他應該回應她嗎？他還沒想清楚，她已坐下來了。

林里美和石世文是鄰居，以前小時候也講過話，現在，在她店裡看到她，她也會看他，笑一下，但是在車上，卻不會打招呼，好像是陌生人。不僅是她，很多年輕的男女是這樣。

車子開到延平北路，有招呼站，有幾個乘客上來。到了大橋站，石世文看到林純純。林純純背上背著一個小孩，肚子又大了。

石世文發現，林純純有點異樣。她的嘴角有黑腫，嘴唇好像有破裂，點了紅藥水。她又被打了？又要回娘家了？

林純純上車，林里美看到，站起來讓座，自己就坐到石世文前面一排的空位子。石世文看她的頭髮，看她的頸部。自從她長大以後，他第一次這麼近看她。

林純純坐好，回頭向林里美點點頭，嘴角動了一下，也好像看到了石世文，把頭轉回去。

林純純是石世文的同學，國校的同學，而且是受驗組的同學。就在戰爭結束前，她考上了州立高女，石世文考到私立中學。私立是二流的，所以呂秀好說他是壞巴。

舊鎮有三大美女，一個高石世文一年，叫陳美香，林純純和另外一個，都和石世文同學，都是高女的學生。不過現在已改制，學校也改了名字，她們的學校不再用序號來命名。

一般的高女畢業生最大的願望就是嫁給醫生，做先生娘，而後做先生媽。這是日治時代以來的傳統。

林純純本來有一個男友，是大學電機系畢業的，在電信局做工程師。可是，林純純的父親反對。林純純的阿公是街上很有名的漢醫，父親是去內地讀醫回來，是開業醫生。她父親對她的男友說，你再哥哥纏，我打斷你的腿。所以，林純純就嫁給大橋頭的一個醫生，聽說那邊也是醫生世家。

婚後，林純純常常被打。她一被打，就跑回娘家，過一些時間，她的丈夫就來賠罪，把她帶回去。不久，她又被打，又回來了。舊鎮是一個小地方，消息傳得很快，林家又是名門，很多人都知道。石世文的家離他們也不遠，還不到一百公尺遠。

為什麼被打？

林純純個子不高，皮膚白，眼睛大，自小，不但很會唱歌，也很會舞蹈。她也是讓石世文第一次遺精的女孩。他和她同學，雖是男女同班，座位卻完全分開，男女之間，幾乎沒有交談。班上有一個叫黃錫坤的同學，曾經寫了一封信給她，當時是用日文寫的，開頭是「純純很可愛，錫坤很英俊……」大家都笑他，還把他的情書大聲唸出來。

那一次，石世文是坐貨車上學。最好的位子，是站在駕駛座後，手握木架，又安全，又可以看風景。不過，有時會有小飛蟲飛進眼裡。在中央站著的人，把手搭在別人肩上。女生，大部分是蹲著。另外，有的坐在側牆，或後牆，有些年輕學生喜歡坐在側牆上，還放開雙手，年紀大一點的會阻止，認為很危險。當車子開到台北橋，在三重這端，是上坡，突然右邊的車牆脫落，差不多有三分之一的乘客掉下去了。幸好是上坡路，車速較慢。

掉下去的人，有的趴在地上，有的四腳朝天。石世文是站在駕駛台後面，手抓住木架。他看到林純純也掉下去了，四腳朝天，裙子掀開，露出內褲。她的內褲是水青色的。她正想坐起來，黃錫坤也在車上，他半滾半跳，裝著掉下去，把身體壓在林純純身上。石世文看到了她的臉色，紅得像麵龜那樣。

大概是過了兩天，在晚上，他夢見自己跳下車子，把身體壓在林純純身上。

怎麼辦？

內褲是不是要丟掉？

石世文讀過古書，狐狸精會變成美女，找男人，把男人的精液吸乾。男人會一直瘦下去，變成枯骨。他碰到的，不是狐狸吧。這是一種病嗎？

舊鎮的房子，大部分是一樓，屋頂相連，夜晚會響起一陣陣急促的督督督的聲音，不會是狐狸精的腳步聲吧。

石世文不停地問著自己，過了很多天，他忽然想到，那應該是貓的腳步聲。

當值

銀行在沒有營業的時候要派人當值，平日要在銀行過夜。女行員是值日，有人還用日語叫日值，是在禮拜日或放假日的白天。

林里美和戴小虹坐在櫃檯後聊天。

戴小虹，今天穿水藍色的旗袍，顏色清鮮。

她第一天來報到，就穿這種旗袍，全分行的人，都用新奇的眼神看著她。本來，以為她是客戶，沒有想到是新來的同事。

這個分行在舊市區，是外省人較少的地區，分行裡面，行員有五十多位，本來只有童先生一個人是外省人。

林里美高商畢業就甄選進入銀行，因為她有特殊才能，算盤二段。戴小虹是專科畢業，聽說她很有背景，好像是阿舅，在情報部門當大官。

「戴小姐早，林小姐早。」

早上十點多，會計黃股長又來銀行加班。股長叫黃金英，有人說，他好像很喜歡加班，尤其是禮拜天，可領加班費，又有女行員在值日。

「黃股長早。」

林里美站起來。

戴小虹什麼都不說，也沒有動。

「二位早安。」

黃股長說，走向自己的位置。

「黃股長，腳怎麼了？」

戴小虹說，眼睛轉向林里美，露出淺淺的笑。

「沒有什麼，沒有什麼，不小心扭到。」

黃股長說。

在黃股長進來的時候，林里美是有感覺，他的腳步好像有點不自然，但是他走的很慢，不容易看出來。

「沒有斷吧？」

戴小虹問。

「沒有，沒有，只是扭到而已。」

大概在三個禮拜前，他們分行辦郊遊，是去北海岸的海水浴場。

林里美的學校，是日治時代就有的舊學校，有游泳池，不過，她課餘的時間，大部分都在練算盤，除了體育課，下過兩三次水，根本就沒有接近過游泳池。

這一次郊遊，為了去海水浴場，她還去買了一件新的游泳衣，淺水色的。一般的游泳衣，下面多一層襯裡，她沒有發現她買的竟然沒有，所以一下水，顏色和線條就顯示出來了。

「怎麼辦？」

其他的人，都上上下下，一下入水，一下出水，只有林里美一直泡在水裡，有時蹲著，有時站著，有時在水中走幾步。

「怎麼辦？」

太陽還相當大，她就從水中慢慢走到遠一點，人較少的地方。她已快走到標示界限的旗子那邊了。

「危險。不要再過去，那邊危險。」

黃股長跟了過來。

那是真的，過去，在海水中有一堆亂石，在海浪中沉浮。聽說，那裡有漩渦，也發生過一些事故。林里美只有在水中，再走回人多一點的地方。或許因為泡水久了，她的手指已起皺紋了。

「戴小姐，妳是不是可以把黃股長叫開？」

戴小虹不會游泳，蹲在離林里美不到五公尺的地方。

「里美，我說過，我們是好朋友，妳叫我小虹，我大妳三歲，也可以叫我小虹姊。」

戴小虹剛調到分行來，先在出納工作。她向經理說，她想辦存款。她算盤不好，幾乎天天抓帳，都是林里美幫她，有時抓到七、八點，有時到十點，勉強趕上末班車回家。

「小虹姊……」

「什麼事？」

「我，我這游泳衣……」

「游泳衣怎麼了？」

林里美走到水淺一點的地方，站了起來。

「哎，怎麼搞的。」

「黃股長一直纏著我，說他看到了。我不知道怎麼辦。想去那邊曬一下，把游泳衣曬乾。」

「等一下上去，用這浴巾圍一下。」

「那妳呢？」

「我的游泳衣沒有問題。」

「謝謝小虹姊。」

「我有看到了。」

郊遊翌日，上班時，黃股長在往洗手間的巷路碰到林里美，手裡還拿著一張紙。

巷路不寬，林里美正想從隙縫穿過去。

「妳看，我把它畫下來了。是不是這個樣子？」

黃股長畫的是，身體的腰部到大腿，中間大腿之間，有一撮黑毛，還畫了一條溝。

林里美紅著臉，沒有回答，從隙縫裡鑽過去，走到洗手間。走進廁所，淚水已流下來了。

黃股長已三十幾了，是英語專科的畢業生，已結婚了。他喜歡摸林里美的下巴，至少已摸過三次了。因為倒斗齒，林里美的下巴長一點。

「里美，妳可以向經理說呀。」

戴小虹說。

「我，我無法開口。」

「為什麼？」

「我，如果經理要我說明，怎麼辦？好像全身都被看到了。被所有的男人看到了。」

「我去警告他。」

「不要，不要。小虹姊，不要。」

「那妳怎麼辦？」

「我自己會處理。」

「會處理？妳要忍受？」

「不，我會處理。」

過了幾天，又是在往洗手間的巷路，黃股長從洗手間出來，擋住她，她想從黃股長和牆壁之間的隙縫穿過去，黃股長突然伸手摸了她的臀部。聽說，黃股長也摸過另外一個年輕的女行員。

「黃股長，不可以。」

這時，戴小虹就站在巷路口。

「……」

黃股長沒有說話，轉身走開。

「黃股長，太過分了吧。」

戴小虹說。

「戴小姐，我，我……」

「你只是不小心碰到她？」

「對，對。」

「以後要小心呃。」

「是，是。」

「謝謝小虹姊。」

「里美，妳叫戴小姐威脅我？我會把那一張貼出來。」

過了三天，又在往洗手間的巷路上，黃股長又擋住林里美。

「不要，不要。」

「那就……」

黃股長又摸她的臀部。

「……」

林里美沒有回答。

「妳這是真的吧。」

黃股長想摸她的胸部，林里美把他的手撥開。

「黃股長……」

戴小虹又出現了。

「這個人真是厚臉皮，我想，應該有人教訓他一下。」

林里美想，黃股長的腳，和戴小虹的話有關嗎？

「里美，我要向妳道歉。」

黃股長開了小金庫，把一些帳簿和傳票放在桌上，而後走到二人面前。

「什麼事？」

戴小虹問。

「我對里美沒有禮貌。」

「要道歉，明天上班，要在大家面前道歉才對呀。」

戴小虹說。

「戴小姐……」

「小虹姊……」

「里美，要他在這裡道歉就好嗎？」

「嗯。以後不要再欺負我。」

「黃股長，你可以做到？」

「我保證。」

「你真是個銀行員，喜歡做保證。哈，哈。」

戴小虹輕聲笑著。

「還有，黃股長，年紀不小了，做事不小心，卻連走路也不小心。以後再不小心，很可能會扭斷腳喔。」

「是，是。我會，我會很小心。」

黃股長哈著腰說。

班車上（一）

石世文又碰到林里美，在回舊鎮的班車上。他坐晚上十點台北車站發出的車，來到延平北路。他有一種預感，或者可以說是一種期待，期待在車上碰到林里美。這半個月來，他已碰過三次了。

石世文和往常一樣，只要最後第二排，右邊靠窗的位子空著，他會坐那個位子。這班車，座位差不多已坐滿，他的後面一排，有一個空位，他的左側也有一個空位。

林里美上車，先瞄了一下，看到後排還有空位，就往後走過來。她看到那兩個空位，也看到石世文，對他笑了一笑，可以說只是嘴角動了一下，好像是打招呼，也好像是問他可不可以坐他旁邊，而後坐了下來，把臀部的裙子撫了一下。

突然，石世文聞到一股氣味。那是化妝品的香味嗎？沒有錯，是一種人造香味。還有，還有一種酸酸的味道，會是汗味？他打球流汗，也有類似的味道，不過或許是自己身上的，沒有那麼強烈的感覺。

石世文喜歡畫畫，會注意別人的動作，或表情，不過他想，畫可以畫出味道嗎？如何畫呢？

以前，他在車上看到的林里美，大部分是穿學生的服裝，短短的頭髮，沒有抹粉的素臉，眼睛大大的，還有那牙齒，小小的牙齒，還有倒斗齒。現在，她喜歡穿長裙，白襯衫，有時候也穿有顏色的，也是淡一點的顏色，淡黃，淺藍，粉紅……天氣比較涼，就穿毛衣，或者外套。毛衣或外套，顏色就濃一點了。

開始，林里美坐得正正的，眼睛看前面，有時也會往窗外看，只是看窗外的時候，他感覺，她的視線好像越過他，好像沒有碰到他身體的任何一個部位。是沒有看到他，還是有意避開他？

車子過了台北橋，石世文發現林里美開始打盹了，開始是往前，輕輕的點頭，而後把頭靠在椅背上。不久，她把頭擱在他的肩膀上。

她太累了？和銀行工作有關，有一句話，叫跑三點半，這一句話，他聽多了。很多人以為，銀行在三點半關門，行員就可以下班。她是工作到現在？還是下班之後，又有別的事。比如說，去看電影。

這時候，他感覺到她的頭靠在他的肩膀上，可以說整個身體倒向他，她的手臂接觸著他的手臂。他感覺到一種柔軟。他也聽到她輕輕的呼吸。

她會是有意的嗎？他應該怎麼辦？他應該移動一下身體嗎？如果他移動，她會倒向他？

看來，她是真的累了，是真的睡了，他看到她的嘴微微張開，雖然車內燈光不亮，卻可以看到她嘴角亮亮的，好像是口水。

車子輕輕搖晃著，在煞車的時候，她的身體向前傾，頭在她的肩膀上轉著。

要不要扶她一下。石世文想著，手卻沒有動。

「下車，下車。」

有一個中年婦女大聲叫著。

「這裡沒有站。」

司機回答。

「我到後埔。」

「這裡是菜寮了。」

有一個叫臭屁順的林水順說，他的聲音那麼冷靜。

全車的人都笑了。大家都知道三重，菜寮，後埔。現在，後埔都已過去了。

「下車，下車。」

女乘客覺得不對。

「軋。」

司機還是煞了車。

林里美的頭晃動一下，又轉回來，靠在石世文肩上。

「夭壽仔，我還要走回去。」

婦女乘客一邊下車，一邊唸著。從台北往舊鎮的晚班車，都停在舊鎮過夜，是明天開往台北的早班車。

「對不起。」

林里美醒過來了，才發現是靠在石世文身上。

「沒有關係。都那麼晚？」

「加班。」

「呃……」

「請先。」

車子到舊鎮，下車的時候，林里美讓石世文先下，自己走在後面。

篤篤篤。

石世文感覺到，林里美在後，大概在他後面十公尺跟著。

童朝民

童先生死了，是自殺。童朝民，銀行裡的人都稱他童先生。

八點四十分，林里美一進銀行，就看到在會計股那邊圍了一大堆人。經理來了，掌鑰匙的襄理，黃股長，還有幾個銀行的人，另外有一些陌生人，聽說是穿便衣的辦案人員，也有幾個，是穿警察制服的。

他們已把童先生的抽屜打開了，大部分是童先生私人的物品，有的放在桌上，也有的散落在地上，他們還打開了鐵櫃，甚至有人已進入金庫。

「什麼事？」

有人問。

「匪諜。」

有人很小聲回應。

「現在還有匪諜嗎？不是抓了很多，也槍斃了很多？」

另外的人也很小聲的說，幾乎是耳語。

「匪諜？誰是匪諜？」

「童先生。」

「什麼？童先生是匪諜？」

「誰想得到？那麼好的一個人。」

「童先生真的死了？」

有一兩個女行員低著頭哭起來了。

「他是匪諜，是壞人。」

「好可怕喔，是匪諜，好可怕喔。」

一個練習生說，她剛初中畢業，進行不到一個月。

「好可惡喔，我們都被騙了。」

另外一個女行員說。

童先生長得高高的，大概一百八十多，在會計股工作。這個分行，業務量大，傳票特別多，要裝訂成冊是很吃重的工作。一般，都是由工友做。分行的老雇員加再伯已到快退休的年齡，力氣不大，都是由童先生幫他做，綑和釘，有時，一天的傳票，訂起來，有十五公分厚。

聽說，童先生在福建那邊有妻子，不過已完全斷絕音訊。有人勸他再娶，實際上像他這種情況，也有不少人這樣做。每次，童先生都笑笑說，那以後再談了。

童先生喜歡打籃球，銀行公會每年有比賽，曾經借用過三軍球場。戴小虹也曾經邀林里美一起去觀球，替行隊打氣。

「投，投。」

童先生很會搶球，卻不大會投籃。有時，他在籃底下搶到球，就找自己的球員，把球傳出去。

「投，投。」

有人喊。

他好像忽然醒了過來，轉身跳起來，把球放進籃網裡。

「好。好。」

有人拍手，有人大笑。

戴小虹喜歡看籃球，尤其是銀行公會的比賽，她是重要的啦啦隊隊員，只要有行隊出賽，她都會請林里美陪她。

「怎麼了？」

大概在九點五分前，戴小虹也匆匆進來。

「匪諜。」

「匪諜？」

「童先生他——」

「童先生怎麼了？」

戴小虹看到童先生的座位附近圍了一大堆人。她就衝過去。

「小姐，不要過來。」

「妳是戴小姐？」

「嗯。」

有一個，好像是帶隊的中年男子。

「我們在辦一個案件。」

「童朝民是匪諜嗎？」

「他有嫌疑。」

「呃。他怎麼了？」

「他自殺身亡了。」

「呃。」

戴小虹突然低下頭，眼淚流出來了，而後很快地退出來。

「戴小姐。」

那個中年男子叫了她。

「里美。」

戴小虹看到林里美，突然雙手抓住她。

「小虹姊。」

戴小虹沒有回答，拉著林里美，到了二樓。二樓是大禮堂，總行開大型的會，會借用它。有時，行員或客戶要結婚，也可以做禮堂。另外，在一個角落，有電話交換室。戴小虹把林里美拉到廁所。二樓的廁所，一樓的廁所人多的時候也會有人上來使用。

「怎麼啦？」

林里美想問，可是戴小虹從頭到尾沒有說一句話。只是緊緊的抱住林里美，一直流淚。林里美看著她，也一直跟著流淚。

戴小虹喜歡童先生嗎？林里美想起，每次看她在觀球的時候，只要童先生搶到球，她就用力拍手。他長得又高，又挺，皮膚也白。有時候，她也會叫。在球場以外，她是很少大聲說話的，林里美也想到黃股長的腳，會是戴小虹叫人做的？她也看到了，辦案人員對她的態度。想到這裡，她不禁害怕起來。她是什麼樣的人？

「童先生真的是匪諜嗎？」

裡面，已有女同事在洗手，在化妝。

「好可怕喔，一點也看不出來。」

「這叫滲透。共匪常用的手段。」

「看得出來，早就抓去槍斃了。」

有人出去，又有人進來。

「妳以為他是好人嗎？」

「在銀行裡面，他是。」

「不要亂講話呀。」

「大家認為好人，這才可怕。」

「聽說，中國人很少自殺的。」

「妳以為每個日本人都是神風特攻隊？」

「不自殺也不行？」

「為什麼？」

「一抓去，先把你打個半死。」

「為什麼？」

「要你供出同黨啊。」

「妳以為，他是勇敢的嗎？」

「我認為，他很勇敢。」

「可是，他是共匪呀。」

戴小虹不說話，又把林里美拉到三樓。三樓是半樓，只放著雜物，像要報廢的桌椅，平時很少人上來。聽說，總行正在編列預算，要將整棟改建成四層樓。戴小虹把林里美拉到廁所。

「里美，里美，我好笨，我好像沒有長眼睛。」

戴小虹站在鏡子前面，眼睛看著林里美，眼眶裡全是淚，眼睛也紅腫起來了。

「小虹姊。」

林里美說，抱住戴小虹的腰。

「里美。」

戴小虹拉了林里美的手，把它放在自己的胸口，而後用力壓下去。

「小虹姊。」

戴小虹沒有回答，把鈕扣解開，露出胸部。

戴小虹的皮膚很白，她的胸部是勻整而豐滿的，小小的乳頭呈淡淡的粉紅色。

「里美，吻它。」

戴小虹說，把林里美拉過去，把她的頭壓在自己的胸部。

「……」

林里美怔住了。

「吸它。」

「怎麼做？」

「像嬰兒吸奶。」

林里美把嘴壓在戴小虹的乳頭，輕輕含了一下。

「用力。」

林里美用力吸了幾下。

「再吸。」

林里美再吸它。

「好了。」

戴小虹把林里美輕輕推開，吐了一口氣，把衣鈕扣好。

「里美，童朝民死了，對不對？」

「呃。」

林里美忽然想到，戴小虹要調存款股，會是因為在存款股的背後，不遠，就是會計股？

「真的死了，對不對？」

「他們這樣說。」

「里美，妳是我的好姊妹，真的，妳是我的好姊妹。」

戴小虹說，掏出手巾，把眼睛擦擦，抹了臉，把衣服也整理一下，拉著里美的手，看著鏡子，再把臉抹一抹，嘴角漾了一下。

「里美，我們該去工作了。」

班車上（二）

大概已有兩個禮拜了，沒有碰到林里美。今天會不會碰到她？石世文在車上想著。

車子經過延平北路，經過林里美工作的銀行，銀行裡面還有燈光，好像還有人影在晃動。

車子到了延平北路的招呼站，停了，上來了三個人，還有林里美從後面半跑著趕過來。今天，天氣已轉涼了，林里美穿著深色長裙，還是白襯衫，上面披著一件鮮綠色毛衣。

今天，空位較多，林里美上來，把眼睛往裡面掃了一下，可能已看到了他，就往後面走。車子剛開動，她在走道上晃了一下，走到他的位子前，向他看了一眼，嘴角動了一下，落坐在他旁邊的位子上，眼睛看著前面。

石世文聽到她的喘息，或許，剛才趕來，跑了幾步。另外，和以前一樣，還是有香水味，也可以聞到汗酸味。

她是不是有用香水？或者是剛走進社會，或經濟上原因，還不能用較好的香水？

石世文想著，為什麼她會到他旁邊的位子。這也是他期待的。他想對她說話，卻不知要說些什麼？

「加班嗎？」

想不到銀行的工作那麼辛苦。他也想到了張杏華，想到了呂秀好，也想到了吳雪玉。那一個晚上，如果膽子大一點。他想著吳雪玉，高高的身材，勻整的腿。不過，她已和李友文在一起了。

車子過了台北橋，林里美又開始打盹。不，她不是打盹，她只是閉著眼睛養神，她的身體一直保持著向前，只是背靠在椅背，手提包端端正正的放在大腿上。

石世文看到了，林里美擱在皮包上面的手，手指動起來了。她在心算嗎？她有算盤兩段的實力，聽說可以心算到五位數。會是真的嗎？他又好像聽說過，心算是在心中打算盤，算盤的子在腦中跳動。不過，高段的人，看不到子，只看到線，看到幾條線在動著，越高段，線越短越細，越多，也動得越快。

「加班嗎？」

石世文心裡想著，很想問她。

她會理他嗎？為什麼還有其他的位子，她會挑在他的旁邊？

以前，小時候，他們講過話。但是，在舊鎮，很多年輕男女，在街上，在車上，多不打招呼。林純純和他是同班同學，而且已結婚了，上次在車上碰到她，也互相沒有打招呼。

車子過了後埔，路邊的房子少了，四周也轉暗了。他發現林里美的手指已不動了。聽說，真正會心算的人，連手指都不必動。是不是她又打盹了？這一次，她的頭並沒有靠過來。

必須在車子到舊鎮的車站之前，和她講一句話。

她的手指直直細細的。算盤打多了，手指不會變粗嗎？他自己畫畫，每天都在畫，手指也好像沒有變粗。也許有，只是很慢，自己察覺不出來。

他又聞到了她身上發出來的味道。

林里美沒有靠過來，也許，他可以靠過去。對，他可以靠過去。他可以裝睡。今天，車子裡人不多，後座也只有一個人，他不認識的人。

但是，怎麼裝睡呢？很奇怪的想法，很奇怪的感覺。

林里美會拒絕他嗎？會嗎？她曾經靠在他身上呀。

他稍微轉一下頭，其實，不轉頭也有感覺。她的頭比較低，肩膀更低，如何靠過去？或許，他把腰部往前移，放低上身的高度。

靠過去。他對自己說靠過去。

車子盪了一下，人也搖晃一下。

他的手臂和她的，相隔不到五公分，車子一盪，他碰到她了，碰到的，不是肩膀，更不是頭，是手臂。

以前，他曾經上屋頂畫觀音山。現在，他去淡水畫過它了，就不再上屋頂了。在屋頂的時候，林里美的家人如果看到，一定會在下面大聲喊叫，叫他不要踩到屋瓦。他也看過她在下面望著他，靜靜的望著他，從來不講一句話。那已是十幾年前的事了。

車子又盪了一下，他的臉碰到了她的臉。

「對不起。」

石世文也想說，不過林里美先說出來了。

「加班嗎？」

石世文終於擠出一句話。

「嗯。」

「常常嗎？」

「一個禮拜至少有一次，禮拜一。另外，初十、十五、二十，和月底。」

「呃，工作那麼忙？」

「幫人抓帳。」

林里美說，臉部往他的方向轉了一點角度。

「呃。」

石世文呃了一句，不知道如何接下去，只看著她的手，她的手指白白細細的，是很會打算盤的手指。

突然，車子又震盪一下。二人的臉又碰觸了。這一次，林里美沒有講話，只是用雙手提著提包。這以後，二人都不再講話，一直到車子抵達舊鎮終站。

林里美站起來，要讓石世文先出來。石世文看到後座的人也站起來了。雖然只有一個人，林里美還是擋住了兩個人。那個人，石世文有點面熟，都是舊鎮的人，不過不算認識。

石世文用手撥了一下林里美的肩膀，車子內也是公共場所，林里美好像很快就了解，一個人往前面走，那個人和石世文互讓一下，也跟在林里美後面，石世文是最後下來。

石世文下了車，林里美在一邊等著他。雖然她有穿毛衣，和上次肩膀及手臂的接觸感覺不同，還是碰觸到她了。

「請。」

林里美小聲說，退到一邊。

石世文在前，林里美在後，二人相隔十公尺左右，一直到二人的家門口。石世文先到，站在門口等著，林里美看他一眼，輕輕的點頭，而後推門進去。

乳房記憶

虬毛嫂

虬毛嫂抱著友文，坐在門邊的矮椅上。門是柵欄式的便門，門檻是木頭，稜角已磨損，表面也腐蝕不平。

門外是深井，是前落和後落的隔界。深井並不寬，看來有些陰暗，往前落，左側有一個古井，和雞舍連在一起，右側是廚房。廚房是共用，不過有兩個主灶，各人煮各人的飯。虬毛嫂住在後落，是向前落的阿寶伯租來的。

友文正在吃乳，他的嘴微張著，已離開乳頭，乳頭濕濕的，呈淡紫紅色，乳房周圍布有淡青色的線條。友文閉著眼睛，已睡著了，一手還抓住虬毛嫂的衣襟，另外一手放在乳房下。

世文從後門進去。前門出去是大街，後門外是一條小巷，一側有窄而淺的下水溝。小巷對面是另外一條街，後街。

虬毛嫂他們，除非急事，都是由後門進出，到前街，要繞道市場旁邊的路。

世文站在虬毛嫂前面看著。

這裡的居民用夜電，白天沒有電燈，大廳裡也是陰暗的，除了從深井進來的日光，只有屋頂上，兩個細長方形的天窗。

大廳上，只擺著帖案，方桌，桌邊放著幾個椅子。牆壁邊直排兩個椅條，可以坐，也可以躺。帖案和桌椅都是木製，用太久了，油漆已褪色，露出原木，不過已沾黑，木理並不很清楚。

大廳的牆壁是土塊和磚的混合，黏接的石灰有些已脫落，有細縫，有時會看到躲在裡面的蟑螂，露出觸鬚，擺動著。

天花板鋪著木板，和屋頂的斜坡之間，有一個半樓，那些木板，已被香燻黑了。

虬毛仔撐渡船，當夜班較多，晚上在船上睡覺，白天回家，有時在半樓休息睡覺，有時去媽祖宮和朋友聊天，或幫忙法事。

帖案上掛著畫幅，上層畫著觀世音，中層是關公和媽祖，底層是灶君和土地公。畫幅兩側是對聯。帖案上放著兩盞臭油燈。畫幅已燻黑了，一角還有燒過的痕跡。

帖案上右側有神像，是關公，左側是祖先的牌位。

世文靜靜的站著，看著虬毛嫂。

「來。」

虬毛嫂向他招了一下。

世文走過去，依在虬毛嫂身上，和友文，一邊一個。每次小孩吸乳，虬毛嫂都會先擠一下乳房，看看有沒有乳液，也把發酸的乳水先擠掉。

友文還是閉著眼睛，一手把世文推開，抓住虬毛嫂的乳房，又吸飲起來，另一隻手，護著另一個乳房。

虬毛嫂把友文的手拿開，拉了世文過來。

友文繼續吮著乳房，一手又把世文推開。虬毛嫂又把友文的手拿開，把衣服再掀開一下，讓世文能夠直接摸到乳房。

世文已聞到乳液的味道，抓住乳房，伸嘴過去。

「是我的阿母，毋是你的阿母。」

友文睜開眼睛說。

「友文。」

「是我的阿母。你的阿母是阿妗。」

友文用力把世文推開。

「世文。」

阿雲從後門進來，看到友文在推世文，就把世文拉開。世文的手還抓著虯毛嫂的衣襟，阿雲用力把世文的手指扳開。

「羞羞，世文艙見笑。」

「阿雲。」

虯毛嫂叱了一聲。

「阿娘會受氣。」

阿雲用力把世文拉了出去。阿娘是養母，也是阿妗。

「阿雲。」

虯毛嫂在後面叫著。

阿雲把世文拉出門外，用手打他的手心。

「還敢嗎？」

阿雲大世文十歲，也是過給阿舅的。不過，那時世文未出生。

「還敢嗎？」

阿雲用手指擰了世文的臉頰。

「毋敢了。」

世文說，淚水已滾下來。

「那麼大，還跟弟弟搶吃，真艙見笑。」

刑場

冬天的早晨，天還沒有完全亮，林祝福約石世文，由學校的宿舍出發，騎腳踏車去刑場。他們用力踩著，風迎面吹來，帶著濛濛細雨，很冷。

「真的會有嗎？」

石世文問。

「會有，每天都會有。」

林祝福告訴他，在火車站看過布告，一張白紙，寫著姓名，用紅筆在名字上面打勾，貼在柱上，有的在大廳裡面，有的在大門上，幾乎天天有。石世文也看過，看了日期，有的是新貼的，有的已過兩三天了。

刑場在河邊，看過去，是一片草地，草葉上沾著雨水，草在輕輕抖動著。

他們沿著河邊前進，水是混濁的，水流很急。

在入口處，他們看到幾隻水牛在吃草。雨水落在牠們身上，看來，很舒服的樣子。有幾個牧童，有的穿著布袋衫，就是舊麻袋縫成的，可以防雨，也可以禦寒。他們躲在茄苳樹下。

「有嗎？」

林祝福問牧童。

「有什麼。」

「砰、砰。」

林祝福，用手指做成槍的樣子。

「有。」

一個牧童指著遠方，那裡有幾個人影。

「太晚了。」

另外一個牧童說。

「他們在做什麼？」

「照相。」

「都要照相嗎？」

「對。都要照相。」

天已完全亮了，不過因為雲層太低，看來還是有些陰暗。

草地上有些不平，而且有積水，林祝福和石世文推著腳踏車過去，等照相的人走開。

地上躺著三個屍體。兩男一女，都仰臥著，身上都還戴著手銬和腳鐐。右邊的男人，腹部略微側向，還睜著一個眼睛。另外一個，在中間，臉朝上，嘴是歪的。女的留著短髮，眼睛半閉著。他們身上，沾著泥土和草屑，嘴唇已發紫，臉也呈黃紫色，身上有血，地上也有血，不過已被雨水慢慢沖淡了。有一股淡淡的血腥味，夾在細雨中。

他們是真的死了嗎？他們不是在睡覺？他們會醒過來嗎？不，他們是死了。

沒有錯，他們三個人是死了，是的的確確死了。以前石世文曾經去屠宰場看過殺豬，他看到豬死了，肉卻還會跳動。這三個人，肉都好像已經僵硬了。除了雨，除了水，除了風，除了草，一切都好像靜止下來。

他們三個人，是什麼關係？是同黨，或者，會是夫妻，或者是兄妹？

聽說，有人很勇敢，還唱歌，還高呼萬歲。也有人哭，哭的人比較多。有的人沒有辦法自己走路，要人家架著。

林祝福說，人犯在槍斃之後，身體向前仆，臉是朝下，執行者，為了看犯人是否死了，還要照相，把他們的身體翻過來。

為什麼要照相？剛才，牧童也說過，要照相。是為了給他們的親人看？不可能。是為了示眾？也許，不敢確定。是不是還有其他目的？

兩個男的，年紀大一點，右邊的一個，大概有四十歲，中間的也有三十多歲。也許不對。人死了，臉上又沾著雨水和草屑，不大容易判斷。女的很年輕，大概只有二十歲出頭。

她穿著白色的襯衫，上面是淡紫色的毛衣，襯衫和毛衣上面的幾個扣子已鬆開，襯衫和毛衣上有血跡，因為沾了雨水，已濡開。

她穿黑色長裙，有一邊撩起拉高，露出了一半的大腿。大腿是雪白的。從衣領間可以看到她上胸部的皮膚，一邊的乳房已露出來了。乳房是白色的，也沾了些污泥和草屑，也可以看到乳暈和乳頭。乳暈的顏色和嘴唇一樣，是紫色，不過淡一點。

「世文，你看，乳頭那麼小，一定是處女。」

林祝福蹲下去，正要拉開衣領，大概是想看另外一邊的乳房。

「不要碰。」

有人在背後大聲喊著。

「走開。」

一部軍用大卡車開過來了，跳下幾個軍人，把車廂的後門打開，把屍體抬起來，像貨物，往車廂裡一拋。手銬腳鐐還在身上，還鏘鏘作響。女的也一樣，只是頭髮垂得較長，然後把車子開走了，在草地上留下，深深的輪胎痕，水很快淹過來。

「那個女的，活著，一定很漂亮。好可惜。」

林祝福說。

「要載去哪裡？」

石世文問。

「我怎麼知道。不是燒掉，就是埋掉。」

「我們回去？」

兩個人推著腳踏車，推到路邊。

「等一下。」

石世文說。

「什麼事？快遲到了。」

「今天沒有朝會。」

「快吃不到早餐了。」

他們都是住校生。

天還是陰暗的，不過已經不早了。

「你先回去。」

「不行，你看幾點鐘了。」

兩個人都沒有戴錶。

「真的，你先回去。」

林祝福搖搖頭，跨上腳踏車，先走了。

牛群還在吃草，有的低著頭，有的抬起頭，咬動著嘴。雨不大，落在牛群身上，牛有時會甩動尾巴，尾巴上的水珠，在畫著弧線。

那幾個牧童還是躲在茄苳樹下。有一個較大的，大概只有十一、二歲，手裡拿著一個空罐子。

「我們去踢罐子。」

較大的小孩，邀其他的小孩。

「在落雨。」

其中一個回答。

「阿忠，你要玩嗎？」

較大的小孩問一個較小的小孩。

「落雨……」

「落雨，也不會淋死你，出來。落雨才好玩。」

大的拉著小的出去，找到一個地勢較高的地點，把空罐子放下，舉腳踢了出去。

哐啷、哐啷。

石世文也玩過踢罐子。他感覺，今天的聲音不對，也許是下雨，聲音沒有那麼響亮。

為什麼下雨天，也要踢罐子？

「阿忠，去撿。」

阿忠遲疑了一下。

「趕快去撿，不然下一次不讓你玩。」

阿忠冒著雨，把罐子撿了回來，再放到原來的地方。

哐啷，哐啷。

「阿忠，去撿。」

「讓我踢一次。」

阿忠把罐子撿回來，放下去。

「好。」

大一點的小孩說。

阿忠舉起腳，用力一踢，沒有踢到。

「哈，哈，哈。真下消。」

大家笑著，從躲雨的地方出來。

哐啷、哐啷、哐啷。

哇、哇。

哐啷、哐啷、哐啷。

「你們有看過槍斃？」

石世文問那個較大的。

「有呀。」

「今天沒有去看？」

「沒有。」

「為什麼？」

「我們已看過好多次了。」

大的小孩說完，就把空罐子擺好，用力踢了出去。

哐啷、哐啷、哐啷。

翌日，石世文看了報紙，有寫執行的情形。那個女的，和其中一個男的，是夫妻。報上有三個人的照片，還寫了些，他們被槍斃的理由。

有人說，有情人不能同年同月同日生，但願同年同月同日死。

他們，是真的同一天死了。

娘仔子

美雲穿著淺紫色有格子的短袖襯衫和花布長裙。她的皮膚像她父親阿波叔，很白。不過，鼻孔下可以看到很短很細的鬍子。她向石世文輕輕點頭，露出微笑。因為穿著較薄的衣服，顯示出胸部的起伏。

美雲是半陰陽。石世文不是很清楚，什麼是半陰陽。

石世文小學四年級那一年，有一天，上午十一點半左右，市場的喧嚷聲已漸漸消失，以阿輝為主，有五、六個大孩子，帶著美雲到公會堂的圍牆邊，那裡有幾棵高大的榕樹。阿輝已是高等科的學生了，石世文也跟在後面。

「你不要跟，稍等掠你來解剖。」

阿輝對石世文說。他大石世文四歲。解剖就是脫光他的衣褲，看他的下體。

石世文遲疑一下，又跟過去。

在榕樹下，停放著兩三輛力阿卡。公會堂和市場相鄰，那些力阿卡，主要是用來載活的豬和豬的屠體。他們把力阿卡豎立起來，當屏風。車輪還在轉動。

石世文聞到一些味道，有血的味道，也有豬糞的味道，那是沖洗不乾淨留下來的。實際上，車的底板上還留有血跡。

住在附近的人，都知道美雲是陰陽人。她的名字是女孩的名字，她也穿女人的衣服。她會和阿子一樣嗎？

美雲大石世文一歲。他們的住家，相隔只有五間。

阿輝叫美雲把裙子撩上來，再拉下內褲。其他的人都比石世文大，他只看到美雲的臉，低著頭，卻沒有什麼表情。

「不要給阿爸知影。」

不到三分鐘，美雲站起來，拉上褲子，放下裙子。

「石世文，你什麼也繪使講。」

阿輝說。

「我什麼也無看到。」

美雲的父親，阿波叔，曾經警告過，不能欺負他的女兒，連半陰陽這種話也不能說。否則，要像刺豬一樣。石世文曾經跟大孩子去屠宰場看過殺豬。阿波叔只做指揮，是由助手操刀的。

他們把綁著的豬，翻轉身，四腳向上，用一把很長的尖刀，從脖子一直刺進去。豬一邊尖叫，血不停噴出來。有人用木盆去接。有人自備米，將豬血澆進去，拿回去做豬血粿。

「石世文，什麼也𣍐使講。」

阿輝為什麼只對他一個人說？

「我什麼也無看到。」

「我們來解剖他。」

另外一個，叫阿興的說。

「解剖，解剖。」

其他的人也喊起來。

「無要。」

他們抓住他，把他抓到剛才解剖美雲的地方。力阿卡還豎在那裡。

「無要。」

他們開始脫他的褲子。他掙扎著身體，腳也亂踢起來。

「哎喲。」

他踢到了阿興的下部，阿興用手扶著。

「像娘仔。」

娘仔就是蠶。

「他的蘭鳥像娘仔。」

「沒有比美雲更大。」

「不要講美雲。」

「正經像娘仔。」

「哈，哈，哈。正經像娘仔。」

「幹。」

這時，阿興忽然舉手敲了石世文的頭。

「你安怎打我？」

「你踢我，足痛。」

「不要打。石世文的蘭鳥像什麼？」

「像娘仔。」

「哈哈哈，像娘仔。」

阿輝還用手指比了一下長度。

石世文是看過人家養蠶，他自己也曾經用紙盒子養了幾條，不知怎麼，總是養不大。娘仔有大有小，他們說石世文，就是養不大的娘仔。

有人喜歡叫他蔣介石，因為他姓石。日本人說，蔣介石不敢打仗，逃到內山躲起來了。現代，除了蔣介石，他還多了一個綽號，小隻娘仔，娘仔子。

經過一年，石世文是小學五年級。

在夏天，住在公會堂附近的小孩，會去大水河游泳。在這一段的河面，對岸的沙灘緩和伸入水中，水底下的沙地，由淺而深，到了舊莊這一邊，形成一條細長，水深的水溝。小孩游到對岸，因為水在流動，要先走到上游，再入水游過去。水較急，就要走到更上游。

小孩到對岸，有的在休息，曬太陽，有的在挖沙坑。在靠近水邊，沙地一挖，下面全是水。有人用沙堆成城堡，有人將沙和水一起捧上來，再滴下去，做成乳筍形的沙塔。有的，把沙堆在自己身上，遮住下身。

那一天，大水剛消退，河面還是很寬，大部分的沙灘都還沒在水中，只在河中央浮出一塊小小的沙洲。

阿輝帶頭，有七、八個小孩跟在後面。阿輝已考上二商，是夜校，高等科畢業才能考。聽說，他就要去當學徒兵了。

「蔣介石，你不要跟。」

阿輝對石世文說。

從這邊望過去，河面是平日的三、四倍寬，石世文太小，如游不到沙洲，會被水流走。

他們都下水了，過了一下，石世文也下水。他游得比較慢，所以被水流得更遠。一看，沙洲就要過去了，他心裡有一點害怕。他用腳碰一下，碰到了底。他站起來，水只到腳部。

「趕快去救蔣介石。」

阿輝在沙洲上指揮，也有兩三個人下水過來。

「我們救你。」

「無呀，是我自己游來。」

「我們救你，我們要去向你老爸討豬腳麵線。」

「獪使，獪使。我自己游來。」

「來看，他發嘴鬚了。」

大水河出水，把泥土溶進水裡，河水也混濁起來，下水游泳，因呼吸關係，鼻下會沾污泥，看來像鬍子。

「轉大人了。」

「你有發毛？」

「你脫褲子給大家看。」

「毋要，毋要。」

「解剖，解剖。」

他們把石世文拉到沙灘上，壓著他四肢，脫掉他的褲子。他眼睛看到天上，只有雲，沒有太陽。也許，河水冷一點，出水的水都比平常冷一點，還有一點風，他的身子在輕微發抖。

「幹，也是小隻娘仔子。」

「正經，也毋發毛。」

那天，有人去告訴他的父親。父親用竹棍子打他，是第一次用竹棍子打他。

明霞阿姨

晚上，父親和母親出去看歌仔戲，明霞阿姨在洗澡。

浴室在中落和後落之間的小深井，是用木板釘成的，有一個簡單的木板門，上面有一個電燈泡，掛在電線上，沒有燈罩。門下有一條縫，從外邊可以看到浴室裡的地板，也可以聽到水聲。

石世文家用的是日式風呂，就是木製浴桶，平時是母親燒火，母親不在，由石世文負責。

家裡，洗澡有一定順序。父親、石世文，最後是母親。以前，阿雲姊未出嫁前，是排在母親前面，明霞阿姨是客人，就插在石世文之前。洗澡，先沖洗，再進去泡。

母親有七個兄弟姊妹，母親最大，明霞阿姨最小，中間依序是，男、男、男、女、男。明霞阿姨小母親二十歲，大石世文八歲。

明霞阿姨住在山腳鄉，也就是母親的娘家，離舊鎮只有五、六公里的路程。她是日治時代的高女畢業，現在在山腳國民學校當教員。

舊鎮在縱貫道路上，是附近幾個鄉鎮的交通中心，往山腳的公路局班車，都要經過舊鎮。因為山腳人口不多，車班少，收班也較早，明霞去台北，或來舊鎮，趕不回去，也都住在石世文家。

阿姨還在洗澡，水烟不停冒上來，也可以聽到水聲。

石世文回到大廳，把那張舊報紙又拿出來看。報上登著他去刑場看到的那三個人的相片。也有簡單的報導，那些報導，和貼在火車站柱上的文字差不多，只多了一些說明。那個女的，註明是其中一個男人的妻子。是哪一個呢？是中間的一個嗎？還是另外一側的一個？他們槍斃她的時候，是否把她放在丈夫身邊？

報紙上的相片，是生前的相片。死後，又有人替他們照相，並沒有登出來。他無法認出，哪一個屍體是哪一張相片。因為屍體上，眼睛不是完全睜開的，臉上還站著泥水和草屑。

從報上的相片看，那女的長得很清秀，也很漂亮，留短髮，像高中生。這個女人，已經死了。她靜靜的躺在草地上，露出乳房的一部分，林祝福還想去把衣襟掀開。

他再看那兩個男人的相片。他總是覺得，中間那個男人是第三者，不是女的丈夫。行刑人是有意這樣排的嗎？死者也沒有提出要求，要靠在一起？或者他們有求，行刑人並不加理會？

他們的屍體被運走了。他們會被埋葬嗎？夫妻會不會被埋在一起？不能同日生，卻能同日死，對他們有意義嗎？聽說，這些日子被槍斃的人，有人是無辜的。他們會是無辜的嗎？聽說，有少數，很勇敢，是英雄人物。他們是嗎？從那些屍體，扭曲著身體躺在草地上的屍體，實在看不出來，他們做過什麼事蹟。

石世文放下報紙，走到浴室前面，水煙還在冒，不過沒有聽到聲音。

他又想到那個女人的屍體。林祝福想去拉開她的衣襟，想看看完整的乳房。

「你有沒有看過女人的乳房？」

「沒有。」

他看過生母的乳房，也摸過。

「好丟臉。」

沒有看過女人的乳房，就丟臉嗎？母親的乳房算數嗎？他想問，卻沒有開口。

一年多以前，他初三，跟著幾個大一點的小孩，爬上高士宏家的圍牆，看女人洗澡。高士宏是省議員，是鎮上的名人。

從馬祖宮前面的大路，向大水河的方向走，右側的一家就是高士宏家。那是舊鎮最重要的商店街，五十六坎的第一家，也是鎮上少數的二層樓的樓房。

兩個比較大的小孩，一個高一，一個初三，不過個子比石世文還高，已爬上圍牆上了。只有他還在牆下。

「哎呀，賊，賊。」

有女人，在裡面大聲叫喊。

在牆上的小孩，一個跳下來，一個滑下來。跳下來的，腳踝扭到，一拐一拐地跑到公會堂那邊去了，石世文也跟著跑。

「看到了？」

「看到了。好白，好大！」

大一點的孩子說。

他們看到高士宏的女兒在天井裡面洗澡。她是明霞阿姨高女的學妹。那時，在舊鎮，能讀高女的，加起來也不過十幾個。阿姨曾經去過高士宏家找過這個學妹。

什麼好大，好白？乳房嗎？

「真的看到了？」

「你們，好可惜。」

「都是你，發出那麼多的聲音，才被發現。」

他們兩個，真的看到了？

林祝福說他沒有看過女人的乳房，是一件丟臉的事。為什麼會是丟臉的事？

他有看過生母的乳房，也有看過別的女人在餵小孩。這不算嗎？他也看過後街阿花在餵小孩，她的乳房比生母的大，也長，人家說那是布袋奶。

明霞阿姨還在裡面嗎？為什麼沒有聲音？

他沒有看到她出來。阿姨喜歡泡風呂，不過，今天晚上也實在泡太久了。

以前，街役場的助役，也就是僅次於日本人街長的台灣人的官，就住在隔壁第四家，有一次喝酒回來，泡風呂，心臟麻痺死了；只有三十九歲。什麼是心臟麻痺？大哥宗文告訴他，就是忽然心臟停止跳動。

一點聲音都沒有。阿姨有沒有關係？

石世文從木板的門縫看裡面，裡面有水烟，看不清楚。

「世文。」

阿姨忽然叫他一聲，聲音不高。

石世文沒有回答，正想退回來。

「世文。」

阿姨提高了聲音。

「阿姨。」

「世文，入來。」

石世文進去，怔怔地站在風呂前面。

明霞阿姨泡在風呂裡，只露出頭部，頭髮用一條乾毛巾裹住，臉色紅紅的，額頭和臉頰都有水珠，是汗？還是水氣？

「世文，看要加炭。」

「好。」

石世文蹲下身，看看爐裡的炭火。

「你坐下來。」

風呂前有一個矮木凳，人可先坐在上面沖洗。石世文聽說，日本人洗澡，是全家人一起洗，不分男女。阿姨是不是也這樣想？

「你最近有心事？」

「……」

「我看到，你桌子上有幾張報紙，上面有相片。你有認識的人？」

「沒有，沒有。」

「沒有就好。你為什麼收那些報紙？」

「阿姨，為什麼人要殺人？」

「人有時會起肖。」

「我看，他們沒有起肖，像機器人。」

「你去看了？」

「嗯。只看到他們在搬屍體。」

「機器人，是人發明的，是人製造的，也是人在操作的。好人操作，就做好事，起肖人操你，就做壞事，有時也會殺人。」

「在報上看到的，那些人的相片，是生前照的，人是活的。不過，我們看到相片，人已死了。我看到那些人，躺在草埔上，好像是完全不同的人。」

「呃。」

「阿姨安怎了？」

「沒有什麼，你再講下去。」

「有一個女的。」

「我有看到相片，你還在上面用紅筆打勾。你為什麼特別關心那個女的？」

「看來，她的年齡和阿姨差不多。」

「呃。她很漂亮？」

「有一次，我看到一個人，打了一隻鳥，很漂亮的鳥，好像是雉雞，那不是用來殺的，也不是用來吃的。」

「你將那個女孩看成雉雞？」

「我講𡃶清楚，我覺得為什麼連那種女孩都要殺掉。」

「世文……」

「阿姨，你哭了？」

「世文，你還要講嗎？」

「阿姨還要聽？」

「我聽，你講。」

石世文把他們看到的景象向明霞阿姨再講一次。

「林祝福想去拉開那個女的衣襟。」

「你講，阿姨在聽。」

「林祝福講，沒有看過女人的乳房，是丟臉的。」

「世文，你沒有看過女人的乳房嗎？」

阿姊的聲音，有點哽住。

「阿姨，我不講了。」

「你講，你講下去。」

「看報紙，那三個人都是外省人。其他，也有不少外省人。外省人也殺外省人？」

「沒有錯。外省人也殺外省人。我們學校有一個女老師，嫁給外省人，她的丈夫也被殺了。」

阿姨說，又停了一下。

「阿姨……」

「什麼事？」

「我不要講下去了。」

「世文，你真的沒有看過女人的乳房？」

「……」

「世文，你過來。」

石世文走進風呂。

「再近一點。」

石世文看到明霞阿姨的身體。她泡在水裡，一動不動地泡在水裡。他看到了乳房的上部，也看到了乳暈和乳房。阿姨雖然不動，水還是輕輕的盪動著。

「看到了？」

「看到了。」

「還要看更清楚嗎？」

明霞阿姨說，將整個全身伸直，乳房全部露出水面了，水從身體上瀉下，因為泡熱水，身體都變紅了。

明霞阿姨的乳房是紅的，乳暈和乳頭是更深色的紅。刑場上的死者，乳房是白的，乳暈和乳頭是淡紫褐色的。這就是活人和死人的差異嗎？

「看清楚了嗎？」

「看清楚了。」

其實，石世文已把視線轉開了。

「以後，你的同學再問你，你可以告訴他，你看過女人的乳房了。」

「阿姨。」

「我泡太久了，我要出來。」

石世文把整個身體轉開。

「世文，為什麼不敢看阿姨？」

石世文又把身體轉回去。明霞阿姨已站起來了，一手抓住風呂的邊緣，倒著跨出風呂。她的臀部，圓圓的，也一樣燙紅了。

「世文，沒有看過女人的乳房是丟臉的，不敢看女人的裸體，是更丟臉的。」

「阿姨。」

「世文，這是第一次，我讓男人看到我的身體。我看，你已經是男人了。」

石世文知道，明霞阿姨以前有一個「彼氏」。連他都沒有看過嗎？

「世文，阿姨就是母親。阿姨雖然只大你八歲，沒有辦法生你。不過，阿姨就是阿姨，阿姨就是母親，你懂嗎？」

明霞阿姨，身體轉過來，向他，身體是完全光裸的。

阿姨就是母親，他不完全了解，但是，也似乎可以了解。

阿姨知道，他是阿舅和阿妗收養的，在血緣上，和阿舅有關，和阿妗無關。阿姨是阿妗的妹妹，也沒有血緣的關係。忽然，他好像懂了。阿姨是母親，所以他可以看她。阿姨是母親，所以她像母親疼他。

「有看到？」

「有。」

「全部看到了？」

「有。」

「現在輪你洗了。」

明霞阿姨已穿好衣服。

「阿姨呢？」

「我看火。」

石世文不知怎麼辦，只是站著。

「你把衣服脫掉，先沖洗一下，再進去泡。」

明霞阿姨出去一下，又進來。石世文已沖好身體，人已在風呂裡面了。

「水有夠燒？」

「有，有，有燒。」

石世文坐得很低，只有頭部伸出水面。

「世文，你有發現阿姨的乳房，大小不一樣嗎？」

「有。無明顯。」

「哪一邊大？」

「左邊的大一點。」

「你瞄了一下，就看出來了？」

「我有畫過電影的看板，畫過好幾個明星。」

「那些明星的乳房，也有大小不一樣的？」

「她們有不同的姿勢，看來全不一樣。」

「這樣很醜嗎？」

「阿姨有沒有看過公雞的雞冠，很多是歪一邊的。阿姨覺得那樣就不美嗎？」

「你有很多歪理。」

明霞阿姨把矮椅子擦一下，拿到風呂邊，坐下來。

「世文，你很害羞？」

「……」

「你有見過葉桑，對不對？」

「有。」

葉桑就是阿姨的「彼氏」。他是讀醫的。高女嫁醫生，是很風行的情況。在二二八之後，風聲很急，他一個人跑到香港去了，聽說，已經和香港的女人結婚了。

「阿姨還想他嗎？」

「想。阿姨不會忘記。」

「這就是愛情嗎？我們老師說，戀愛就是亂愛。」

前幾天，在課堂上，因為快要畢業了，有學生問一美術老師，什麼是戀愛，老師這樣回答他們。

「你們老師真是出鱈目。」

出鱈目就是胡說八道。

「如果葉桑不逃走，會被槍斃嗎？」

「很可能。他有一個同學，郭桑就被槍斃了。」

「阿姨覺得，他逃走，卑怯嗎？」

「為什麼？」

「因為他丟下阿姨。」

「阿姨又不能像相片那個女人，和丈夫一起被槍斃。一樣沒有在一起，阿姨寧願他活在別的地方，和別的女人在一起。」

明霞阿姨的聲音又哽住了。

「阿姨，對不起。」

「世文，你認為阿姨應該結婚嗎？」

「是二姨丈嗎？」

「對。」

二姨丈就是瑞昌姨丈，他被日本人徵召去南洋，戰爭已結束一年半了，一點消息也沒有。在戰時，曾經有人見過他，那些人都已回來了。有人說他已經死了，卻不確定。那時很亂，消息也不正確。唯一確定的是，沒有死的人都已回來了，都應該回來了。

大家都認為二姨丈已經死了，二姨也就改嫁了。那時，有一個從南洋回來，雖然是耕田，卻很富有，因為他們把一部分農田變成養雞場，又有孵小雞的設備，二姨在養雞場打工，幫忙辨別小雞的雌雄。那人向二姨求婚，外媽認為機會難得，就鼓勵二姨再婚。

大概在二二八那時候，二姨丈突然回來了。回來的，一共有三個台灣人。他們躲在山中完全不知道日本已投降。他們也有撿到美軍撒下的傳單，有英文，也有日文，不過日本軍曾經警告他們，不要相信美軍的宣傳。

他們很餓，去農舍偷食物，被抓到，遣送回來。

他去找外媽。

「安怎會安呢？」

外媽很難過。當時，她是贊成二姨再婚的。

二姨丈和二姨曾經再見過面。二姨丈要二姨回來。那時，二姨已又懷孕了。二姨丈說，妳的孩子，就是我們的孩子。二姨認為孩子的父親還在，孩子是要跟自己的父親的。二姨丈和二姨相抱在一起，哭了很久，還是分手了。

「明霞嫁給我。」

瑞昌姨丈向外媽提出要求。

明霞阿姨是高女畢業，瑞昌姨丈只讀高等科，學歷有差異，年齡也相差十多歲，外媽不敢做決定。

實際上，明霞阿姨自小就和這個姊夫很親近。他喜歡釣魚，時常帶她去釣魚，有時一起走路，有時用自轉車載她，一直到她考上高女以後，才不跟他。

「阿媽，阿姨給我做母親好不好？」

「阿姨，妳給我做阿母好不好？」

二姨有一個女兒，已國民學校一年級了。

「世文，我應該結婚嗎？」

明霞阿姨已二十六歲了，街上已有人在傳言，她快要做老姑婆了。
「世文，你覺得你瑞昌姨丈怎樣？」
「很好。」
「呃。為什麼？」
「二姨懷孕，他要二姨，也要二姨的小孩。他很好。」
「呃。你真的這樣想嗎？」
「真的。」
「你站起來。」
石世文還是蹲在風呂裡不動。
「世文，你泡太久了，出來。」
石世文起立，背部向明霞阿姨，倒著跨出風呂。
「世文，轉身，讓阿姨看一下。」
石世文轉身，面對明霞阿姨。
「小時候，阿姨曾經幫你洗澡，很多次，你記得？」
「記得。」
「我看，你現在已完全是一個大人了。」

吳雪玉

「二，二哥，我要去看你。」

吳雪玉打了電話來。她和李友文結婚以後，都稱呼石世文二哥。

「今天沒有課？」

石世文問。

「我，我請假，請半天。有，有同事幫我代課。」

吳雪玉直接上加蓋的五樓，也是石世文的畫室。

吳雪玉在國小教書，本來是教體育，現在已改教一般課程，也擔任導師。

「有什麼事嗎？」

石世文想，吳雪玉在上班時間，請假來看他，會有什麼急事？或者是有什麼特別的事，挑林里美不在家的時間。

「二哥，幫我畫像。」

九點不到，吳雪玉敲門進來。平時，她很爽朗，今天卻有一些拘謹，表情和動作可說有些僵硬。以前，她常常來找林里美，有說有笑，很自在。

「什麼？要畫像？」

「二哥，我穿這樣，合適嗎？」

吳雪玉穿著長袖黑襯衫，胸前印有幾朵大紅花，四周零星地點綴著白色小花，再配上細細的枝葉，也是白色的，外面罩著深灰色的無袖背心，下身是白色長褲，看來都是新的。

「很不一樣。」

「很不一樣？」

「我沒有看過妳這樣穿著，顏色對照那麼強烈。還有，妳也很少穿高跟鞋，白色的高跟鞋。」

吳雪玉身材高大，平時都穿平底鞋。

「二哥，請你幫我畫一張像。」

吳雪玉留著短髮，她平時就是這樣。不過，今天的髮型是髮尖向下巴彎進，看來，好像有人從上面用手抱住她的臉。她的頭髮，本來帶有一點點的紅，現在，已有一些白髮了，看不出紅色的色調。

吳雪玉身高一六八，在他們年輕時的那個時代，算是很高的。那時，她是排球選手，在九人制，她打左前鋒。

「很合身。」

平時，她穿洋裝，或衣裙，較少穿長褲。他感覺，今天的配合很特別，顏色對比很強烈，而且深色在上，淺色在下。

「二哥，如果我死掉，穿這樣子，可以吧。」

「雪玉，妳亂講。」

「二哥，你要幫我畫像。」

「我已好久沒有畫人像了。」

「以前，我看過，你在國校幫洪老師畫電影海報。」

「那是很久以前的事了，而且是看小海報畫的。」

「有一次，元玲來看你，說二伯和一個女學生在畫室裡面。」

「她來問我一些以前台灣畫壇的事，不是來畫畫的。」

「二哥，你沒有替里美畫過像？」

「已好久沒有了。」

「二哥，你說現在不畫人像，也不畫女人像了。」

「嗯。」

「二哥，今天我來了，一定要幫我畫一張。」

「要怎樣畫？」

「坐著好了。」

吳雪玉端端正正的坐好。

「二哥，你有女友嗎？」

「什麼？」

「你沒有女友嗎？」

「妳說什麼？」

「文學家、音樂家、畫家，都很浪漫，都有很多女友，不是嗎？」

「他們都很傑出，至少很有名，自然會有很多仰慕他們的人。」

「二哥，藝術家，不要說藝術家，男人沒有女友，算不算是一種缺陷？算不算一種不足？」

「要怎麼畫？全身？半身？」

「二哥，你是真的不浪漫。」

「那畫半身好了。」

「我要畫全身，衣褲都要畫進去。」

「呃。」

石世文走過去，比手勢，要吳雪玉擺好姿勢，並要她把衣服整理一下。

大約過了半個鐘頭，吳雪玉把相疊的腿換過來。

「雪玉，妳坐好，好不好？」

「我的腿，有點痠。」

「快好了。」

「腿，要不要擺回來？」

「盡量不要動。」

「做模特兒真不簡單。有人說，先照相，再畫。」

「有人這樣。不過我較習慣直接畫。」

「二哥，一張畫要畫多久？」

「不要說話。」

「二哥，我一向很聽話。不是嗎？」

吳雪玉略微側身，眼睛看著前面。她臉上，有雀斑，在眼睛側面和下面的臉頰上，最為明顯。頸部到上胸部也零星可以看到。聽說，她有去治療，斑點的顏色雖然淡了一點，卻還可以看得到。

這些斑點要畫下來嗎？吳雪玉穿黑色上衣，和她的雀斑有關嗎？他想到秀拉的畫，秀拉的點描法，可以把斑點變成畫的一部分。

吳雪玉又換了腿。

吳雪玉最特別的就是她的腿，尤其是小腿，比一般人長一點，腿肚平順膨起，形成優美的線條，是在歐美的跳高選手身上比較容易看到的。

「拜託，不要動。」

石世文走過去，把她的腿部按一下。

「二哥，你的手在發抖。」

「沒有，沒有。」

石世文感覺，吳雪玉也是不自在的。

「二哥，我是不是一個不稱職的模特兒？」

「雪玉，妳可不可以暫時不講話？」

「可以，可以。」

吳雪玉說，把嘴緊閉起來，身體也變成木頭人，不動了。

「好了。」

大概又過了半個鐘頭。

「好了？那麼快，是素描嗎？」

「是素描。」

「什麼時候著色？」

「我會慢慢弄。」

「衣服的顏色會一樣？」

「會，不過花樣會模糊一點。」

「可不可以變成半身？」

「這樣就半身了。」

石世文用手遮住下半身。

「二哥，你把我的小腿畫得很長。」

「你的小腿，本來就比一般人長。」

「小腿長，美嗎？」

「我認為很美。東方人，腿長，是很難得的。」

「聽說，腿長的人，較短命？」

「聽說的？」

石世文想起國校時代，日本人替學生作身體檢查，除了量身長和體重以外，又加上胸圍和坐高。坐高就是坐下來時，從椅面到頭頂的高度。現在想起來，量坐高的用意，是不是和壽命有關？

「有一個同事說的。」

「學校的老師嗎？」

「是。」

「妳的小腿，是每一個人都要羨慕的。妳怕短命？」

「二哥……」

「畫好了。」

「二哥，你好像在趕我？」

「沒有，沒有。」

「二哥……」

「你要喝茶？或咖啡？」

「我上午不喝咖啡。」

「那我去泡茶？里美比較會泡。」

「不用了。」

「二哥，你有沒有想看我的腿？」

「什麼？」

「我還想畫一張。」

「什麼？」

「我，我還想畫一張。」

吳雪玉說，站起來，開始把無袖背心脫下，脫下高跟鞋，再拉下白色長褲，把長袖黑襯衫也脫下來。她的手，好像在微微發抖。

「我看過電影，一個法國畫家，替一個貴婦人畫像，畫了兩張，一張穿衣服，另一張是裸體。」

「不是法國，是西班牙的畫家。」

「二哥，你再幫我畫一張。」

吳雪玉只剩下內衣褲。內衣褲是淺粉紅色的，看起來，是新的。石世文想到那個晚上，張杏華去找他，也穿新的內褲。

「雪玉，你快把衣服穿上。」

「二哥，那位貴婦人是畫家的情婦嗎？」

「我不知道。」

吳雪玉說，轉身把內衣褲都脫掉。她剛脫掉內褲的時候，他發現她的屁股那麼大。她再轉身過來，遠遠的站在石世文面前。她的乳房並不大，不過腹部微微突出，動的時候，可以看到一些皺褶。石世文再看她一眼，一般女人年紀稍大，身體會呈菱形，不過，她肩膀寬，手臂也相當粗，整個人看起來，還算均衡。

「二哥，我相信你畫過女人的裸體。我也是女人啊，你有畫過里美嗎？」

「沒有，沒有。」

「真的？」

「里美不大管我畫畫的事。」

「要怎麼畫？立姿？坐姿？或臥姿。西班牙的畫家畫的是臥姿。幫我畫臥姿好了，可以嗎？」

「這裡沒有床。」

「那我們下去四樓。」

「不行，不行。」

「那是你們的床，對不對？」

「雪玉……」

「那我就躺在地板上，你去拿毛毯和枕頭。」

「我想，還是畫坐姿好了。」

「二哥，你看，小腹上有幾條皺紋？」

吳雪玉一坐下來，小腹上的皺紋就更明顯了，不過，整個人來說，皮膚還算平滑。這時，他發現，吳雪玉的雀斑在臉上。還有頸部的一點，其他的地方，肩膀、手臂、胸部、腹部、腿部，可以說是白淨的，雖然她的皮膚不很白。

吳雪玉的母親叫貓仔環。她們家在舊鎮的街頭，在地人叫海山頭。她們在那裡開了一家製麵店。本來，是吳雪玉的父親開的。他被日本軍徵召，去海南島，染了馬拉利亞病故。那時，石世文是國校的學生，還排隊去迎接裝在裹著白布的四角形的木盒裡的骨灰。他出征之後，麵店就由母親經營。母親也長得高大，也是滿臉雀斑，本來，大家叫她阿庚嫂，不過自從父親死後，很多人改叫她自己的名字，叫她阿環，不知是誰，說她貓面，就叫她貓仔環。石世文還沒認識吳雪玉之前，也去她們的店買過麵，那時候，街上大大小小的人都叫她貓仔環。

「不要看貓的無點。」

不少人說過這樣的話。

開製麵店，要擀麵，在店裡，靠牆擺著一塊寬三尺左右，長七八尺的厚木板，上面放著麵粉，先用手揉捏麵粉，弄成麵團，再用一根直徑三寸左右的圓形長木棍壓，用力反覆的壓，把麵擀好，再切成麵條。在壓麵團的時候，用手翻，再用桿子壓，一方面要用手掌和手臂，另一方面要用全身的重量。

石世文就看過，貓仔環一腳站在地上，踮起來，另一腳跨在木棍上，不停地壓著麵團，好像在跳舞。做這種動作，是要用全身的體力，貓仔環，就是冬天，也穿很少，而且在工作的時候一直流汗。

石世文已記不大清楚小時候的事，只記得貓仔環是穿著台灣褲，褲管較寬，只到膝下。到了戰爭末期，物質缺乏，麵粉是配給的，製麵店也暫時停業，到了戰後，貓仔環又開始擀麵。那時，她穿了戰爭末期，許多日本女人所穿的孟貝，也就是燈籠褲。她不但人高，乳房也大，在擀麵的時候，乳房在衣服裡面晃動。孩子們喜歡站在店窗外面看著，一邊叫，一邊蹺起一隻腳跳起來，而後笑著跑開，不久又集攏過來。貓仔環好像都不生氣。

雀斑要怎麼畫？剛才，石世文想到秀拉。其實，雀斑只是臉上的一部分，並不那麼重要，似乎不必去強調。

石世文讀師大的時候，當時還叫師院，常常去國校打籃球。那個籃球場，在學校的中庭，日本時代是網球場，戰後，打籃球的人多了，學校在兩端放了籃球架，改為籃球場，不過還保留網球場的兩個洞，隨時可以立柱子，結上網，高柱子打排球，矮柱子打網球。

吳雪玉是排球選手。她身高有一六八，當時算是高大的，而且彈性好。她當過縣的選手，參加過省運。那時，她是國校的老師。

石世文看過她在排球場打球。雖然打不一樣的球，球場是同一個，不管是練習或比賽，碰到的機會也不少。

吳雪玉打球都穿球衣，練球的時候，較多穿長袖球衣和長褲，比賽的時候，都穿短袖球衣和短褲。石世文發現，她不但身材高，腿也特別長，尤其是小腿微微鼓起的腿肚，畫出順暢勻稱的曲線。

嗨，嗨。嘿，嘿。

咿呀，咿呀。

叫聲雖然不是來自一個人，也不管是攻擊或守備，扣球或封球，吳雪玉的聲音都顯得非常的清脆。

吳雪玉喜歡留短髮，做了老師以後也一樣，看來像是高中生。

在叫聲中，他也看到了頭髮不停晃動，全身流著汗。汗已濕了球衣。有人說，女人的汗是香的。會是真的嗎？

有一天傍晚，石世文打過籃球要回家，在學校的門廊遇到了吳雪玉。她也要下班。兩個人走在一起，經過大馬路，轉入圳溝邊的小路，那是來回學校常走的路。大馬路，圳溝邊的小路，大致是平行的。

「我有看到你幫洪老師畫的海報，電影的大看板。」

「呃。」

「你畫得很好。」

「我只是把小海報放大而已。」

「有時，你好像也會修改一下？」

「呃。」

石世文感到有點耳熱。她看到了哪一點？她是不是看到，他把明星的乳房畫大？

兩人走到分岔點。圳溝邊的小路右邊是田，左側有許多分岔點，過橋，可以到街上。現在這個分岔點，是主要的分岔點之一，可以通行汽車。石世文的家先到，是由這個分岔點走過去。石世文正想轉過去。

「你自己畫嗎？」

吳雪玉問他，並先一步順著圳溝往前走。

「畫一點。」

石世文跟上去。

「畫什麼？」

「風景。」

「也畫人物嗎？」

「很少。」

「為什麼？你畫看板，那些人物都畫得很好。」

「畫人物，不是簡單的事。有名的畫家，才有人請他們畫。」

「洪老師有畫過人物嗎？」

「有，有。」

以前，有些是畫師畫人像，是根據相片，有的只是把相片放大。

「你可以畫我嗎？」

「不行，不行。我還沒有那麼成熟。」

「畫好，畫壞，都沒有關係。」

「不行，不行，不行。」

圳溝邊的路很窄，只能算是圳溝的護岸，有些路段還陷下去，連力阿卡車都無法走，兩人並肩，走到更窄的地方，就要碰手，或擦肩。石世文感受到，吳雪玉那麼近，隨時都可以碰到她。實際上，連她的呼吸都聽得到，甚至也可以聞到她身上的汗味。下午，他有看到她在練球，現在她是穿著長袖球衣和長運動褲回家。石世文感覺，只要擺手就可以碰到她，而且，她也有幾次碰到過，他只好僵硬的將手貼在大腿上。

「下禮拜，我們在縣政府那邊，有省運選手的選拔賽，你來為我們加油嗎？」

兩人沉默了片刻，吳雪玉又開口。

「或許，我會有時間。」

「是選拔賽，要來喔。」

縣政府是在枋橋鎮，在大水河的對岸，不過離河邊遠一點，一般是坐渡船過去，再走二、三十分的路，或可去台北換坐火車過去。

「好，我會找時間去。」

那天，石世文和吳雪玉，一直走到她家門口，而後再轉回自己的家。

「雪玉，妳坐好，把腿部疊好。」

「哪一邊上面？」

吳雪玉問的是大腿。

「右邊上面好了。」

以前，石世文和藝術系的朋友畫過職業的模特兒，她們還是會動的，但是，她們會很快的恢復應有的姿勢。

「還要很久嗎？」

「快好了。」

臉的部分，畫得還可以，可以用剛才畫過，有穿衣服的，現在，只要集中畫好身體的部分。

「二哥，我的乳頭是不是很大？很不好看？」

「……」

「里美的呢？」

「妳有自己餵奶嗎？」

「是大人吃的了。」

「……」

「我和你認識的時候，還很小，只有綠豆那麼大。」

吳雪玉說，臉有點紅。

「……」

「二哥，我是不是做了一件壞事？」

「為什麼？」

「讓人家看裸體？」

「裸體，是畫的重要素材。」

「裸體，是不是有美醜之分？」

「雪玉，不要動好不好？」

「二哥，不要那麼嚴厲，好不好？」

「我看過，有人畫老女人，畫老乳哺。」

「看，垂下來了，快變成老乳哺了。」

吳雪玉說，用手輕托一下乳房，再把右腿放下來，換了左腿疊上去。

「唉，好了。」

「畫好了？我可以看嗎？」

吳雪玉說，站起來，走到畫架前面。

「這是素描？是我嗎？」

「當然，是妳，也是一個女人。」

「什麼？」

「對。先畫素描。雪玉，妳可不可以先穿衣服。」

一般的模特兒，畫好之後，會先穿衣服，至少會穿上長袍。

「二哥，你畫了幾張，都沒有畫到我的腿。」

「呃。」

「我的腿，你不是說很特別嗎？」

「好，好，妳站好。」

石世文很快的畫了一張站姿，是裸體。

「怎麼沒有臉？」

石世文想起，有一種模特兒，不是人體的模特兒，是手的模特兒，或者是腳的模特兒。把他們或她們的手腳畫出，去接在肖像的人物身上。

「妳有看過維納斯的雕像，有的沒有手，有的沒有腿，也有的沒有頭。我可以把剛才畫好的接上去。」

「那不是科學怪人？」

「也可以把很多好的接在一起呀。」

「這樣子，可以接得上去嗎？不會破壞……整體性……或者，完整性。」

「寫文章，不是要不斷的修改？音樂也一樣，繪畫也一樣。」

石世文說，開始收畫具。

「二哥，你很有自信？」

「我想，我已盡了力。」

「二哥，你說讓人家看裸體，不是壞事？」

「不是看裸體，是畫裸體。是不同的。」

「二哥，前幾天，我做了一個奇怪的夢。我看到很多魚，牠們不是在水裡，牠們用尾巴站著，好像在跳舞，慢慢的，那些魚變成蝌蚪，依然是站著，依然像在跳舞，而後一條一條消失，最後全都消失了。這個夢，如何解釋？」

「我也不知道。妳最近有沒有想到，或看到什麼小魚之類的？」

「應該沒有，我記不清楚了。」

「妳覺得可怕？」

「並不可怕，不過，有一種感覺，很不舒服的感覺。」

「這是一個奇怪的夢。」

「二哥，我還想做一件壞事，更壞的事。」

「什麼？什麼壞事？」

「二哥。」

吳雪玉走向石世文。

「二哥，你沒有把我臉上的雀斑畫出來。」

「著色的時候，我會顯示出來，不過看的人，可能不會有感覺。」

石世文從書架上找出秀拉的畫冊。

「二哥，你好狡猾喔。」

「妳看這一張畫也是這樣畫的。畫可以省略，也可以外加。每一個畫家的作風都不相同。」

石世文找了一張雷諾瓦的畫出來。

「這是陽光的關係。有人還以為是癩瘠呢。」

「二哥，我的腿呢？很多人說它美，包括男人和女人。二哥你呢？」

「沒有錯，很美，很美。雪玉，妳是不是可以快穿上衣服。」

「二哥，我要做的壞事，是不能穿衣服的。」

吳雪玉說，已貼近石世文。

「等一下，等一下。」

石世文擺手阻止她。

「二哥，你知道友文有女人嗎？」

「……」

「二哥，你不知道嗎？」

「我有聽說。」

「元玲說的嗎？」

「元玲有來找過我幾次，說她想寫童話，問我可不可以幫她畫插圖。她完全沒有提到友文的事。」

「二哥，不止是一個。以前是一個，現在換了另一個。」

「……」

石世文知道李友文做建築，又做土地買賣，賺了一些錢。

「二哥，我問你，男人可以有女人，女人是不是也可以有男人？」

「……」

「二哥，為什麼無法回答？女人不可以有男人嗎？」

「我不是這個意思。」

「那你的意思是，女人也可以有男人？」

「聽說，在法國，結婚過的女人，沒有另外的男人，不是很光耀的事？」

「法國的情況，我不清楚。」

「你畫畫，對畫家知道不少吧，聽說，很多畫家，都有女人。像你提到的那個西班牙畫家。」

畢卡索也是西班牙畫家。石世文喜歡哥雅，有關女人的事他不很清楚，不過畢卡索確實有過很多女人。

「雪玉，我真的不清楚。」

「二哥，我想做一件壞事，做一個壞女人。」

「壞事？壞女人？」

「二哥，我要你。」

「什麼？」

「這是不是壞事？」

「不可以，不可以。」

「我沒有辦法和他同床，我沒有辦法和他做，因為我感覺有別的女人。」

「……」

「我要做一個壞女人，我要做一件壞事，才能和他面對。」

吳雪玉說，雙手拉了他的手。

「等一下。妳先把衣服穿好。」

「你不懂嗎？不懂我的心境？」

「我不懂，真的不懂。」

「世文，你是不可能不懂這種事的。」

「不行，不行。」

「不要退縮，不要一直退縮。你的問題就是只會退縮。」

「妳是我的弟媳婦。」

「你姓石，他姓李。」

「我是過繼給舅父。實際上，我們是同胞兄弟。」

「弟媳婦，我又不是你的妹妹。你有讀過歷史嗎？早期的人類，都是一家人住在一起的。」

「那是歷史，時代不同。不好的，要改進，」

「世文，你還記得？你還在讀師範學院的時候，你去學校打球，我們一起回家。你還記得嗎？」

「記得。」

「你送我回家，對不對？」

「對，走過圳溝邊的小路。」

「天快黑了，只有遠遠的一柱路燈，還有圳溝對面，從房子的窗戶露出來的一點燈光。我們走得那麼近，你卻什麼也沒有做。」

「……」

「你長得很好，膽子很小。」

「要我做什麼？」

「你不喜歡我嗎？」

「我還在讀書呀。」

「我已經在上班了。」

「……」

「你可以拉拉我的手。至少，你可以表示你並不討厭我。」

「……」

「我知道，我臉上有雀斑。街上的人，很多人，都笑我母親，大家都叫她貓仔環，還有那碩大的體型。你是不是也在我的身上，看到了我的母親？」

「親家母是一位可敬的人物。一個女人，承擔一個家庭，也承擔一個事業。全舊鎮所需要的麵，麵店的和家用的，都是親母做出來的。」

「我也幫忙擀過麵呀。用一隻腿壓著麵桿，好像在跳舞，跳著樣子奇怪的舞。這使一般人更容易看到我本來的樣子？你是不是也一樣？那很難看嗎？」

「沒有，沒有。我沒有看過妳擀麵。」

「那一天，我是穿運動衣褲回家。你記得嗎？」

「記得，記得。」

「你畫過很多海報，畫過很多的明星，你畫她們的臉，她們的頭髮，她們的胸部，和她們的大腿。你一定注意到了，對不對。聽說，你們畫畫的人，眼睛是可以看穿衣服的。何況，你看過我穿短衣褲在打球。」

「……」

「你看到了我的雀斑，也看到了我的腿。」

「……」

「現在，你看到了吧，雀斑只有臉上有，身上是白淨的。臉是給別人看的，身體是給自己人看的。」

「……」

「世文，你怎麼不說話？」

「妳把衣服穿好，我會記得。」

「你是說，我穿了衣服，你還記得我的裸體。」

「里美做心算，就是腦裡有一個算盤。」

「好可怕喔，那你可以畫出我以前的樣子？」

「可以畫，不過沒有十分把握。當時，妳的眼睛大一點，眼角沒有皺紋，不過，穿衣服的部分，我沒有看過。」

「現在呢？」

「看到了。」

「那以後呢？我說的是將來。」

「人都會老，不過每一個人的變化不一樣，有的人從臉變，有的從身材變。」

石世文說，轉身過去。

「你做什麼？你去哪裡？」

「我去找畫冊。」

石世文想到羅丹的畫冊，有一頁是一座叫〈老妓女〉的雕像。

「不用找了，回來，回來。」

石世文停了一下，又轉身回來。

「我看過母親的身體。每次，她擀了麵之後，滿身大汗，就到裡面，脫掉衣服，沖洗全身的汗水。她的乳房就像做潤餅皮的麵團，在工人手裡軟軟的搖盪著，每刷一次潤餅皮，麵團就消失一點，越來越單薄，而後扁扁的只貼在胸部，好像只有皮，沒有肉。」

「不是每個人都老成那個樣子。」

「你以為我會變成什麼樣子？」

「我，實在沒有辦法預測。」

「你不想預測嗎？」

「妳要我畫？」

「你畫畫看。」

石世文想到席勒的一些畫，就畫起來了，身體有些扭曲。

「這也叫做美？」

「這是一個畫家對人生的看法。人生的每一階段，都有每一階段的美。老也是一種美。」

「世文，你是很老實的，至少有關畫畫的事。」

「至少，對眼睛看到的，心想到的，要老實。」

「世文，那你的手呢？」

「手？」
「你摸我，表示你的手也很老實。」
「不行，不行。」
吳雪玉進，石世文就退。
「世文，你看這個疤痕。」
吳雪玉指著左腳膝蓋上的一塊疤痕，是不規則的橢圓形，長的大概有三公分長。
「疤痕，怎麼？」
「你靠近一點看。」
石世文靠近一點。
「摸一下。」
石世文用手指，輕碰一下。這個疤痕有什麼特別的意思嗎？
「那一次，我去參加縣運，還特別請你去幫我們加油，你沒有去，友文去了，友文本人是籃球選手，也參加。不過，他特別去排球場幫我們加油。我蹲下救球，跌倒了，膝蓋擦傷，他很快拿紅藥水幫我擦，還幫我按摩，按摩我的大腿和小腿，被教練趕走了。」
「我不知道有這件事。」
「那以後，他就常常去學校找我，陪我回家，多次走過你和我走過的圳溝邊的小路。他不但拉我的手，還摟我的腰。」

「友文做事，較積極。」

「世文，你是教生物的，母鳥帶食物回來鳥巢，小鳥會怎樣？」

「張大嘴，黃色的嘴，不停地叫，不停地索取食物。」

「母鳥怎麼做？」

「把食物先塞給嘴巴張得最大的小鳥。」

「不張開嘴巴，會怎樣？」

「會餓死。」

「假定，我有一塊麵包，有兩個人，我只能分給一個。一個不停索求，一個站著不動。我應該給誰？」

「……」

「世文，我來了，你不能站著不動。」

吳雪玉說，抱住石世文，把嘴壓在他的嘴上。

「不，不行。」

石世文依然用力想推開她的手，她依然緊緊抱住他。

「你自己不脫衣服，我來幫你脫。」

吳雪玉忽然把嘴壓在他的嘴唇上，而後伸出舌頭。

「不行，不行。」

吳雪玉抱住他，不再說話，伸手去解開他的衣服。

「不行。」

石世文用力把她推開。

「世文……」

吳雪玉的表情變了。是生氣？是失望？還是羞慚？

「世文，你真的想叫我去找別的男人？」

「雪玉，妳是我的弟媳婦，我怎麼去面對友文？」

「世文，我必須找一個男人，」

「……」

「你沒有反對我去找別的男人？」

「應該有其他的方法。友文不是在你們家的屋頂，加蓋了一個佛堂？」

「什麼佛堂？那是神壇。你說佛堂，你要我去出家？」

「不是，不是。」

「那你要我把所有的寄託放在來生來世？」

「不是，不是。」

「那你要我做什麼？」

「你們家是什麼神的神壇？」

「關公，他也叫恩主公，」

「呃，是關公。妳知道關公護送他的兩個嫂嫂的故事？」

「所以，你也想做聖人？」

「台北不是有一個很有名的廟嗎？主神就是關公，為什麼還自己蓋神壇？」

「保佑自己呀。」

「呃。」

「關公是商業的神，很多生意人拜祂，友文是一個生意人，完完全全的生意人。」

「生意人也不是壞人。」

「有不少生意人，賺的錢，有的是騙的，有的是搶的，也有的是運氣。友文很會交際，交了一些地政人員，有人告訴他哪裡要開闢新路，他就去附近買土地，而後上酒家，送紅包。」

「會賺錢，也要會用錢。」

「送紅包，上酒家，包酒家女，還把女人帶回家，這叫會用錢？」

「可是，他很照顧家人呀。」

「世文，我最近有一種感覺，很強烈的感覺，我是他從你的手邊搶過去的。」

「我和他走的路不一樣。」

「我應該選擇你這一條路。你過來，我要還給你。」

吳雪玉說，抓住石世文的衣服。

「等一下。那妳什麼都不相信？」

「你真的不要嗎？」

「妳相信什麼？」

「五穀王。」

「什麼？」

「五穀王，也叫五穀仙帝。」

「我知道，我知道。」

每年舊曆四月二十五日是五穀王的生日，在二重埔、三重埔一帶有大拜拜。因為二重埔和三重埔和舊鎮相接，舊鎮拜拜是五月一日，是大眾爺的生日。那時，大拜拜都要請客，請來請去，石世文去二重埔的朋友家吃過拜拜。

「為什麼？」

「五穀王嘗百草，吃到毒藥，聽說是砒霜，一般人吃了會七孔流血而死，五穀王吃了，只是臉變黑。」

「臉變黑了，妳不怕。」

石世文記得小時候去五穀王廟看過。

「臉黑，心不黑呀。他自己冒著生命的危險，想告訴民眾，什麼能吃，什麼不能吃。」

「呃。我知道妳相信什麼了。」

「聽說有一種菇，很美，卻是猛毒，有人吃了，死掉了。我敬仰祂，五穀王，所以我信仰祂。因為祂使很多人避免吃到有毒的東西。」

「我沒有想到，妳想了那麼多。」

「世文，我也很尊敬你。我相信你會幫助我，」

「妳叫我吃毒藥？」

「如果我是毒藥，你能不吃嗎？」

吳雪玉說，又來解開他上衣的鈕扣。

「不可以。」

石世文說，用力把吳雪玉推開，他已感覺到吳雪玉的力氣，所以這一次，他也用全力把她推走，沒有想到他用力太大，吳雪玉往後退了幾步，整個人落坐在地上，四腳朝天，淚水從眼角溢出來了。

「雪玉。」

她的樣子像一隻大青蛙，田腳朝天的大青蛙。石世文記得小時候，他去野間釣青蛙，一枝細竹，結一條衣線，尾端綁一條蚯蚓，不用釣鉤，在草叢裡上下抖動，青蛙會跳上來緊緊咬牠，把抓到的青蛙用稻草稈插進肛門，再吹氣進去，青蛙的肛門脹起，脹成圓圓的球狀，再也不能動了。

「怎麼辦？」

石世文問李宗文。

「等死。」

那以後，石世文再也不去釣青蛙了，當了老師，上生物課，也有教學生解剖，他就會想到以前的事。

「那是研究。」

石世文告訴自己。

吳雪玉躺在地上，像一隻大青蛙，把大腿張開，她的腿那麼長。她的眼睛，好像是一種哀愁，一種無奈，也好像一種輕蔑，甚至含有一種憤怒。

石世文蹲下身，吳雪玉只是看著他，眼眶還是蓄滿眼淚，慢慢把小腿縮回來，他脫下自己上衣，幫她蓋住。

大概經過兩分鐘，吳雪玉眼睛還是看著石世文，伸手抓住石世文幫她蓋在身上的衣服，把它甩到一邊，雙手撐著地板，慢慢坐起來。她的頭髮輕輕甩一下，雖然有點亂，不過還是像有人用雙手抱住她的臉。而後站起來，慢步踱出房門，走出去陽台，站在矮牆邊。

「雪玉。」

吳雪玉身材高大，整個上半身都超過牆的高度。她是全身光裸的。

石世文的房子是和附近的許多房子一樣，是日式宿舍改建的，很多是四樓，也有六樓七樓，看路的寬度和房子的位置，也有八樓十樓的。有的很近，就是鄰居，石世文知道屋頂上，常常有人，有的在曬衣服，有的在澆花，也有的在做體操，互相看得很清楚，有的已經是熟人了，也經常打招呼。

「雪玉，進來。」

吳雪玉並不理他，只是伸長著上身看著下面。

「危險，危險。」

石世文叫了起來，向前一步，緊緊抓住吳雪玉的手臂。

「我不會跳下去的。生命不是那麼脆弱的。我知道，這樣子會增加很多人的麻煩。」

「雪玉，我們進去。」

「進去做什麼？」

吳雪玉看著他。

「雪玉，我們進去好不好？」

石世文摟住她的腰，眼睛向周圍掃了一眼，好像沒有看到別的屋頂上有人。不過，有的比較高的樓房，卻有許多窗，從那裡可以清楚的看到他們。但是，他不能確定，是不是有人看到了。

「好。」

吳雪玉低聲說，跟石世文進入房間，

「雪玉，妳先穿上衣服。」

「你很介意我沒有穿衣服？」

「這樣子，我們方便一點。」

「方便什麼？」

「我們可以，好好的談。」

「談什麼？世文，你真的不要我？」

「不是不要，是不能要。」

「那我回去了，」

「雪玉。」

「我要回去。」

吳雪玉說，開始穿衣服，她依照脫衣服相反的順序，先把內衣褲穿上，再穿上襯衫和長褲，黑上白下的對比那麼顯著。石世文知道吳雪玉是刻意這樣打扮的。最後，她再穿上背心。

她的衣服是有點皺紋，尤其是白褲最明顯。她的頭髮也有點亂，石世文認為她會把頭髮梳好，她卻沒有。她和來時唯一的不同，是她沒有穿上皮鞋。

「世文，我要走了，這以後，你還是二哥。」

吳雪玉說，開門要出去。

「畫像呢？」

「畫好了，打電話給我。我會想應該怎麼處理它。」

吳雪玉說，提了靴子走出去。

「她會怎樣呢？」

石世文一想，立刻走到陽台，站在吳雪玉剛才站的位置往下看，那的確有些高度。他再往四周看看，他看得到的屋頂或窗口，好像沒有看到人影。

大約過了十分鐘，他沒有看到吳雪玉走出樓下的門。

「怎麼了？」

她走了？剛才他在看四周的時候，她走掉了？那是不可能的，他在看鄰近的房子時，也注意著樓下。吳雪玉，的確沒有走出屋門。

「她怎麼了？」

又過了十分鐘左右，還是沒有看到她。她怎麼了？他快步走出畫室，走到四樓，看到了吳雪玉一個人坐在四樓門前的階梯上，眼睛直直看著樓梯間的牆，手還提著鞋子。

吳雪玉的短髮垂向臉前，石世文想到她剛走進畫室，她的頭髮很像有人用手抱住她的臉頰。從後面看她，依然可以感覺到那個樣子，他也感覺，好像抱住她的臉頰的，是他自己的雙手。

「雪玉，妳怎麼了？」

石世文輕叫一聲，用手碰她的額頭。吳雪玉的淚水又流出來了，石世文伸手輕輕的捏住她的手，她把鞋子一放，轉身，雙手拉住他，嘴已往他臉上一貼，不停地吻他。他也吻她。他們的舌頭碰在一起了。

「妳要不要到裡面休息一下？」

吳雪玉沒有說話，溫順的站了起來。

「世文，我已三個禮拜，沒有讓友文碰我了。」

「什麼？」

「真的，足足三個禮拜了。」

「他怎樣？」

「他還是想要。」

「妳很堅持？」

「我沒有辦法。我總覺得，無法接受。」

「因為有別的女人？」

「是因為他。他有了別的女人，所以他變成一個不一樣的人。」

「妳沒有辦法忍受？」

「我沒有辦法接受，除非我和他一樣。」

「沒有其他的辦法？」

「你有其他的辦法？」

「雪玉，我們進去休息一下？」

「再進去？」

「來，我們進去。喝點茶，或咖啡。」

「我上午不喝咖啡。」

走進客廳，吳雪玉又抱住石世文，不停地吻他，她的手也在他全身，又揉又捏。

「世文，我想過，不會做壞事的人，也不曾懂什麼是好事。」

吳雪玉說，手並沒有停下來。

「雪玉。」

石世文的呼吸有點急促起來。

「世文，你摸我。」

石世文，開始只是輕輕的碰她，用手指碰她的頭髮，她略微垂下的頭髮，摸她臉頰，有雀斑的臉頰，她的肩膀，她的肩膀相當寬，她的手臂，她當過排球選手，手臂比一般女人粗，她的臀部。

吳雪玉再把衣服脫掉。

「世文，你先脫衣服。」

「……」

石世文還在遲疑。

「我來。」

吳玉伸手幫他脫。

「等一下。」

「不用等了，我知道你想要了，其實，剛才在上面陽台，你牽我的時候，我就發現你想要。」

「雪玉。」

「世文，你要做我的狗。」

「狗？」

「不願意嗎？」

石世文沒有回答，緊緊的抱住她，而後把她推倒在地板上。這時候，他還沒有完全脫下內褲。

「怎麼了？世文？」

「出來了。」

「嘖。」

「對不起。」

「對不起？是因為不想做好，還是不想好好的做？」

「我有做。」

「好，好。算你有做。」

吳雪玉說，坐了起來，怔怔的看著石世文。

「對不起。」

「你弄髒了我的身體。」

石世文想起林里美說過的話。

「對不起，我弄髒了妳。」

石世文一出口，才感覺，自己怎麼也說出這種話。

「世文，我想洗澡。」

「我，我去漏水。」

「世文，你也一起來。」

石世文看到吳雪玉很快戴上浴帽，也打開了蓮蓬，往身體上沖。

「世文，你把衣服脫掉。」

吳雪玉滿臉是水，瞇著眼睛說。

「……」

石世文還怔怔的站著。

「世文，你把弄髒的地方，幫我洗乾淨。」

吳雪玉說，坐在矮凳上。

「……」

石世文脫掉衣服。

「快洗呀。」

石世文搓著她的肩膀和背部，慢慢的。

「世文，你喜歡我的小腿，對不對？」

石世文沒有說話，摸她的小腿，捏她的小腿肚。

「大腿呢？一般人，看女人，都看大腿呀。」

石世文摸她的大腿。

「這裡呢？」

「那裡是禁區。」

「今天都開放，沒有禁區。」

石世文搓著她的小腹。

「世文，你喜歡哪裡？」

「這裡，變化多。」

「哧，看女人的年齡，要看小腹？世文，膽子大一點。」

石世文繼續把手擱在她的小腹上。

「不上，也不下，這是你的作風？」

「中……」

「中什麼？」

「不要想歪了。」

「你說什麼？」

「中庸。」

「哧，你這讀自然科學的，古書還讀過，看你的手，只有一句話，不三不四。」

石世文一聽，把手往上移，捏了她的乳房，

「只有三，沒有四。」

石世文把手往下移。

「世文，你覺得，我像什麼？」

「什麼像什麼？」

「像女友？像太太？像妓女？」

「……」

「你挑一項回答。不，可以做複選題。」

「妳是我的狗主人。」

「噗，狗主人。你真會想。不過，很俗氣。你把身體翻過來。聽說，狗碰到強的對手，四腳朝天，把肚子露出來，表示臣服。你是讀生物的，是不是這樣？」

「大概是吧。」

石世文說，將大浴巾鋪在地上，仰躺下去。

吳雪王用手指抓了抓他的小腹，他整個人彈了起來，而後縮了一下。

「轉過來。」

石世文翻身，趴在浴巾上。

吳雪玉半搓半推他的背部，而後叫他仰臥，再搓他，捏他。

「舒服嗎？」

「舒服。」

「可以了？」

「什麼？」

「你把身體擦乾。」

吳雪玉說。

「妳呢？」

「我已擦好了，你抱我。」

「抱妳？」

石世文看吳雪玉碩大的身體。

「抱我去房間。」

「房間。」

「對，房間。」

「做什麼？」

「你不懂？生小狗呀。」

這次和陽台的感覺不同。陽台，他只是摟著她，這次要整個人抱起來。她的屁股那麼大，他還是把她抱到房間。

「不行，不行。」

吳雪玉說。

「為什麼？」

「我不能冒犯里美。」

石世文也想到這一點。這也是吳雪玉的選擇。

「那，在哪裡？」

「沙發上好了。」

「可以嗎？」

石世文把吳雪玉抱回大廳。

「你們沒有在沙發上做過？」

「有床呀。」

「那上面……」

「上面？」

「神明公媽……」

吳雪玉指著神桌上。

「妳怕？」

「你不怕？」

「他們也是人呀。」

「我們是野合。」

「怎麼辦？」

「在沙發背面好了。」

「可以嗎？」

「野合，什麼地方都可以。」

吳雪玉躺下，在沙發背後的地板上，睜大眼睛看著石世文。

石世文也看著她，看著她的眼睛，那麼近，有些不自在。他也看到她的臉，她的頭髮有點濕，垂在地上，不過還有用雙手捧她的頭的形狀，臉上的粉末已經掉了，他吻她的雀斑。口紅已洗掉了，嘴唇有點蒼白，他把嘴唇壓在她的嘴唇上。她有反應，積極的反應，她身上的香味也洗掉了，只剩一點肥皂味，還有全是身體自然發散出來的體味。

「啊。」

吳雪玉用力抱住他，嘴角輕叫了一聲。

「啊。」

「世文。」

「雪玉，我做了壞事。」

「做了什麼？」

「鮭魚。還鄉的鮭魚。」

「世文，我說你一定行。你做得很好，你把壞事做得很好。」

「會生小狗嗎？」

「生三隻。」

「為什麼三隻？」

「我們那個時代，不是說三個小孩恰恰好。One for father, one for mother, one for accident.」

「什麼，妳還說英文。」

「這是友文教的。因為這樣，我就乖乖的生了三個。」

「我，我實在對不起友文。」

「難道要我說，我對不起里美？其實我內心是有愧疚的。」

「雪玉，萬一生了小狗……」

「你怕了？真三八。我還比里美大幾歲呢。」

「我是說萬一。從生物學講，是要講個體的差異。有女人，六十歲還懷孕呢。」

「我要生黑狗。」

「你歡黑狗？」

「至少，臉是黑的。」

「妳這個人，真會冒瀆。」

吳雪玉一邊說，一邊穿衣服。

「妳不去洗一下？」

吳雪玉已滿身是汗，連頭髮都黏在臉上。

「嘿，你還以為那是髒的？我們做的是壞事，不是髒事。」

吳雪玉走進浴室。

「雪玉，妳怎麼知道那麼多？」

石世文跟了進去。

「今天的事嗎？你覺得你自己知道很少？」

「嗯。」

「這有一點像傳道。」

「什麼？傳道？」

「這句話是冒瀆的，是不是？」

「妳可以用其他的說法嗎？」

「好，好。像愛滋病。這種病，聽起來，不舒服，它有點像愛滋病。友文從別的女人學來的，傳給我，我再傳給你。」

「雪玉，妳真會嚇人。」

「你不要嚇到里美就好了。」

「我口渴了，妳呢？」

「現在幾點了？」

「快兩點了。」

「呃，我請假，只請到一點。」

吳雪玉已走到鏡前，把頭髮梳好，掏出口紅塗著。

吳雪玉穿好進來時的服裝，白色的長褲有一點皺紋，另外，頭髮和進來時一樣，好像雙手抱住她的臉頰，口紅也重新塗好了。

「結束了？」

石世文拉住吳雪玉的手。

「結束了，你不想結束？你不敢開始，又不想結束？」

吳雪玉也緊拉著石世文的手。

「妳不會再來了？」

「我一定會再來。那時，你是二哥。我會和以前一樣，來看你和里美。里美和我，是親人，也是好朋友。」

「呃。」

「二哥，我們今天做過的事，我知道，你是不會講出去的。我也不會。這是你和我兩個人的事。」

「那我呢？」

「你，你依然是我的狗。」

「狗？那妳還要生小狗？」

「不。三隻已經夠了。」

「我們只做不生小狗的狗？看門狗，導盲狗。」

「你不願意嗎？其實，你是二哥，你還是二哥。」

「妳要把今天的事忘掉嗎？」

「在圳溝邊一起走路的事，我都不會忘掉，會忘掉今天的事？」

「不會忘掉？」

「不會。有些記憶，是寶藏。這件事，對我是，希望對你也是。二哥？」

「呃。」

「不是嗎？」

「可是……」

「學生在等我，我必須走了。」

「雪玉。」

石世文拉了他的手。

「安怎？」

「我要看。」

「看什麼？」

「我要看。」

「要我再脫掉衣服？」

「我要看。」

「不是看過了？你不是都記在腦子裡了？」

「我要看。」

「你沒有畫好嗎？」

「我要再看一次。」

「你先看我的眼睛。」

石世文看了她一眼，把視線移開。

「看好，眼睛不要亂動。看我的眼睛。」

石世文看她，看著她的眼睛，眼睛眨了一下。

「不要再動了。」

吳雪玉說，把衣服一件一件脫下來。

石世文照她的順序看下去。

「不能太久喔，我還要去上課。」

「我要摸。」

「什麼？」

「我要摸。」

石世文讀過《鄧肯自傳》，提到羅丹要為她塑像，用手摸著她的肉體，把她嚇跑了。

「二哥，你這個人，要你做，你不做，我要走了，你卻強留我。不行，我要走了。」

「雪玉。」

石世文開始摸她。

「二哥，我再說一次，從此以後，你是二哥。」

吳雪玉說，把衣服再一件一件穿上去，輕輕的抱了石世文一下，再穿上高跟鞋，拎著手提包，篤篤篤的走下樓梯。

壽山三年

石頭溪

壽山是一個鄉。壽山街有二百家左右的店鋪和住家，分立在公路的兩邊。鄉公所在公路的南側，學校在北側。學校的後面有一條溪，由東而西，也流過街後，居民叫它石頭溪。

石頭溪成弧形，不過在壽山街的這一段，和公路平行。壽山街的南北，都是山丘，包括壽山街在內，是赤仁土台地的分脈。南側的山丘就在街後，北側的山丘較遠，也較高，這中間有一片農地。

這些山丘，種的主要是相思樹，枝葉茂盛，棲有一大群白鷺鷥，每到黃昏，白鷺鷥回巢，嘎嘎嘎叫不停，到了天黑以後，才安靜下來。

石世文師範畢業，被分發到壽山國校，已兩個多月了。他運氣不錯，前任老師剛搬走，他就配到學校的宿舍，是日式房子，在學校東側。壽山街在西側，和學校之間，隔著一條保甲路。

學校的對面有一塊屬於學校的空地，目前是駐軍借用，石世文喜歡打籃球，有時駐軍也會來邀他過去打球。

每個禮拜，禮拜六下午，他會回舊鎮，禮拜天晚上，吃過晚飯之後，回來宿舍。壽山和舊鎮，都在縱貫公路上，坐公路局巴士，約需二十分鐘。

住在宿舍期間，早上，上課之前，或傍晚，下課以後，他會去溪邊散步。石頭溪，溪面有寬有窄，最寬的有五十公尺，溪底和溪岸，有大大小小的石頭。水，有時多有時少，最少的時候，溪面只剩下十公尺左右。

學校和壽山街之間的那條保甲路，通往北邊的農村，以及山丘地帶，在石頭溪上面有一條水泥橋，是石頭溪上的唯一一條橋，其他地點，有幾處，在溪中鋪著大塊石頭，做踏石，用來過溪。

石世文很喜歡壽山這個地方。

在石頭溪的南側，也就是壽山街的後面，有一條小路，小路邊有一道水泥堤，寬四十公分左右，有人在上面曬菜脯、菜乾，也曬衣服。對岸，有一條石頭堤，是用十五、二十公分大小的石頭築成，上面還用鐵線網固定。石頭堤比較寬，有一公尺以上，很多人在上面曬棉被。

山丘上，主要種著相思樹，是用來燒木炭。石世文喜歡山的蒼鬱。相思樹開黃色的花，有的把整棵樹都染了黃色。這種景色，在舊鎮，在台北都沒有看過。

樹林裡有很多鳥。除了白鷺鷥，還有烏秋、白頭殼、青笛子。他也看過畢勞、竹雞和貓頭鷹。也有暗光鳥。畢勞喜歡站在樹梢尖，嘎嘎叫。

他也喜歡溪水。溪岸，溪底全是石頭，溪水清澈，可以看到小魚在優游，有時也可以看到小蝦和小螃蟹在石縫間爬行。小魚看到人影，就會匆匆躲開。

在岸上的石頭，有的生鐵銹，在水中的石頭，很多長青苔，踏在上面渡溪，要特別小心，有人還拄著竹枝，以免滑倒。

石世文每次出來，都會帶著筆和畫等。他畫山丘，畫樹、畫溪，也畫房子，他還畫石頭。他先畫素描。他坐在水泥地畫對岸。有時，他也會過溪，到對岸畫這邊的街景。

早晨，他看到女人到溪邊來洗衣服。一群一群，有些地方有三、五個人，有些地方有七、八個人。有太陽，她們戴笠子，沒有太陽，她們會脫下竹笠，放在身邊。她們一邊搓，一邊搥，一邊淘，一邊擰，還一邊談笑。他也畫她們，這是很好的畫材。

早晨，因為要趕回學校上課，時間較短。唯一的辦法就是早點出門。

他注意到，有一個年輕女人，自己一個人，離開其他成群的人，在下游三十公尺的地方，默默地洗著。她動作很快，衣服洗好就走開。他已注意好幾次了，每次都一樣，用力搓，用力搥，而後擦乾，丟進竹籃裡，起身走開，經過溪岸石頭地，走上水泥堤，從一家後門進去。

為什麼只一個人？

起先，他在對岸畫她，他都坐在石堤上畫。

他看到三個小孩，從溪的下游，沿著溪邊走向學校。那是學生，他們一邊走，一邊撿石頭丟進溪裡。

咚、咚。咚、咚。

他們一邊丟石頭，一邊哈哈笑著。

「打溪哥仔，打溪哥仔。」

他們還一邊喊著，而後把石頭丟進水裡。

石世文聽說，以前溪裡有很多魚，包括溪哥仔和狗甘仔。有人丟石頭也可以打到魚，被打到的魚，會翻白肚，人就在下游等著撈魚。後來，有人電魚，有人毒魚，魚少了，不過現在還可以看到魚在水中游。魚少了，擲到的機會也少了。

咚、咚。咚、咚。

「打溪哥仔，打溪哥仔。」

小孩越丟，石頭越接近那個年輕女人附近的水面，水也濺起來。有的很接近，差一點打到人。

「做什麼！」

石世文從對岸大聲叫喊。

「是老師……」

一個小孩看到石世文，叫了一聲，起步跑了，其他兩個也跟著跑。

「歹查某，歹查某。」

小孩一邊跑，一邊叫著。

年輕女人，一直沒有抬頭。

翌日，石世文早點出門，想再去畫她。不過，她沒有來。她洗衣服的地方，只看到兩塊當搓板的石頭，沒有其他的人。昨天丟石頭的小孩又出現，他們把石頭丟進溪裡，好像沒有那麼起勁。

再過一天，她又出現了。這一次，他走過溪，到南岸，和她相距只有十幾公尺，也就是在她和其他一群洗衣女之間。

她有戴笠仔，不過脫下來，放在身邊。她剪著短髮，像學生。她轉頭看他一眼，又轉回去繼續洗衣服。臉上沒有什麼特別的表情。

她會是學生嗎？

壽山鄉並沒有中學，就是初中，也要去桃鎮讀。一般人讀完國民學校，尤其是女孩子，升學的機會不大，有的留在家裡幫忙，有的去工廠做女工。

她穿著短袖布衫，不像其他女人裹著臂套。她的皮膚很白，有一種人，曬了太陽，皮膚發紅，不變黑，等曬紅的那層皮脫掉，又變白了。她大概是那一種。不過，她還是來得很早，在太陽升高之前，匆匆洗好衣服回去。

她看他一眼，他發現她的眼睛大而圓。

這時，他也發現，在上流洗衣服的一群女人，有的停手，轉頭看著他和她，吱吱咕咕地談著。

女孩把衣服放在水中，迅速一揚，拿起來，用力一擰，放進籃子裡，趿起木屐，抓起竹笠，匆匆走開。

他看著她走路的體態。她赤腳走過石頭路。她走得很快，在大小石頭之間，閃爍跨步，擺動腰身，走到水泥堤邊，登上石階，而後沒入一家後門。

她的身高應該有一六〇以上，算是高的。她走路時，身體相當挺直，胸部微微隆起。

為什麼？為什麼小學生向她擲石頭，為什麼那些洗衣女都隔離她？

他的同事陳有成告訴他，她的二哥是匪諜，已被槍斃了，壽山鄉的人都不敢接近她的家人。

她的家在公所對面，開一家豆干店。那是壽山街上最佳地點，土地公廟和戲院都在附近。

她叫張杏華。她母親叫阿善嫂，做人很好，也很慷慨，去她家買豆干，還送豆乳。沒有買的也送，幾乎所有的鄰居都喝過她家的豆乳。

石世文去看電影也從她家門前經過。當時，他什麼都不知道，只覺得奇怪，為什麼行人走到她家門口，不繼續走亭仔腳，要繞出來走大馬路。連下雨天，還要特別打開雨傘。

他去看電影，晚上較多。有一天，他白天走過她家門口，發現她家兩端的亭仔腳，經常有人踩過，而她家人較少踩過的地方，積了一層污垢。

他讀國民學校時，舊鎮的街尾，有一老婦人患肺病，她的床就在店窗後面。他去上學會經過，別的同學看到老婦人就在地上吐一口痰，代表把吸進去的髒空氣吐出來。他也跟著做。有一次，他和宗文一起，照樣吐痰，宗文告訴他，不可以那樣。那個人很可憐，這樣子吐痰，她會非常難過。

在戰爭結束以後，同樣在舊鎮，有人染了霍亂，衛生人員用草繩圍住門口，還灑了消毒水，白色液體在路上流動。

張家並沒有圍草繩，鄉民都好像看到一種類似草繩的東西，走到那裡，就繞到馬路上。

石世文讀師範學校時，有一個高砂族的同學告訴他，他們在打獵，帶著狗，順著獸道去找獵物。獸道就是野獸常走的路。石世文感覺到草繩，也感覺到獸道。

知道這件事以後，他還是去溪邊畫她。

他的同事，除了陳有成，還有林招治和黃坤祥也勸告他，他這樣做，很危險。即便沒有危險，也會自找麻煩。遠離她，是他們的勸言。

完工

禮拜六，林招治請石世文去她家吃完工。對農民來說，播種、插秧、除草、施肥，只是過程，割稻才算完成。

每一季，自插秧以後，陽光、風、雨，天氣的變化，都會影響到收成，等到割稻，才真正完成。稻穀才是真正的成果。

割稻，第一天叫起工，最後一天叫完工。完工是大事，像重要的節日，要殺雞殺鴨，請參加割稻的人。

林招治請陳有成和他。他們二人都是石世文的同事。陳有成是老師，林招治是事務員。他們二人是男女朋友，已到了婚嫁階段。

林招治的家在北邊丘陵地的半山腰。平時，她是騎腳踏車上下班。她的二姊林秀卿也一起回去。她在鄉公所當事務員。

石世文見過林招治的二姊。林招治有五個姊妹，她是第三。大姊已出嫁，在桃鎮，四妹給親戚做養女，五妹初中在學中，她沒有兄弟。

她二姊也是騎腳踏車上下班。

陳有成自己有腳踏車，石世文也可以借一台。不過，林招治提議，四人共坐兩台，就是兩個男的騎車，載兩個女的。林招治提議，石世文載她，陳有成載林秀卿。石世文以為他會載林秀卿。

二姊妹騎的是女車，虎骨是凹下去的，不能坐，她們都坐在後架上。

「石老師，你不要接近張杏華。太危險。」林招治說。

車子輾到小石頭，跳了一下。林招治緊抱住他的腹部。

林招治和張杏華是初中同學，因為她二哥的事件，同學都不敢接近她。林招治說，有一兩個老師對她很不好。她的功課不錯，尤其是國文，老師還在課堂上褒揚過她作文寫得好。同樣這位老師，事件發生以後，罵她不要臉，不准她進教室，她差一點不能畢業。

林招治坐石世文的車，是想告訴他這些話？

他們四人坐兩台車，順保甲路向北，向丘陵地前進。路是微微上坡。路的兩邊是稻田，有平地，也有梯田。較陡的山坡地，大部分種植相思樹。

「停一下，這一段我們走路上去。」

路是順著山轉彎。他們看到右側有一條小山路，相當陡，是近路，他們推車上去，推了一百公尺左右，又碰到原來的路。

「秀卿，我們換一下，妳坐在石老師這邊。」

前面有一段下坡，坡度不大，車速加快了。本來，林秀卿用手抓住坐墊下面的彈簧，車子一跳動，她也抱住石世文的腹部，和剛才林招治所做的一樣。

轟、轟、轟、轟。

不久，他們聽到了機器桶（打穀機）的聲音，他們也看到了一幢房，在山腰較平坦的地方。

梯田越來越多。大部分，稻子已割好了。割過的地方，只剩下排列整齊的稻頭。還沒有割到的，稻穗低垂，呈現一片黃金色。

農人正在忙著，有人割稻，有人打穀，有人挑穀。有人抓起稻草，一把一把束好，手腕一轉，稻草束豎立起來，在稻田裡整齊排著，像小矮人。

「阿伯。」

「陳老師。」

林招治的父親也在田裡。

「阿伯。」

「呃，是石老師。」

屋前是稻埕，農人把稻子挑回來倒在稻埕上。曬稻穀是女人的工作，林招治姊妹都會曬稻穀，她們母親也做，也有一個鄰居來幫忙。她們都戴著竹笠，裹著臂套。

稻埕中央有兩塊圓形水泥地，微微聳起，是晚上堆稻穀用的。為了省錢，其他都還是泥土地。

農人將挑回來的稻穀倒在稻埕上，女人用竹耙把它耙開，把稻草屑耙到一邊，而後耙成波浪狀。曬了片刻，再用耙板，把上面照到的部分耙開，讓下面的可以曬到陽光。

一路上，石世文看到的，大部分農家是土角厝，林招治家是磚造的三合院。

農人有七、八個。這裡有換工的習慣。我插秧，你來幫忙，你割稻，我去幫忙。

太陽還未下山，他們已割好稻子，洗好手腳，拿了椅條到竹叢下抽菸、聊天，談收成，談廟會，談選舉。

林昭治和林秀卿有時在廚房幫忙，有時出來曬稻穀。曬稻穀的動作和姿態，是很好的畫材。在台灣，好像很少人畫過。但是，他看著林招治姊妹，覺得有些遲疑。為什麼？他畫張杏華時，沒有這樣的感覺。

「阿姆。」

陳有成帶石世文進去廚房看林招治的母親。

「陳老師。」

「阿姆。」

「他是石老師。」

陳有成已來過多次了，對人和地方都很熟。他帶石世文看屋子四周，告訴他壽山街的方向，也告訴他海的方向。不過，從這裡看不到壽山街，也看不到海。

「你有帶畫具來？」

「有，有」

「你不想畫？」

「我想先看看。」

石世文想到塞尚的風景畫。

「林招治她二姊，你覺得怎樣？」

「她很文靜。」

林招治和石世文同年，林秀卿比他大一兩歲。

林秀卿比林招治高一點，瘦一點，也黑一點。她的特點在眼睛，眼睛又大又黑。還有那明顯的酒渦。

「這一片山林是林家的。」

陳有成用手一指，從山坡指到谷底，那邊有一條小溪流，時隱時現，會是石頭溪的支流？因為陽光和氤氣，山林顯得蒼蒼茫茫。

「石老師，陳老師，要開飯了。」

林招治在前，林秀卿在後，她們是跑步過來的，呼吸有些急促。

「阿伯，阿姆。」

陳有成叫林招治的父母。

「阿伯，阿姆。」

石世文也跟著叫。

「石老師，招治給你多照顧。」

「無啦，無啦。我才來，是她在照顧我。」

晚飯有兩桌，男人一桌，女人和小孩一桌。林招治的大姊也帶了兩個小孩回來，是一男一女。她是嫁到鄰近的桃鎮。石世文有聽說，在農村，吃飯的時候，男女是分開的。有些家庭，女人是在下面，坐矮椅吃飯。有的，甚至是男人吃過之後，才吃剩菜，沒有剩菜，就只澆菜湯。林家，大半是女人，平時應該是一起吃的吧。

「來，來，酒是家己做的。」

林招治的父親替大家倒酒。這是私釀酒，透明的顏色，像白水。

石世文知道，在日本統治之前，台灣人可以釀造一百種以上的酒，那些技術還留傳下來，戰爭結束時，就有不少人釀酒自己喝，或拿出去賣。

石世文喝小口。酒很烈，嘴裡熱起來，卻不嗆口。

「來，來。這是閹雞鼓，家己飼的。」

林招治的母親過來，給大家挾菜。主菜是雞肉。她先挾一塊禽胸給石世文，又再挾一塊給陳有成。禽胸就是雞胸肉，一般認為是最好的部位。她再一一挾給其他參加割稻的農人。最後，她也挾了一隻雞翅膀給林招治父親。

他們殺了二隻大閹雞，每一隻都超過六斤。閹雞很肥，脂肪多，肉呈黃金色，很香。

「阿媽，我要雞腿。」

男孩在隔壁桌叫著。

「阿媽，我也要雞腿。」

女孩也叫著。

這時，石世文發現，盤子裡沒有雞腿，也沒有雞腿肉。

「你們先吃雞肉，雞腿給你們帶回去。」

「阿媽，我要雞腿。」

「阿媽，我要雞腿。」

「好、好、好。」

阿媽說，進去廚房，拿了兩支雞腿出來，一人一支。

「阿媽幫我剝雞腿。」

「先吃雞肉，雞腿提回去再吃。」

「阿媽，幫我剝雞好嗎？」

「好了，好了。」

吃過晚飯，有幾個農人在大廳裡打四色牌。除了過年，大概也只在第二季割稻完工之後的短暫時間，農人才有時間打四色牌。

林招治告訴石世文，他們最近才裝了電燈。他們家不在線路上，裝電燈要自費立電線桿，他們需要立三根。

以前，他們在拜拜，或過年，會去台電公司的輸電線「接電」。她父親當了村長以後，就不好意思再做那種事。因為他們正計畫建養雞場，才自己花錢裝電線桿。

石世文和陳有成在林招治家過夜。他說他要回舊鎮，林招治的母親把他留了下來。

翌日，他們很早起來，到房子的周圍走動一下。石世文住在舊鎮，附近也有農村，這是他第一次住在農家。

「陳老師、石老師，吃飯了。」

這次是林秀卿。

早餐很簡單。在農村，大部分的人都吃乾飯。林招治的母親也煮了一小鍋稀飯。菜以醬菜為主，還煎了幾個蛋。

「石老師，替我們畫畫。」

林招治說。

「陳老師呢？」

「他和父親去看養雞場的場所。」

石世文拿出紙和筆。

「先畫我，再畫秀卿，再畫二人一起。」

石世文先畫了一張素描，是坐像。

「我的臉，怎麼是歪的？」

「對不起，我沒有畫好。」

「再畫一張。」

石世文再畫了一張，是站姿。

「這一張好多了。秀卿，換妳了。」

林秀卿遲疑了一下，好像不知要站，或坐。

「妳坐下來好了。」

林招治說。

石世文也替林秀卿畫了一張。

「石老師，你很偏心。這一張，畫得這麼端正。」

「對不起，我也沒有畫好？」

「什麼？你畫得多像！」

「陳老師呢？我們什麼時候回去？我還要回舊鎮。」

「不急，要在這裡吃中飯。還有雞肉。母親說，二位要來，多殺了一隻閹雞。母親說，一定要留你們吃中飯。」

「呃。」

「石老師，秀卿帶你去撞竹蜢。」

林招治好像知道石世文對小動物和昆蟲也有興趣。

「什麼？竹蜢？去哪裡撞？」

「她會帶你，你跟她走，要跟好喔。」

林家屋後有一片竹林，從一條小路上去。

「石老師，你先上去。」

路的盡頭是七、八公尺高的石壁，有一條石縫，形成高低不等的踏石階，較高的一級，有三十公分以上，林秀卿穿著裙子，攀登好像有困難。

石世文伸手拉她上來。從衣領間可以看到她胸部的上部。他整個臉部紅起來了。

林秀卿帶石世文在竹林中找竹洞，或竹的斷口，再插進小竹枝，輕輕的撞了幾下，一隻竹蜢伸出頭來。牠全身綠色，頭是尖的，嘴是紅的，有黑色的牙齒。

林秀卿用手揑著竹蜢，繼續找竹蜢可能藏身的竹洞，也教石世文撞。他有感覺，沒有竹蜢的洞，竹枝撞進去，硬硬的，有竹蜢的地方，有彈性。

回家，他們走另外的山路，多繞一點，卻是平坦的。剛才為什麼要走那一條近路呢？

「抓幾隻？」

林招治問。

「五隻。」

林秀卿的手裡有三隻，石世文兩隻。

「秀卿，妳去烤。」

竹蜢烤好了，綠色變淡了，有些地方已燒焦。林秀卿在上面撒了一點鹽。

「石老師，這是稀客才有。」

林招治說，拿一隻給石世文。

陳有成也和林昭治的父親回來了。他說，他第一次來，林招治帶他去抓筍龜，烤筍龜。

石世文忽然想起，第一次，林招治是不是也帶陳有成走那一條路？

石世文用手指捏著烤好的竹蜢，沒有動。

「很香喔。」

林招治說。

「我來。」

陳有成捏了一隻，放在嘴裡，嚼起來。

石世文聞到香味，還是不動。

「你有吃過蝦子？」

陳有成問石世文。

「有。」

「你有吃過生蝦子？」

「有。」

在舊鎮，石世文到大水河游泳，也會摸蝦子，剝掉殼生吃。聽說，吃生蝦子，可防止流鼻血。

「很多事，第一次較困難，吃生蝦，吃筍龜，吃竹蜢，都類似。」

石世文先咬一口，再把整隻烤竹蜢放進嘴裡。

「很好吃，對不對？」

林招治說。

「嗯。」

「你可以吃兩隻。只有你一個人可以吃兩隻。」

「夠了，夠了。一隻就夠了。」

午飯，雖然吃昨晚的剩菜，卻依然豐盛。主要，還是閹雞肉。林招治的母親告訴石世文，那兩隻閹雞足足養了八個月。她還包了兩支雞腿，他和陳有成一人一支。石世文不禁想起昨天晚上，林招治大姊的兩個小孩，向阿媽討雞腿的情況。

「要再來喔。」

林招治的母親緊握著他的手。她的手，大而粗，很暖和。

「好，好。」

回途，他們四人還是騎了兩台腳踏車回去。回程是下坡，車子的速度快，也震盪得厲害。回途，石世文載林秀卿。

「要抓緊喔，不要睡著。」

林招治對林秀卿說。

開始，林秀卿還是抓著坐墊下的彈簧，因下坡，車子速度快，輾到小石頭，就震盪起來。

「秀卿，抓好，抓身上。」

林招治在後面喊著。

林秀卿抱住石世文的腰身，臉輕輕貼在石世文的背部。

到了壽山街，林招治建議四個人一起去看電影。

「不行，我一定要回家。」

「石老師，真的，不要接近張杏華。很危險，至少會有麻煩。她做人不錯。以前，大家也都說她二哥很不錯，誰會想到他做出那種事！」

水鬼潭

「水鬼潭，八點。」

石世文寫在畫紙背面，走到張杏華身邊，給她看。

林招治說，不要靠近她。陳有成也說，教務主任黃坤祥也對他說。但是，他還是很想畫她。

開始，他在石頭溪的對岸畫她。他在石堤上畫她，而後走到下面，靠近水邊畫她。小學生還是會在遠處投石頭，投到水裡，投到她身邊的水裡。不過，看到他，就會若無其事的投到別的地方。

她還是一個人。在上流那些洗衣女人，還是會指指點點，還是會吱吱咕咕的說著。他知道，她們在講她，也可能在講他。

她知道他在畫她。開始，她沒有表情，也沒有動作，只是搓、搥、淘、擰，若無其事地繼續洗著衣服。不過，他看得出來，有些動作顯得不自然，甚至有錯誤，裙子沾到了水。

女人洗衣服，蹲著最多，有的跪著，有的拿小椅子出來坐著。也有人站在水中，臉向岸邊。

她們蹲著，拉低裙子遮住腿部，站著，遮住臀部，不過還是露出雙腿，顯出裙子裡面的圓圓的臀部。結過婚的，膽子比較大，沒有結婚的，就會想辦法遮掩。

「不死鬼。」

有人說。

「痴哥。」

也有人說。

「他是老師呢。」

從這一句話，可以知道是在說他。

石世文繼續畫她，而且越走越近，終於走到溪的同一邊來畫她。開始，張杏華向他搖手，示意不要接近她，不要畫她。忽然，他看到她的嘴唇動了一下，是笑嗎？她的臉紅起來了。他看到，她好像在擺姿勢，雖然不明顯。她在搓衣服的時候，手會停一下。她站到水中洗衣服的時間也長了，有時還伸一下腰身。有一天，沒有日頭，她還拿了放在岸上的竹笠戴上。她是認為戴竹笠更像洗衣女吧。

有一次，她的嘴唇動了，更明顯，她在笑。她看著水中的衣服，沒有面對他。他清清楚楚看到她笑了。自從他畫她以後，他第一次看到了她的笑容。

他給她看他畫她的畫。她偏著頭，好像有疑問，這會是我嗎？不過，她的嘴角，還是帶著一點笑。

石世文知道光的折射。一根竹子插進水裡，水面的部分和水裡的部分，不成一條直線。她站在水裡的腿，也是曲折的。不過，他畫她的臉，她的身體，都有點扭曲，並不全是因為折射。

「水鬼潭，八點。」

她有看清楚嗎？她會去嗎？他忘記寫早上或晚上，她會以為是早上嗎？

「世文，林秀卿是一個很乖的女孩。」

黃坤祥教務主任直接對他說。

「我知道她很乖。很不錯的女孩。」

黃主任還幫他們安排了一場電影，看的是《太陽浴血記》。片中，有不少槍戰的場面，林秀卿把雙手放在膝蓋上，從頭到尾，端端正正的坐著。

黃主任還告訴他，林秀卿的父母沒有兒子，會把女婿當做兒子。

「有成，很快就要和招治結婚。做父母的希望姊姊先結婚，或者同時結婚。他們要蓋一個養雞場，就是要給招治做嫁妝。對秀卿，他們也一定會有同樣打算的。」

「黃主任，我還未滿二十歲。」

「你是說，秀卿比你大？」

「……」

「某大姊，金交椅。」

「黃主任，我，我還要問父母親。」

「要快喔，這是很好的機會，也是很好的緣分。」

林秀卿比石世文大，但是年齡不是問題，林秀卿和林招治比較，他比較喜歡林秀卿。他不知道，陳有成為什麼選林招治。毫無疑問，因為他們是同事。

自從黃主任對他提起林秀卿的事以後，他已想了三、四個晚上。他躺在榻榻米上，看著天花板上的電燈泡。大概有一個禮拜了，一個師範學校的同學寫信給他，說想考師範學院，問他的意見，也勸他一起去考。這會是一個理由嗎？

他再想到林秀卿，就會想到張杏華。他畫張杏華，線條會彎曲，像她站在水中的腿。她站在水中，腿是那麼白。他畫林秀卿，就端正多了。為什麼？

「水鬼潭，八點。」

張杏華會去嗎？

早晨散步，他去過水鬼潭幾次，晚上也去過兩次。

石世文沿著溪邊的小路，走往上流。那條路，散布著石頭，有草叢，以及稀稀疏疏的矮木，就是白天，也要左閃右閃，並不好走。現在，只有已西斜的上弦月，只有朦朦的月光。

為什麼約在這個地方？張杏華會去嗎？

水鬼潭是石頭溪的一個深潭，從溪底立起一塊巨大的岩石，高有十幾公尺，形成一堵巨大的石壁，上面的岩石，有平坦的地方，人可以坐。石世文喜歡那個地方，從那裡幾乎可以看到石頭溪在谷中的全景，也可以看到壽山街。

石世文走上一小段坡路，看到前面，在岩石上，有一個人影。會是她嗎？他快步上去。

「妳來了。」

「石老師。」

張杏華站起來。她穿著長褲，身材顯得修長。

「讓妳等很久了，張小姐。」

「我好久沒有來到這裡了。」

「以前來過？」

「是我二哥帶我來的。」

她二哥喜歡游泳，生前時常到下面游泳。自從她二哥被捕以後，她就沒有再來過。

她二哥在電信局工作，參加什麼讀書會，有一天，有一個外省人叫他發了一通電報出去，有人檢舉，他被捕，被槍斃了，他們一共有九個人被捕，三人被槍斃，那個叫他發電報的人逃走了，聽說已逃回中國大陸。

在讀師範學校的時候，他曾經去過馬場町，看到了三個屍體，其中有一個是女的。不會是和她二哥同一個案的吧。

「有女人嗎？」

「什麼？」

「讀書會有女人嗎？」

「有。不過，被槍斃的三個都是男人。」

自從她二哥被殺以後，親戚朋友都不敢和他們往來，街上的人不再向他們買東西，連亭仔腳都不敢走過，店也很難維持下去。

受打擊最大的是她母親。差不多有一個禮拜，她什麼都不想吃，張杏華強行餵她米湯。她人也很快瘦下去，差一點就站不起來。

張杏華自己也差不多，可是她必須撐下去。

她已初三，在學校也受到很大的欺侮。同學怕她，看不起她，好朋友都不敢和她接近。林招治是同班同學，不過不是最要好的。

同學會這樣，老師也有責任。她功課不錯，作文也很好，國文老師最疼她，現在卻罵她不要臉，把她趕出教室，不讓她上課。她站在教室外面聽課，同學把窗子關起來。她聽到同學在裡面笑，她也不清楚笑什麼。她想看老師有沒有寫在黑板，一下課，就有人很快把黑板擦乾淨了。

「我必須畢業，必須讀完初中。」

張杏華說，看著天上的月亮。

月亮像鐮刀，淡白的顏色，已接近西邊的山丘上。

「張小姐。」

「石老師，叫我杏華。」

她出生時，名字是杏花。戰爭末期，改杏子。戰後，要改回杏花，二哥說改成杏華比較好。華代表中華。二哥死後，她也想過，要改回杏花，卻怕二哥認不得她。

「那妳叫我世文。」

「世，世文。」

她低頭，輕笑一聲，又抬頭看他。

「杏華。」

石世文伸手拉她的手。她的手是涼的，可能是因為氣溫。已十一月了，她的手掌粗粗的，工作做太多了。她除洗衣服，還要磨豆子。她說，家人要輪流磨豆子。石世文記得，林秀卿的手掌也一樣。她也要幫忙農事。

「杏華，我喜歡這個地方。」

從這裡，可以看到壽山街的夜景。有燈光，不過稀稀落落。

「我也喜歡這個地方。以前，二哥帶我來。我喜歡二哥，我想念二哥。我常常夢見他，有時會哭醒過來。二哥死了，我不敢再來這裡。我怕想起二哥，我也怕有跳下去的衝動。我來了，因為你邀我，第一次有人邀我。自從二哥死了之後，除了家人，沒有人這麼接近我。我會用不同的心情，去喜歡這個地方。世文，除了家人，我只能向你提起二哥的事。」

「我了解妳的心情。」

「世文，你不怕？」

「怕什麼？」

「怕給你麻煩。」

「妳沒有做錯事，應該不會有麻煩。」

「你真的這樣想。」

「妳看，我不是來了。杏華，這個地方為什麼叫水鬼潭？」

從前，很久以前，有一個農人叫金木。一般農人，生活都很苦。這個地方又是貧瘠的赤仁土地，所收稻子，除了繳大租，所剩不多。所以在第二季收割以後，有的在稻田裡種菜，有的去礦區打工，有的出去池塘或溪裡捕魚，貼補家用。石頭溪有很多魚，有鯽魚、鯉魚和白鰻。水深的地方也有大鱸鰻。金木來石頭溪捕魚。石頭溪有很多大石頭，長滿青苔。金木不小心滑倒了，頭撞到了石頭，人也昏過去了，被水淹死了。

人淹死，要掠交替，才能轉生。金木不但不掠交替，還要救人。有人溺水，他就把那個人推到溪邊。所以，他一直無法轉生。

金木家養了一個心婦仔，叫阿霞。阿霞很乖，養父母都疼她。金木死了，他們打算將她當做自己親生的女兒嫁出去。她沒有答應，有一個晚上，跳進水鬼潭死掉了。這裡，本來叫深潭。自從金木和阿霞死了之後，在沒有月亮的夜晚，他們會一起出來，拿稻草洗刷石頭上的青苔。聽說，縣府已報請皇帝，封他們為城隍，他們沒有接受，寧願做水鬼，繼續清洗石頭上的青苔。

「這個故事很美。」

石世文說。

「像今天的月亮？」

「像今天的月亮？」

月亮像梳子，已接近西邊的山丘上了。美是美，卻很淒涼。

「這是殘缺的月亮，而且快要沉下去了。」

「會冷嗎？」

「日頭落山鬼仔出來賣豆干。」

「什麼？」

「月娘落山，鬼仔出來賣豆干。」

「杏華。」

石世文看到張杏華的嘴唇有點顫抖，用手抱住她。

石世文想起，張杏華家開豆干店。「日頭落山，鬼仔出來賣豆干」，好像是童謠的一句。在舊鎮，他看過，在黃昏時分，有人將放著豆干的竹披仔頂在頭上，沿街叫賣。

張杏華告訴他，她二哥就是這樣，他上班回來，只要有時間，就幫家人把豆干頂出去賣。

「杏華。」

石世文抱住張杏華的臉，第一次吻了女人。

「世文，我們太接近了。」

張杏華說，身體動了一下，不過，臉還是相貼一起。

「為什麼？」

「會給你帶來不幸。」

「不要再說那種話。」

「世文，剛才我先來，一個人坐在這上面，看水鬼潭，想二哥，我有一股衝動，很想跳下去。」

「不可以。」

「我知道不可以。我想到母親，我想到二哥，還有，我也想到你。」

「杏華。」

石世文的手摸著張杏華的臉，她的頭髮，她的肩膀，再下來，摸了她的胸部。

「不可以，不可以。」

張杏華的呼吸很急，也變粗了。他們的臉還是相貼著。

石世文將手伸到衣服裡面。

「不可以。」

張杏華將石世文推開一下，人也向後移動一下，想站起來，卻又蹲下去。

「怎麼了？」

「我腳發麻。」

石世文趕快扶住她。

「為什麼不可以？」

「我們未來有很多未知數。」

「現在是已知數呀。」

「世文，月亮已下山了，路不好走了。我們回去。」

「讓我摸一下。」

「世文，我們回去好嗎？」

月亮已下山，路的確不好走。

「我來背妳。」

兩人走近保甲路，張杏華說要下來。石世文將她放下，她突然用力緊緊抱住他。

「我想，以後不要再見面了。」

「為什麼？」

「我很滿足。」

「那我呢？」

「我有聽說，林招治的姊姊。」

「妳說什麼？」

石世文又抱住她，吻她。她也吻他。

「有人來了。」

從保甲路的北邊，有人騎腳踏車過來。張杏華很快走過保甲路的橋，消失了。

搜山

這是壽山鄉的一件大事，要當眾執行槍決。

一個軍官，用卡賓槍射殺了理髮店一家人，逃到山區被捕，今天早晨在石頭溪溪邊槍決了。

「世文，你不去看？」

昨天，陳有成問他。

「我不想去。」

「為什麼，這是第一次，也可能是最後一次。」

五天前，駐軍的副排長魯智生用卡賓射殺了理髮師一家人，包括理髮師吳金福夫妻，女兒吳雪嬌和兩個兒子。是滅門案。

他從前面的店打到裡面的大廳和房間。當時，店裡有客人，他沒有殺，另外一位理髮小姐，他也沒有殺。

三天前，吳雪嬌訂婚，在大廳裡的桌上還擺著沒有發完的喜餅，魯智生將它掃到地上。

吳金福的理髮店，離張杏華家豆干店，只有七家。

魯智生槍殺一家人的理由是吳雪嬌嫁了別人。聽說，那天新郎也在家裡，魯智生也沒有殺他。

「阿山就是這樣。只有阿山才做這種事。」

吳金福夫婦反對，主要理由是，魯智生是外省人。

當軍人，就是軍官，薪水也不多。吳雪嬌還叫他陪她去台北買東西，買衣服，買化妝品送她。有時，還要送給她母親。

「本來就不應該交外省人。」

「外省人也有很多好人呀。」

石世文認識魯智生。石世文身高一七六，是打籃球的身材。他在師範學校時打籃球。日治時代，台灣人很少打籃球。體育老師要他練籃球。不過，他沒有入選校隊。

他到壽山教書，住在學校附近，駐軍又在學校對面，魯智生他們也會邀他過去打球。

魯智生教他運球、過人、跳投、端籃。有一次，還邀他參加縣運。

魯智生為什麼做那種事？

吳金福的理髮店，石世文也去過。他也看過吳雪嬌。她人不高，不到一六〇，皮膚很白，眼睛圓而大，嘴唇紅紅的，很豐滿，在桃鎮一家西藥店當店員，有時回家，看父親忙，她也會幫忙替客人洗頭髮。她的母親話很多，有一次，石世文去理髮，一直問他，問他的家人，一直問不停。以後，他就不去了。

魯智生在打球之後，也會和他閒談。他大石世文七歲。高中畢業，跟其他學生響應十萬青年十萬軍去從軍的。他是志願的，不是被抓去的。他參加過抗戰，也參加過剿匪，不過沒有遇到日本兵，也沒有碰過共產兵。

魯智生槍法很準，每一個人都打到要害，不是心臟就是頭部。都是一槍斃命。有人說，那是因為近距離打的。還有人說，為什麼不去打敵人？

「他打了雪嬌之後，還抱著她，一直吻她。」

理髮小姐說。

而後，魯智生帶了槍，逃進山區。

那是矮山。壽山的南北，都是山丘地，中間夾著石頭溪。有人看到他向北，經過石頭溪的水泥橋，逃向相思樹林。軍營是在南邊。

部隊立即派兵搜山。搜了一整天，沒有找到。他們要求警察、消防人員、公所職員和國校老師協助。

「他有卡賓槍。」

「子彈已經打光了。」

「還是要小心。」

每一個人都很小心，尤其是軍人。

第二天，也沒有找到。

「會不會逃出山區？」

「不可能。」

魯智生對這裡的地形並不熟，每一個要道都有軍人把守，而且調來了軍車支援。碰到行人，也一一查問。

第三天，也沒有結果。

「抓到了，抓到了。」

第四天清晨，從駐軍的營區傳來消息。

不是抓到的，是他自己出來投案。他不是逃向北邊嗎？怎麼會在南邊出現？而且是在營區。

他是從水鬼潭附近，游水過來。他已經餓了三、四天了，整個人都瘦下去了，鬍子也長出來了，他穿的是軍便服，上面沾滿泥土、也有草屑。他是想回營區，看看能不能找到一點食物。有人的地方，他不敢去。他看到了丟棄的食物。他想吃，又吃不下。他哭了，他就出來投降。

他還帶著卡賓槍，不過，已沒有子彈了。

大家鬆了一口氣。他的長官對他很好，先讓他吃飽。

上面的命令下來了。這件事，在報紙上也大大的報導過，命令是立即就地處決。

本來，軍方打算在理髮店面前槍決。不過，那裡是縱貫道路，是交通要道，來回車輛太多，改在石頭溪邊執行。

看的人很多，軍方在溪邊圍了一小塊地，其他的民眾可自由觀看。石頭溪的兩邊，還有橋上，甚至溪中，都有人。有民眾，有當地的居民，也有從農村出來賣菜的農人，有的沒有事，是特地出來看的。也有國校學生。

執行的地點是在理髮店的正後面的位置。這有示眾，也有贖罪的意味，也就是對民眾要有個交代。另外還有部隊裡的軍人。他們在小塊地裡面，整隊排列，好像要照相。

臨刑，他說，他是堂堂男子漢，要死得有尊嚴。他說他要唱歌，執行官也同意了。他唱了〈滿江紅〉。

怒髮沖冠憑欄處，
蕭蕭雨歇，
抬望眼，
仰天長嘯……

他停住了，他唱不出來了。他低著頭哭了。

「跪下。」

他怔怔地站著。是沒有聽到？還是已聽不到？有一個士官，用腳往他腳彎踢了一下，他跪了下去。他跪在棉被上。

碰，碰。兩槍斃命。

石世文想起，他讀國校時，日本老師告訴學生，日本軍人臨死，都會叫「天皇陛下萬歲」。老師又說，支那兵臨死，都叫母親。聽說，匪諜被抓，要押去槍斃，有人喊「毛澤東萬歲」。有沒有人喊過「蔣總統萬歲」，石世文不知道。魯智生並沒有。

石世文聽到這些話，忽然想起哥雅的一幅畫〈一八〇八．五．三〉，軍人槍殺民眾的畫面。時間已經過一百四十多年了，那個日子卻好像還停留在那裡，停留在那畫面上。這是藝術家的魔術，他有這種感受。

陳有成問他時，他說不去。他實在沒有想到有這種場面。陳有成說，又悲又壯，很悲壯。這種時刻，是應該留下來的。

當時，他不想去，另外一個原因是張杏華。他的二哥被槍斃了，同案被槍斃的三個人，都是壽山人。他可以像他們，平靜的看嗎？

「他很可憐。」

執行者用那個棉被裹他，軍車把他載走。他是一個人來到台灣。他家人在哪裡？會有人告訴他們嗎？

好幾天了，魯智生被槍決以後，石世文沒有看到張杏華出來洗衣服。為什麼呢？

他也發現，其他經常出來洗衣服的女人，也少了幾個。他不確定哪幾個，是算人數的。

他從張杏華家門口經過，看看能不能碰到她。不過，門都是關著，好像連生意都不做了。

他也不再去駐軍那裡打球了，雖然他們來邀了幾次。

夜訪

篤、篤、篤。

已深夜一點鐘了，石世文還在看書。他想升學，準備考師範學院。

「呃，杏華。」

石世文一開門，一陣冷風吹進來。

「對不起。」

外面有下雨。張杏華站在門口，手拿著雨傘。

「快進來，快進來。」

自從在水鬼潭分手以後，說得正確一點，在魯智生的案件發生之後，他就沒有再見到她了，算起來，已一年多了。

她沒有去洗衣服，是因為那裡淌著一個人的血？像她二哥那樣。後來才知道，她家裡有古井，那以後都在家裡洗衣服。

「我腳濕了。」

張杏華將雨傘放在入口處，脫下鞋子，看著榻榻米。

「很濕？」

「一點點。」

「沒有關係。上來，上來。」

石世文伸手拉她。

她把風衣脫掉，裡面是套裝。

林招治告訴他，張杏華去桃鎮學打毛線。

「世文，我要結婚了。」

張杏華剛燙了頭髮。她的臉色有點發白，嘴唇微微發抖。

「妳坐下，妳坐下。」

石世文指著榻榻米。

「他說，他可以救我，可以救我們全家。」

前幾天，張杏華訂婚了，對象是桃鎮的刑事警察，蔡根木。蔡根木本來是個流氓，戰爭結束，從火燒島回來。

戰爭結束，在舊鎮，石世文看過幾個從火燒島回來的，他們都是大尾的，以這些人為主，其他人三五成群，在街上走來走去，有的拿木棍，也有的拿掃刀。那些為主的，只拿扁鑽，而且都藏在懷裡。開始，他們維持治安，軍隊來了之後，警察漸漸恢復執行任務，他們有的被殺，被警方或對手，有的被捕，也有的做事業，再也看不到在街上走動。

蔡根木原先是線民，他了解流氓的人脈、習性和居所，幫助警方破了幾個重大的案子，包括一組匪諜案，也查捕一些餘黨，警方很看重他，升他做正式刑警，現在已做組長了。

蔡根木曾經來調查過石世文。問他的家庭，他的學業，他的興趣，以及和張杏華交往的經過。那是他和張杏華在水鬼潭約會之前。可能有人去通報。會是陳有成，或林招治，或其他同事，甚至壽山街的人？也許，蔡根木本來就有這種能力。

蔡根木三十歲左右，人很客氣，語調也溫和。

「石老師，很小的事，有時也會變成大事。」

「石老師，有些人被槍斃了，還不知道自己犯了什麼罪。」

蔡根木說話，始終帶著微笑。

這是事實，是一種勸告，也是一種威脅。石世文約張杏華去水鬼潭，多少也是因為對這有不滿。

「他們還時常，定期或不定期，到家裡來調查。有警察，有時有軍人。他們帶著槍，還有刺刀。我們家裡有一袋袋的豆子，他們還用刺刀去刺，有時豆子會漏出來。母親幾乎崩潰了。妹妹、弟弟，他們連上課都有困難。世文，我很害怕。我也害怕會連累你。」

「杏華，他們……」

「世文，蔡根木說，他去調查過你。」

「妳，我可以了解。」

「世文，我嫁他，算不算做錯事？」

「……」

「世文，對不起。你會看不起我？」

「……」

「我好像在賣身。」

「……」

「你仔細看我。」

她穿套裝，咖啡色，是新的。

「你要畫我？」

石世文直直看著她，依然沒有回答。忽然，張杏華拉了他的手，放在她的胸部，而後拉入衣服裡面。她的身體是暖和的。他感覺自己的手太冷。那時，在水鬼潭上面，張杏華曾經推開他。

「世文，畫我，這一次，用身體畫我。」

她轉身過去，把裙子脫掉，把內衣褲也脫掉。他看她，她在發抖，全身在發抖。她哭出來了。

石世文抱住她，撫摸她，吻她。

「抱我，用身體抱我。」

石世文了解了。他也脫掉衣服，用身體裹住她。

「我，我要你的體溫。」

他吻她，摸她，摸她全身。他感到天氣寒冷，用手搓她全身。

「母親說，今天是好日子。」

「好日子？」

「男人和女人在一起的好日子。」

「妳母親知道妳要來？」

「知道。她還教我。」

「教妳？」

「教我女人和男人在一起，做什麼事，怎麼做。」

張杏華說，放開手，拿起提包，取出一條黑布，鋪在榻榻米上，而後躺上去，調整一下位置，將臀部放在黑布上。白白的身體，躺在黑布上。

電燈泡從天花板垂下來，照著她的身體。她在輕微發抖，皮膚也起了疙瘩。

「要關燈？」

「世文，你要仔細看，看我的身體，連一根毛都要看清楚。」

張杏華說，把大腿微微張開，她的眼睛不斷流出淚水。

「杏華。」

石世文躺下去，用嘴唇和手，觸著她胸部、小腹、大腿和大腿之間。張杏華用手引導他。她的手也是冷的。

「哎。」

張杏華皺了眉頭。

「怎麼了？」

「沒有什麼。你身體動一下。」

石世文照著她的話做。

「世文，你是第一次？」

「嗯。」

「我很高興。」

「杏華。」

「這一輩子，我們不會再見面了。你再仔細看看。」

「妳流血了。」

「你幫我擦一下。」

張杏華轉頭，指著內褲。

「新的？」

「新的。」

「我去拿毛布。」

「用它擦。」

「有些地方乾了，擦不乾淨。」

「世文，過來。吻我，不要離開我。」

「杏華，我做了什麼事。」

「世文，你可以再做一次。這一次，你要自己做。」

「可以做兩次？」

「母親說，一個晚上可以做三次。」

石世文真做了三次。第二次，第三次，到了最後，張杏華都緊緊抱住他。

「杏華，妳流汗了。」

石世文自己也流汗了。他有經驗，在冬天最冷的時候打球，也是會流汗。

「世文。」

「杏華。」

「我很滿足。」

「我們真的不能再見了？」

「不能。我們連做水鬼，一起洗石頭都不能了。不過，我會夢見你，在夢中，什麼都可以做，對不對？」

張杏華用內衣迅速擦擦身體，再穿上去。內衣也是新的，她穿好衣服把那一塊黑布也摺好，放回手提包，拿了雨傘，打開門出去。

哈，哈嗆。

一陣冷風吹了進來。

石世文站在門口，打了一個噴嚏。他看著張杏華，撐著雨傘，很快地消失在黑夜中。

張杏華

新婚夜

張杏華坐在鏡台前，一個沒有靠背的圓椅上。

鏡的中央貼著一張紅紙條，表示這是嫁妝。桌櫃的側面也貼著紅紙條。眠床是八腳眠床，都是新買，是從舊鎮一家有名的木器店買回來的。

紅紙條約有四公分寬，十公分長，它將她的臉分成兩半。她凝視著鏡面，有時候，她感覺到兩邊的臉會合在一起，卻又好像少了鼻子。她想把它撕下來，卻又不知道應該怎麼做。

房間是租的，簡單裝修過。上面已答應蔡根木，宿舍有空出來，就優先配給他們。

鏡子玻璃是台灣製，不是舶來品，映影呈波浪狀，有點扭曲。她記得石世文替她畫像時說過，把竹子插進水裡面看起來會彎曲，有曲折，空氣也有同樣的現象，只是我們在同樣的空氣裡面沒有感覺。

她看著鏡子裡的映像，粉抹得太濃了，口紅也太深了，媒人說這樣才像新娘。這樣像自己嗎？她不禁自問。

剛才進來房間，她發現桌櫃的抽屜沒有完全關好，是不是有人進來看她的衣服？她感覺，胸部和下身有一種奇怪的感覺。是癢？還是痛？好像都不是。不過，她的確有感覺。她想伸手摸一下，又縮回來。昨天晚上，她去找石世文，母親一直等著她，看她回來，只問她有沒有淋到雨，用手撥著她衣服上的雨水。

雨還在下，屋頂是屋瓦，有時還可以聽到雨滴的聲音。

離開石世文的時候，她回頭看他站在門前送她，他沒有拿雨傘，一個人站在雨中。她回頭幾次，揮手叫他進去，但是她發不出聲音。是夜？是雨？還是兩人的距離越來越遠？

她穿淺紅色的洋裝，是在鎮上買的，還算合身。她的身材，不高不矮，不胖不瘦，很容易買衣服。本來，蔡根木有意帶她去訂做，不過時間實在太趕了。

內衣褲是蔡根木帶她去基隆的委託行買的。委託行的貨品大部分是美國貨，也有部分是來自日本或香港，都是走水的帶回來的。

內褲，以前都是自己縫製，是用褲帶穿過去，在前面打結。這是她第一次穿舶來品。她買了半打。蔡根木說，以後還會帶她去，因為會有新款的。

其實，委託行裡就有一種更新的內褲，一共七件，分成七種不同顏色。一個禮拜七天，每天換一件。

昨天，她去找石世文時穿的是其中一件，回來一看，有沾了一點血，所以留在家裡沒有帶過來。母親說要不要幫她洗，她說不要。她用報紙包了起來。有人開她的桌櫃，大概是要看她的新衣服。如果，她買了七件不同顏色的，少了一件，蔡根木問起來，如何回答？

客廳裡面還有客人，是蔡根木的母親、大哥、大嫂、弟弟，還有幾個姊妹。大廳和房間只隔著一層板堵。家人要坐十一點的快車回中部。

她又想起昨天晚上的事。早上起床，她發現還有一點血，不過，先前去便所，已沒有了。現在還有那種感覺，會不會又有血？

蔡根木會發現嗎？他對女人應該是有經驗的。

「阿母他們要回去了。」

蔡根木進來告訴她。

「阿母。」

張杏華跟著蔡根木出去。

「阿花，妳要多生幾個囝仔喔。」

婆婆笑嘻嘻的說，拉著她的手。她跟蔡根木，叫她阿花，不像她的家人叫她阿花。

「我會。」

張杏華低著頭，小聲說。

「阿母，我送你們去車頭。」

蔡根木說。

「我也去。」

張杏華走到門口。

「雨那麼大，妳不要去。」

火車站不遠，走路約十分鐘。

張杏華看著一群人走到路口，彎過去。雨還在下，她抬頭看了一下電線桿上的路燈，一條一條的雨在路燈下閃著銀光。昨天，石世文也這樣送她。

「阿花，妳還站在這裡？」

「我在等你。」

蔡根木拉著她的手，進去房間。

「很冷？」

張杏華走進房間，就低頭站在床前，身體微微發抖。

「有一些。」

「妳把衣服脫下。」

蔡根木的手，在她身上，先摸一下她的下巴，而後從胸部到腰部，再到臀部，輕輕的摸一下。

「……」

張杏華低頭，解開扣子，手發抖得更厲害，無法順利解開。以前，她大部分的時間，都是穿初中的舊制服。她是第一次穿洋裝，雖然試穿過幾次。

她脫下洋裝把它掛好，而後垂下雙手，低著頭。他看著她，靜靜等著，等著她把內衣褲也脫下來。

她兩手垂下，低著頭。本來，她想伸手去遮住胸部和下面，立即感到不妥，就把手放開。

「妳的皮膚很白，也很幼嫩。」

蔡根木摸她，而後輕捏她一下。

白是有人說過，說她嫩，卻是第一次。

「妳身體轉一下。」

蔡根木走開兩步，眼睛盯著她。

她把身體轉動一圈，眼淚已流下來了。

「那個教員有畫妳？」

「有。」

「畫很多？」

「幾張。」

「妳的身體很白，他有畫妳的裸體？」

「沒有，沒有。」

「真的沒有？」

「真的沒有，真的沒有。」

「他有摸妳？」

「……」

「他有摸妳？」

「沒有，沒有。」

「我相信……妳上去。」

蔡根木指著眠床，一邊脫衣服。

張杏華閉著眼睛，靜靜的躺下去，臉朝著「面天」。面天上面嵌著蝙蝠的木雕。她顫了一下，很冷。她有看到棉被，摺好的新棉被，伸手碰了一下，又縮回來。

「那個教員，真的沒有摸妳？」

蔡根木摸了她的胸部，捏住。

「沒有。」

「男人摸過的胸部，會腫大起來。」

「……」

她胸部的奇怪的感覺，是不是因為有腫大起來？

「讓我看一下。」

「看什麼？」

她還來不及反應，他已用手把她的大腿打開。眼淚從她的眼睛不停地湧流出來。

「毛不多，我喜歡。」

他有看過很多女人嗎？

「他有沒弄過妳？」

「誰？」

「那個教員。」

「……」

「有沒有？」

「沒有。」

「為什麼破了？」

「破了？什麼破了？」

「這個，還有一點血。」

「……」
「妳不能說？」
「可能那個還沒有乾淨。」
「為什麼會弄破？誰弄的？」
「我二哥被槍斃的時候，我不知道怎樣心情很壞，一直想鑽到地下去。我看父母，尤其是母親，還有我二哥那麼善良的一個人，又那麼疼我。我把它弄破了。」
張杏華說，眼淚又不停的流下來，流到鼻子，流到喉嚨。
「用什麼？」
「用手指。」
「用自己的手指？」
「用自己的手指。」
「很痛？」
「沒有什麼感覺。」
「怎麼弄的？」
「這，這樣。」
「妳不願意留給人家？」
「什麼？」

「留一個完整的女人給男人。」

「我，我，我當時，一直想死，如果不是母親，我會死掉。」

「喔。對不起。我看妳，以前，和那個教員那麼接近。」

「我是先認識他的。」

「對，對，先認識他，沒有錯。現在，妳是誰？」

「我是你的某。」

「我是你的誰？」

「我的尪。」

「妳對二哥有特別的感情？」

「……」

一下子，她沒有聽懂。

「妳把它獻給二哥？」

「……我二哥死了……」

「杏華……妳生氣了？」

「我喘不過氣。」

「呃。」

「叫我阿花。」

「為什麼？」

「家人都叫我阿花。」

「阿花，妳要生幾個孩子？」

「兩個。」

「不行。」

「多一點？三個。」

「不行，再多一點。」

「四個？」

「妳知道我母親生了幾個？」

「你告訴過我六個，二男四女。」

「妳母親？」

「七個，三男四女。」

「那妳呢？」

「他們是以前的人。現在，一般是兩個，也有三個，如果你要，可以四個。」

「不行。」

「難道你要我生五個？如果你一定要……」

「妳生氣了？」

「沒有，我沒有生氣。我是你的某。」

「我是開玩笑的。妳想生幾個，就生幾個，由妳決定。」

「根木……」

「叫我阿木。」

「為什麼？」

「我家人都這樣叫我。」

「阿木。」

蔡根木之死

張杳華躺在床上，把衣服拉上來，伸手摸著自己的肚子。她已懷孕七個月了。她感覺到胎兒在蠕動。

兩個月前，蔡根木死了，她搬出宿舍，搬回娘家。父親和母親又恢復做豆干，不過生意已不如以前了。店裡的師傅已出去，在街上開了另外一家豆干店。壽山不大，人口又有限。張杳華也會幫忙包豆干，烘豆干，不過像磨豆子那樣粗重的工作，就沒有辦法了。

「阿花，你不要太操勞。」

母親看著她的肚子，總是這樣說。

蔡根木也喜歡摸她的肚子。他一下班回來，只要她一個人，他的第一個動作就是摸她的肚子。晚上，在床上，他還會將頭輕輕擱在她的肚子上，用耳朵聽著胎兒的蠕動。

「大一點了，大一點了，是不是大一點了？」

「是大一點了。」

「他會踢了吧？」

「會踢了。」

「奶變大了，是不是胎兒在吃奶？」

「我不知道。」

「會是男孩？還是女孩？」

「我不知道。」

「阿母說要男孩，我無要緊。」

「正經無要緊？」

「正經，正經。」

蔡根木說，繼續摸她的肚子。

「可以嗎？」

「……」

她也不知道。

以前有一些事，和石世文的事，她會問母親。這一件事，她沒有問。

「我只是想和胎兒說話，我會很小心。」

「……」

本來，她想說，那你就來吧。不過，她說不出口，只是靜靜的躺好。

蔡根木是遭槍擊死亡。這是第三次遭到槍擊，也是致命的一次。他身上一共中了四槍，是用卡賓槍射擊的。

警方說，這是仇殺。他們將對象咬定是流氓所為。

在舊鎮和壽山之間，有一個叫斬龍山的地方，是淺山區。聽說，以前這裡是龍穴，清朝怕出皇帝威脅到他，所以派人來破壞，把龍身斬成兩段。他們的方法是造了一條鐵路。後來鐵路拆掉了，龍穴並沒有復原。

戰後，一些流氓從火燒島出來了，開始在鎮上出現，有的身懷扁鑽，後面還跟著一些人，大部分拿著赤白槌的棍子，有人還帶木刀，有的是真刀，日本刀。那些是日本人留下來的，輾轉流到他們手裡。

國民政府先是利用流氓，維持治安，等他們把社會秩序整頓以後，就開始取締他們了。他們有的被捕，也有的被殺。

在取締初期，警方利用流氓互相火拚，就像競技比賽的淘汰賽，每一輪比賽以後，就少了一半的人。

「我早晚會被除掉的。」

蔡根木第一次遭到槍擊時，告訴張杏華。

警方說，這是流氓所為，就派人去圍山，把整個斬龍山圍起來了。那是淺山，所種的，大部分是竹子和相思樹，可以藏匿的地方並不多。

警方會利用蔡根木，也和斬龍山有關。

終戰不久，從火燒島回來的流氓，被警方取締時，有兩個大尾的，各帶了一群兄弟，差不多有十幾個，躲入斬龍山中。警方利用蔡根木去圍捕他們。沒有想到，在圍捕過程中，在不遠的地方，破獲一個匪諜集團，他們有武器，也有無線電。這個功勞，也分到了蔡根木，並且給他一個確定的身分，名義上是刑警，卻有便衣的職務。

蔡根木曾經調查過石世文，也許只是查問，就是利用這種身分。

有人被抓，家人來拜託他，這是他們唯一的門路。他再將黃金、錢財往上面送，設法營救他們。有的還賣了田地和家產。

張杏華和蔡根木結婚之後，兩人都不提起石世文。不過，從此以後，家裡遭到的干擾，的確減少了。

「我會被殺。」

「為什麼？」

「我是流氓出身，警方是不容許流氓的存在，而且我知道太多。」

蔡根木被殺，經方認為是流氓所為，又去圍山，結果連一隻山雞也沒有抓到。斬龍山已變成空山了。那次匪諜案也有不少居民，大部分是農民，受到牽連。有的被殺死，有的被判徒刑。

有的警察認為他的死和匪諜案有關，是一種報復行為。蔡根木有受人委託，拿了黃金去救人。有些人被判徒刑算是幸運，有些人，賣了房子，人還是被槍斃了。他們的親人或朋友，只知道蔡根木這個人。至於背後的，他們完全看不到。他會變成報復的對象，也講得通的。

蔡根木以前曾遭受到兩次槍擊，一次打到肩膀，一次沒有打到。都是晚間發生的，是偷襲。

「你可以退下來。」

張杏華感到一種恐懼，那種恐懼是超過身體的。

「沒有用。」

「為什麼？」

「我說過，我知道太多。」

「我們可以搬回鄉下，遠離他們。」

「你跑到哪裡，他們就找到那裡。」

「那怎麼辦？」

「等著。」

「等死嗎？」

張杏華不敢問。

「難道只能等死嗎？」

張杏華想著。

前兩次，蔡根木都有拔槍反擊，對方很快退走了。他知道打他的，不止一個人。第三次，他沒有帶槍，警方說要檢查槍枝，把他的槍留下來了。第三次，對方是用卡賓槍打他的，他中了四槍。

蔡根木的屍體被抬回分局。他們把蓋在他身上的毯子拉開，讓張杏華看他的臉。她正要撲上去，有人拉住她，那是陪她來的阿福嫂。

「不要碰。」

阿福嫂緊緊拉住她。

他們前來認屍之前，阿福嫂告訴她，千萬不要碰到屍體。以前，也是一個鄰居，叫阿治，也是在懷孕的時候，丈夫死了，去碰屍體，結果生出一個男孩，是軟骨頭，只活了一年半。

葬禮在分局的禮堂舉行，很隆重，由分局長主持，局長也來參加，另外還有議員、代表。警務處長也送了一個匾額過來，「功在鄉里」。縣長也送了一個「警界之光」。花圈一直排到門外。聽說，政府還會頒一枚勛章給他。

張杏華轉了身，伸手一摸，床上是空的。她感覺，好像踩到一個深坑，整個人墜了下去。

蔡根木喜歡摸她的肚子，她喜歡摸他側腹上的一條疤痕。那是在火拼時，被對方用小刀刺傷的。他說，如果用扁鑽，可能會致命。因為用扁鑽，刺進去，再轉一圈，會把腸子、把內臟劃破，那就很難醫療了。

在戰後，很多流氓回來，在街上昂首闊步，帶著武器，他們也喜歡把衣服敞開，露出胸膛和腹部，如果身上有傷痕的，就可以表示他是大尾。蔡根木總是把衣裾塞在腰帶裡面。

蔡根木在火燒島時，碰到一個真正的鱸鰻頭，他有給蔡根木看相片，穿著白色的西裝，戴白色的硬草帽，完全是紳士的樣子。大家都叫他「先生」。先生說，他從來不帶武器。他勸蔡，如有機會回去，要好好做人。

蔡根木好像懂得先生的話。不過，一回來，他看到整個鎮上沒有人管，鎮上的頭人就請他出來一起維持秩序。

蔡根木喜歡摸她的肚子，她喜歡摸他的刀傷。她第一次摸那道傷痕，心裡的確有點不自在。他說，那不能算是英雄的記號。那是他們兩人的祕密，只讓她在床上摸它。

他們結婚初期，張杏華在床上，會想到石世文。石世文已考上師範學院，已離開壽山國校了。回去之前，他曾經來看過她一次。他只是輕聲說保重。蔡根木曾經威脅過石世文。他說這是為了他好。她知道，他是為了她。

現在，她還會想石世文，不過想蔡根木更多了。

蔡根木說這個傷痕，只是一種記號，一種過程。只是接近死的一種過程。

蔡根木告訴她，死並不可怕。那一刀，高一點，刺到心臟，他就死了。刺在側腹和心臟，其實，差別並不大。他也告訴她，如果他不被關在火燒島，他可能會被徵召去支那做軍伕。他有一個鄰居去當軍伕，就死在戰地，剩下一個木盒子回來。

張杏華雖然碰過不少親人的死，二哥的死，父親的死，還有蔡根木的死，卻一個人承受下來了。

「阿木。」

張杏華在床上轉了一下，又撲了一個空，就好像又踩到一個陷下去的深坑。

林有成

母親過世，過了百日，張杏華幾個兄弟姊妹商量，將豆干店結束，將前落店面出租，家人就住在後落。

張杏華的二妹秋菊高職畢業，已結婚，在海口那邊開了一個小工廠，製造玩具，她作主婦兼會計。三妹玉雲師範畢業以後，在小學教書。小弟永昌在台北讀大學，放假日才回來。

蔡根木雖然過世多年，警方人員幾乎都不會再來做家庭訪問了，所以家人也算能夠平靜過日子。

「阿花，今天做幾件？」

鄰居也會自動和他們家人打招呼了。不過，張杏華似乎還有感覺，好像還有什麼東西卡在她和鄰居之間。

大哥永祥在台北，在一家貿易行做外務，時常到台灣各地去出差，不過自從二哥的事發生以後，就很少回家。聽說，以前也有警方人員去找過他，他有意和家人疏遠。在母親過世之前，他曾經回來看她，兩人相對，一直流淚。

「阿母。」

「阿和……阿和。」

母親看著大哥，叫著二哥的名字，是有意？還是已意識不清？

「阿母，我是阿祥。」

「阿和，阿和。」

母親還是叫著二哥的名字。

在張杏華和二哥之間，還有一個女嬰，不到滿月就夭折了。二哥很疼她，其實大哥也疼她。不過，現在她好像已找不出話來和大哥談了。

父親更早，在蔡根木被槍擊之前。他一向很少說話，自從二哥過世之後，他的胃病也加重了。平時，他時常用手去壓住上腹部。後來壓的位置更高，好像是心臟病，或者像他自己說的，是心病。他時常做夢，夢見有人用刀刺他胸部，像以前戰時，學生學劈刺那樣。

近日，壽山一帶已有人在開工廠，做手工業。張杏華也會叫妹妹那邊送些玩具回來加工，主要是幫她油漆。

「阿花。」

林有成有事到壽山街上來，會來看她。他在耕田，到街上，有時送穀子來碾米，較多的是出來賣蔬菜。以前，他主要是來看母親，現在是來看她。

「我來幫忙。」

有時，他會幫助她搬一些比較粗重的東西，像裝在箱子裡的玩具。

她沒有拒絕。不過，每一次，她都會注意到他的雙手手指是扭曲的，還留有一些傷痕。

「你的指頭是安怎？」

張杏華有感覺，卻是久久不敢問他。她怕母親知道。其實母親早就看到了他手指的異常。

「這是安怎？」

有一次，她再也無法忍住了。

「他們夾我。」

林有成做出受刑的動作。

「呃。」

她不禁眼淚掉下來了。

她曾經想過這樣的問題。像二哥，被槍斃了，痛苦只在一瞬間。像林有成，卻是長時間的。就是出獄以後，還帶著傷痕。早死，是不是早解脫？她不禁想著。但是，死了，永遠沒有了。

「你老實說，我們可以減輕你的罪。」

林有成和二哥，大概在同一時間被捕，不過不是同一個案件。那時，只是壽山地區，就發生三個案件。說不是同一個案件，其實也有相關。林有成的案件，是二哥案件的關係人供出來的。那個人，沒有被判死刑，只判了十年。

林有成是被判了三年半。聽說，那時候，被判徒刑確定的人，很多人是自認為幸運的。那時候，案件在未確定之前，什麼都有可能發生的。因為有不少人，不知為什麼，被判了死刑。林有成被判三年半，算是最輕的了。

他說，他什麼事也沒有做，只是有人給他一本《三民主義》的書。他是有翻過，不過中文基礎不好，可說不太了解。《三民主義》也不行嗎？他不了解。那不是孫中山寫的嗎？孫中山不是國父嗎？

不是《三民主義》有問題，是拿書給他的人有問題。

「真僥倖。呃，真痛嗎？」

母親撫著他的手指。

「尿都洩出來了。」

林有成紅著臉說。

「你為什麼只判了三年半？」

林有成會不會也供出別人？張杏華覺得，林有成是一個老實的農夫，但是，被刑求的人，什麼都做得出來。

「本來，他們是判我五年。法官問我，你有什麼話要說？我就大喊『蔣總統萬歲』！」

「什麼？你喊……」

「沒有錯。」

「為什麼？」

「我在國民學校的時候，日本老師常常說，支那兵是弱虫，臨死都叫阿母，日本兵真勇敢，都叫『天皇陛下萬歲』，所以我就喊……」

「你又不是日本人。」

「現在，我看阿兵哥都這樣喊。小學生也這樣喊。」

「法官怎麼說？」

「三個法官，都笑出來了，而後小聲商量一下，改判我三年半。」

「正經的？」

「正經的。這是我自己的代誌。」

「聽說，有人臨死，喊毛……萬歲？」

「有，有。」

「你看過？」

「我聽過。」

「聽他們喊？」

「不是，聽別人說，有人這樣喊。」

「你為什麼不喊？」

「我又不認識他。一喊馬上改為死刑，馬上槍斃。」

「很多人喊？」

「沒有很多人喊。有人要被捉去槍斃，連走路都走不動，要憲兵拖著他們。有的不會說話，只流淚，像水牛。也有的會唱歌。」

「我二哥呢？」

「他把憲兵給他的高粱酒和肉包撞掉，還用腳去踩。」

「為什麼給他高粱酒和包子呢？」

「叫他不做枵鬼（餓鬼）。」

「你有看到？」

「獄友告訴我。」

「他們安怎對待二哥？」

「有一個憲兵用拳頭打他，很用力，另一個把他拉開。」

「我真的想把你的牙齒一顆一顆拔掉。」

打二哥的憲兵說。

「唉喲。」

母親在房間裡，以為她睡著了，也可能林有成說話大聲一點。

「林桑，林桑。」

張杏華跑進去房間，母親已昏倒，嘴角冒著口沫。

從此母親生病了。她吃得越來越少，有時候，張杏華特地煮一些她以前喜歡吃的，像蓮藕排骨給她，她都分給文鈴吃。

「阿花，那個叫什麼地獄？」

「什麼地獄？」

「阿和，阿和落地獄了。」

「阿母，阿和不會落地獄。」

「那個叫枵鬼地獄，是不是叫枵鬼地獄？」

「阿和不是枵鬼。」

杏華了解，二哥不是貪吃的人。

「不是貪吃，是餓腹肚的鬼呀。」

母親說她看得到。她看到有什麼東西，到阿和嘴邊，就變成一團火。連水也變成火了。

「阿和，你足可憐呀。」

從這時候起，母親已胃口全無了。張杏華知道，母親是在替二哥贖罪。她常常講目蓮救母的故事。糟蹋食物要下地獄。但是，從她的話，她對目蓮了解並不多。她很快的瘦下去。她天天拿出二哥的遺物看著，其中，有幾張相片，已發皺泛黃了。開始時，她滿臉淚水，漸漸的，淚水也乾了。

張杏華在油漆玩具，林有成在幫忙，忽然，他抓住她的手。

「不要這樣，我已經講過。」

「阿花。」

林有成用手抓住她的胸部。

她一句話不說，用油漆的刷子掃過去，在他的臉上畫了一道赭紅色，也畫到了他的襯衣上。

「失禮，失禮。」

但是，林有成的手並沒有放開。

「林桑，不要這樣。」

張杏華厲聲說。

「請你以後不要再來。」

蔡根木也是農家出身，他家在中部，有山林，種水果，有香蕉，有檳榔，還有龍眼和荔枝。

他的家人知道她生了一個女孩之後，哥哥來找過她。他說撫卹金全部給她養小孩，希望她能拋棄山地的繼承權。她知道自己沒有能力參加那些工作，她也希望能留在壽山，就答應了。

「阿花。」

林有成又來了。

張杏華沒有回答，只是緊握著刷子，慢慢漆著。

「妳要再畫我嗎？」

林有成看著張杏華手上的刷子。

「林桑。」

張杏華說，把刷子放低。

「阿花，妳可以畫我，把我畫成花臉也可以。」

林有成伸手拉起她的手。

「你現在還喊蔣總統萬歲？」

「不。」

他直看著她的眼睛，眼睛眨了一下。

「真的不喊了？」

「不喊。阿花，我安怎也不會喊了。」

「為什麼？」

「在獄中想過，也聽過獄友講過，是蔣介石關了我們。不但關，還殺了很多人，包括你的二哥。」

張杏華知道林有成結過婚，是童養媳，推做堆的。這是農家的習慣。他被關的時候，她還時常送東西去給他。他回來，他們就推做堆了。她還生了一個男孩。不知為什麼，她跑掉了，留下一個男孩。聽說，現在她和另外的男人同居。

「我去洗手。」

張杏華到古井邊，林有成跟著她，也把自己的手洗乾淨。

家庭會議

月光餐廳

戴小虹調到總行以後，第二次約林里美過去吃飯。地點同樣是「月光」西餐廳。這個餐廳，好像整個房間都是木頭的，天花板、牆、桌子、椅子都是。

戴小虹告訴她，「月光」是德國餐廳，那裡最有名的是各種香腸和咖啡。

以前林里美沒有喝過咖啡。戴小虹教她喝咖啡的方法。如何加糖，加多少，如何加牛奶，加多少，如何攪拌，攪拌之後，湯匙不能放在咖啡杯裡，要放在碟上。

「妳和他去看過電影了？」

「嗯，看過了。」

「看幾次？」

「一次。只有一次。」

「怎麼搞的，只一次？」

「我不知道怎麼再約他。」

「不是約過一次了，照約就好了。」

「可是……」

「你們看了什麼電影？」

「《宮本武藏》。」

「不是有三集？」

「第三集還沒有演，我們以前各自看了第一集，所以這一次，只看第二集。」

「我很喜歡阿通那個角色。」

「妳也看過？日本片？」

「日本已經輸了，我不全面反日。我喜歡那種彩色。我也很喜歡阿通。她很柔，卻不容易屈服。」

「那一次，我很緊張，好像什麼都沒有看到。」

「妳不是說，有看過第一集嗎？」

「……」

「如果妳是阿通，他是宮本武藏……不行，宮本武藏只知道修道學藝。」

「宮本武藏並不是一個懂感情的男人？」

「他有沒有拉妳的手？」

「沒有。」

「怪不得。妳喜歡他嗎？」

「不討厭他。」

「妳膽子小，他也膽子小。沒有火花。」

「什麼？」

「沒有熱度，撞不出火花。」

「我們是鄰居。」

「你們的關係有一點像阿通他們，是青梅竹馬？」

「不是。小時候有講過話，大了，就不講話了。小鎮上，就是這樣。」

「妳對他有什麼印象？」

「現在？小時候？」

「都可以……」

「小時候，就是戰爭末期，物資缺乏。我們家本來有做肉脯，因為戰爭，豬肉配給，我們改做蜜餞，做冬瓜糖柚和桔餅。他去撿，也可以說去收柚子皮，來換柚子糖，他還分給我。」

「妳是說，妳家做的柚子糖，他還分給妳？」

「我們家人都不吃。」

「捨不得吃？」

「嗯。」

「妳印象很深，現在還記得？」

「嗯。那時候，我們還一起玩過。」

「他是一個膽子小的人。膽子小的人，不能做大事，大好事和大壞事。妳會喜歡這種人？」

「我不知道。」

「我有一個朋友，女的朋友，在師範學院碰到他……」

「現在已改為師範大學了。」

「對，對。已改成師範大學了。我有一個朋友，女性朋友，裝作學生，等他下課，和他一起上車，因為下課時間，人多車擠，我的朋友擠到他身邊，先是擠他一下，他沒有反應，再拉他的手，他……」

「他有什麼反應？」

「沒有反應，讓她拉他的手。」

「一直到下車？」

「她再進一步，用身體擠他……」

「呃。」

「他依然沒有反應。他就是這樣一個人。宮本武藏不懂女人，他也好像不懂女人。我那個朋友，是個標準的女人喔。」

戴小虹是什麼人？林里美想起，童朝民發生事故那天，很多辦案人員去分行辦案，那個帶隊的，還對她客客氣氣的問候。她是什麼人？可以叫人做那種事。還有，她想調總行，很快就調了。她到底是什麼人？

「里美，妳在想什麼？湯來了，喝湯呀，要小心，不要燙到。」

「小虹姊，我，我有一點怕。」

「有什麼好怕的？不喜歡就不再想他，喜歡，就積極一點，向阿通學習。像阿通那麼積極，還不一定成功呢。」

香腸來了，有五種，也就是說有五根，不同的顏色，不同的粗度，不同的長度。

「吃東西的方法，很重要的一點，就是如何用才對。歐洲人，右手拿刀，左手拿叉子，一邊切，一邊吃。美國人，右手拿刀，先切好，再用右手拿叉子。妳看，就是這樣。」

戴小虹，左手拿叉子叉住一根香腸，比較粗的一根，切了三分之一，繼續用左手叉起來吃。

「我喜歡歐洲的方式，叉方便，又雅觀。這是佐醬，我喜歡抹一點芥末。還有醬菜，也是德國餐的特色。」

林里美學著戴小虹，想用叉子叉住和戴小虹選的同一根香腸，叉子沒有叉好，鏗了一聲，叉到碟子。林里美臉紅了。

「沒有關係。在這裡，又不能用筷子。吃西餐，要先學好拿刀叉。」

吃過了主菜，來了咖啡。

「里美，妳知道嗎？全世界的咖啡，只有一種，原產是非洲的衣索比亞。由那裡傳到全世界，因為各地的氣溫、土壤，還有烘焙的方法不同，變成幾百種咖啡。咖啡有兩個主要系列，苦和酸。我喜歡酸的，妳呢？」

「我不知道。」

「沒有關係，慢慢會知道。」

戴小虹教她加糖，加奶油，她自己是喝什麼都不加的黑咖啡。

「里美，妳有想到總行來嗎？到了總行，妳才知道銀行員是有不同的。在分行，午餐最多只一個小時，在總行，可以有兩個小時。」

「謝謝小虹姊。」

「妳要學阿通，選定對象，不要退縮。」

「我知道，謝謝小虹姊。」

星空下

石世文坐在公會堂河邊的石椅條上，下面，往舊鎮的人叫港坪的斜坡下去是大水河的河面。水面上來，一公尺多的地方有一條沿河的通路，戰爭末期，黃昏時分，他看過有幾個朝鮮婆子在那裡散步，有時還小聲唱歌。

過年已經過了，風是冷的，風吹動著河水。遠處，是台北的夜景，燈光明滅，也可以看到總統府的高塔，在戰時，美軍飛機來空襲，那時的總督府也中彈燃燒起來。

天上，沒有月亮，只有星光明滅閃爍。他想到梵谷的一幅叫〈星空下的咖啡館〉的畫，比現在的夜景閃亮多，也熱鬧多了。

他也想到阿子，林里美。

三天前的夜晚，和現在類似的情況，他感覺有人接近的腳步聲。後面有公會堂的側門，後街的人從那裡出入，常常有人經過。但是，那個人影一直走向他，停在他的側面。那是阿子，林里美。

港坪上，有三條石椅條，成一直線，和大水河平行。石世文是坐在中間，林里美坐在他左邊的石椅條上，默默的看著河面。大概經過五分鐘，她站起來，坐到石世文這邊的石椅條上。兩人之間，大概有十多公分的距離。

「謝謝妳請我看電影。」

又過了十幾分，風是冷的，他感覺，風在吹動著她的頭髮。她穿著長褲，上身穿著短外套。

「我要回去了。」

林里美站起來，慢慢走開。

隔天，他去泰岳鄉找阿姨。

「世文，你來了，有什麼事想到阿姨了？又要來偷看阿姨洗澡？」

「阿姨，不要再挖苦我好嗎？」

「那你有什麼事？一定有事才會想到阿姨。」

「阿姨，妳還記得我家隔壁的肉脯店？」

「當然記得。他們的肉脯很好吃，不過我討厭他們一家人。」

「他們姊妹，有一個叫阿子，林里美，在銀行工作的那個女孩子，阿姨記得嗎？」

「我記得，不過，那個時候她還小，皮膚白白的，下巴戽斗的那個？不對，她們姊妹，都戽斗。暗地，我們叫她們花王姊妹。她怎麼了？你看上她了？」

「我喜歡她。」

「可是，他們一家人……」

「這就是我的困擾。」

「我看，你的困擾，不只這樣吧。你想知道，她為什麼會坐到你的身邊。是公會堂，不是巴士上吧。」

「阿姨的意思……」

「你膽子不夠大，不敢向她表示，對不對？」

「阿姨，我怎麼辦？」

「很簡單，拉她的手。你敢嗎？」

「阿姨，我敢。」

石世文提高一點聲音。

「好，很好。現在，我就是阿子，你向我表示你如何敢。」

「阿姨。」

石世文忽然走近阿姨，用力抱住她。

「好了，好了。世文，好了。」

「阿姨。」

「你從來沒有這樣子抱過我，你看，我快喘不過氣來了。」

「阿姨，我做到了。」

「真的，你真的向前跨了一步了。那阿姨就等你的消息了。」

離開阿姨之後，石世文一直想著，再碰到林里美的時候，要怎麼辦？真的要像抱阿姨那樣抱她嗎？

冷風吹過來。他看著河面的水，隨著漣漪，不斷的閃著微弱的光，他的耳朵向著側門那邊，林里美會來嗎？

林里美來了，不是從側門那邊，走側門，是從她家的後門出來。石世文家也一樣。她是從家正門出來的，經過市場，再從公會堂的大門那邊走過來。石世文家是在街區的中央，後街的人會有人把他家當通道，阿子的家總是門禁森嚴，是很少開後門的。

「里美嗎？」

「嗯。」

「很冷嗎？」

林里美坐到他身邊，和上次一樣，兩人離開十幾公分。

「一點。」

林里美吸了鼻子一下，她的手放在膝蓋上。

「很漂亮。」

「什麼很漂亮？」

「夜景很漂亮，像一幅畫。」

「真的很漂亮，真的像一幅畫。」

石世文說，慢慢伸手，放在林里美的手背上。她的手是冷的。她抖了一下。

林里美沒有說話，慢慢把手掌翻上來，在他的手掌中。他輕輕的握住她的手，她也輕輕的回握。

「有人看到我到這裡來。這樣下去，消息很快就會傳到母親、哥哥、姊姊他們那裡。」

「那要怎麼辦？我們可以在台北見面。」

「在台北見面，或許慢一點，我想早晚消息會傳到他們那裡。」

「那我們不能見面了？」

「你知道，我兩個姊姊都沒有結婚。你住在隔壁，可能已知道原因。我大姊，是人家做媒的，大姊有中意，忽然家裡大亂，那時父親還在，父親說他們家境不好，不能相配，二哥說，那個男人行為不檢點。後來，聽鄰居說，不是你家說的，說我們家人，表面上是想留大姊幫忙家業，實際上是怕賠嫁妝。我們二姊的情形，差不多。父親已過世，形式上開家庭會議，不過反對的人加上大姊。我有一個三姊，夭折了。我的情形，很容易想到，三姊也會加入戰爭，她們都沒有結婚，反對我的心境，是很容易了解的。」

「妳的意思，我們應該分手嗎？」

石世文說，把手握得很緊。

「我想，我想了很久，我們應該有個默契。」

林里美，也緊握他的手，人也更靠近他，身體已接觸了。

「什麼默契？」

「我想了很久，也許是一個很不好的做法。」

「妳說，什麼做法？」

「我想了很久，已有兩個晚上沒有睡好了。」

「什麼做法？」

「我要對母親說，我可能已經懷孕了。」

「什麼？我們什麼都沒有做。」

「我們什麼都沒有做，這是事實。如果我對他們說，我可能懷孕了，他們就沒有辦法反對了。他們可能沒有辦法接受，他們會鬧，會大鬧，卻沒有辦法反對了。」

林里美說，把握住石世文的手放鬆一下。

「阿子，里美。」

石世文把林里美的手再抓住，捏得更緊。

「世文。」

林里美又握住石世文的手，臉頰靠過去，貼在他的臉上。

「里美。」

石世文用手抱住她。

「世文。我的方法不是好的方法。我不想這個不好的方法，變成真的。」

「里美。」

石世文把手放鬆了。

「世文。」

林里美拉了他的手，再度捏住他。

風吹過來，不大，卻是冷的，下面，河水在閃動，這處是台北的夜景，燈光明滅著。

家庭會議

林里美告訴母親，她可能懷孕了。

「阿木，阿木，你過來辦。」

二哥聽到母親說里美懷孕了，一句話不說，一個巴掌，重重的打在她臉上。

「對象是誰？」

「隔壁的石世文。」

「什麼？」

阿木又舉起手來，母親很快擋住他。

「不能打，落胎怎麼辦？」

「落胎，這種野生小孩還能留嗎？」

「阿木，你還是叫大家來參詳一下吧。」

母親的意思是要開家庭會議。大姊的時候開過，二姊的時候也開過，可是，大哥沒有開，二哥也沒有開。

林里美記得，大姊的時候，二姊反對。二姊的時候，大姊反對。兩個人都因為姊妹反對，沒有順利通過。

反對的理由，對方家境不好，主要是沒有家產，家人有問題，包括喝酒、鬧事、賭博，遊手好閒，對象不好，人不匹配，長得太高、太瘦、太矮、太胖，臉上有痣，工作不好，做工、做田，嫁過去會很辛苦。大姊的時候，父親還在，大家找對方的缺點；二姊的時候也一樣。大姊的事，林里美還小，二姊的時候，她就聽到母親和二哥在討論嫁妝的事。二哥說，談嫁妝，要先問對方會拿出多少聘金。對方明明說，一個人來了就好，其他什麼都不要。二哥說，怎麼可以不要。另外一個理由，就是要留下來，幫忙做肉脯，做蜜餞，還要看店。林里美一家人，都喜歡乾淨，留不下任何工人，幾乎每天都在大掃除。

出席家庭會議的有母親、大哥、二哥、三弟、四弟、大姊、二姊，和五妹。大哥是從台北回來，未帶大嫂，二哥出席，二嫂雖然同住，只在大廳裡走來走去，有時小孩哭，就哄一下。哄不停，就出手打人。林里美上面還有一個姊姊，已夭折。所以她是四女。

大庭上有帖案，就是神桌，前面是八仙桌，看過去，中間到右邊是神明，左邊是公媽。二哥坐在中央，他的右邊是大哥、母親，左邊是大姊、二姊、三弟、四弟，和五妹，坐成一排。

「阿子，妳做這種大誌，敢會當見祖先，見已成神的父親？」

「對不起。」

林里美跪在大家前面，低着頭。

「對不起就可以嗎？」

「阿木，不要責備她了。我們應該想辦法？」

這一次母親，好像反應似乎沒有像上兩次那麼激烈。

「做這種膾見笑的大誌，要想什麼辦法？」

「要他們來娶她……」

「他還沒畢業，畢業之後還要當兵。我有去問過，當兵，當預備軍官，一年半。」

「另外，就是當做沒有事。」

大姊插嘴。

「妳的意思是白白被吃？怎麼可以？吃一塊冬瓜糖都要付錢呢。」

這句話，林里美想到，在戰爭末期，他們家製造過麥芽糖和冬瓜糖，石世文曾經給過她她家做的柚子糖。

「那你想要怎辦？」

「叫他來貼罪，辦豬腳麵線來貼罪。」

「你的意思是要告訴全舊鎮的人，阿子已經失身了？」
「如果她有身了？」
「先上車，再補票，我們音樂老師就是這樣。車上有車掌，就是為了補票。」
啪，啪。
在國中讀書的三弟還沒有說完，二哥就衝過去，打了他兩巴掌。
「阿木，是安怎了？一直在打人？」
「無教示。」
「叫他們來娶。」
「不行，不行，我已說過，不行，不能嫁給他。」
「為什麼不行，他讀大學呢。他那一年，全舊鎮，只有五個人考上大學呢。」
「大學沒有什麼了不起，像他，頂多做一個臭丸。有工夫，才能賺大錢。」
「阿木，那你講，阿子的代誌，愛安怎辦？」
「照以前的辦法，家庭會議，投票。」
「我的辦法就是贊成阿子嫁給隔壁的，舉手。」
開始，只有大哥一票。
「只有一票。」
母親看看大家，慢慢的舉起手。

「阿母。」

二哥叫了一聲。

「那個人不壞。」

看看母親，三個小的都舉手了。

「五比三。」

大弟叫了出來。

「不算，你們三個還沒有投票權。應該是三比二。」

「等一下。」

二姊忽然伸手制止大家。

「什麼事？」

「我來嫁給他好了。」

「什麼，妳要嫁給誰？」

「隔壁的那個呀。」

「阿惜，妳起肖了，妳比他大。」

「我只比他大一歲。我小學五年級，他四年級。你們都忘掉了，我在學校，不小心，腳被玻璃割破了，那時候，大部分的人都不穿鞋子，是他送我到醫院，還背我回家。以後好像有一段時間，我都被笑，我想他也一樣，說我要做他的新娘。你們都忘記了？」

「我們談的是要不要我們林家的女兒嫁給他們石家，不是林家的哪一個女兒要嫁他。」

「那，那我要改變，我贊成阿子嫁給世文。以前，我是受罵者，我不要我的妹妹像我一樣。」

「阿惜，妳不要講肖話。」

「二比三，變成二比二。通過。」

三弟說。

二哥突然又站起來，眼睛瞪著大弟。

「阿木，你坐下。」

「阿母，要不要請媒人去講一下。」

「這，媒人……」

林里美知道，以前因為兩個姊姊的關係，聽到有些媒人說，要賺林家的紅包太難。比登天還難。

「阿母，我已和他勾手指了。」

「勾手指有路用嗎？」

「訂婚也有人退婚呀。」

「他可以信用？」

「如果他反背我，我終身不嫁人。」

第三水門

黃清祥死了，被槍擊身亡。

他死的時候，全身赤裸，沾滿泥巴，趴在茭白筍溝裡。泥巴是自己塗上去的，是一種偽裝。

舊鎮的西北，是一片稻田，稻田中間有一條較大的水溝，叫中溝，溝水不深，種著茭白筍，也叫茭白筍溝。

黃清祥死的時候，只有二十五歲。

黃清祥家在武廟口附近，母親在開麵店，他有空就去店裡幫忙切菜煮麵，因為他的手藝好，不少客人喜歡吃他的雜菜麵，都說好湯頭。

石世文去過他的店吃麵。黃清祥的母親不收他的錢，後來，黃清祥也不收他的錢，他就不好意思再去了。

「清祥，你要親像世文。」

「要親像他無膽嗎？」

說到這裡，黃清祥就開心的笑了。

黃清祥是石世文初中的同學。實際上，他們同學的期間還不到一年。他們是在戰爭結束那一年進中學。戰爭期間，因為常跑空襲，學校幾乎都停課。戰爭結束，很快恢復上課。不過，大部分日本老師不來了，在地老師又少。數理老師問題較少，有大學生來代課，國語開始是由漢學堂的吳老師來兼課，教的是「烏飛兔走，烏出林，兔入穴」那種自編的台語教材。有一位是從大陸回來的老師，用日語教國語，有一次考試，考了一句「相談」，他不會，考完，同學告訴他，答案是「商量」。

有一位教英文的日本老師還在教。聽說他是名師。Bird，他總是讀成巴德。有人說他是英國音，有人說不是，是日本音。這時候，已有美國兵來台北，大家都說，現在要學美國英語了。

黃清祥是由高等科一年考進去的，多石世文一歲。

「世文，你會游泳嗎？」

有一天，石世文和黃清祥坐同一班車去台北上學，黃清祥問他。那時候，舊鎮還沒有中學。

「會。」

在舊鎮，住在大水河邊的小孩，很多會游泳。

「你會划船嗎？」

「會。」

石世文的生父是渡船的船夫。

「我們去划船。」

「要上課呀。」

「老師不會來。」

今天有國語的課，吳老師年紀大了，經常請假。吳老師最大的問題是每次上課，叫同學讀，幾乎都叫一個吳人儀的同學把課文先讀一遍。

「還有數學的課。」

「那個鹹鰊魚頭的課。」

初一有四班，其他三班都是大學生來兼課，只有他們那一班，是一個日本回來的老師。他是日本物理學校的學生，還沒有畢業，日本敗了，他就回來。聽說，日本那個叫物理學校的，入學不必考試，但是要畢業非常困難。只要那裡畢業的，中學都爭著去聘請。

這位數學老師好像把每一個學生都當做一流的，進度快，看大家都不會，他就淡淡的笑。那時候，有的老師看學生的成績不好，就適當加分，只有他是一向不加分的，所以大家叫他鹹鰊魚頭，又鹹，又沒有肉。

其實石世文很喜歡數學，在國校的時候，日本老師還叫他算數部隊長。大家都說他鹹鰊魚頭，不加分。他是加過分的，加過一次。加一百除二，二十分就可以及格。那一次加了分之後，也只有十二個人及格。石世文在裡面。他在發考卷的時候，還是淡淡的笑。考卷是從低分的發，差不多有一半是五十分。石世文還是班上最高，八十六分。

那時，隔壁班有一位大陸來的年輕女老師，穿著藍色發亮的旗袍，皮膚很白，留著短髮，看過去，很像女學生。其他班上的學生，只要早點下課，都會去窗邊看她上課。她的聲音像唱歌。

「中國地方很寬……」

每個學生都在唸這一句。其實，全校的學生都只唸這一句，只要看到她的影子。

不久，她不來了，聽說是去一家銀行上班。

「來去啦，來去啦。」

這一次，黃清祥沒有說他無膽。

在第三水門堤防裡面，有一家很大的鋸木廠，四周堆著許多原木。

黃清祥帶石世文到那裡，走出水門，看到河邊繫著許多小船，就是在碧潭出租的那種。

「我坐中間，你坐後面。」

黃清祥說，坐中間就是要划的人。

原來，黃清祥不會划船，船一離開岸邊，就打轉起來了，因為有水流，雖然不急，船還是往下漂流，也就是流向台北橋的方向。

「兩手放齊，用同樣的力往後拉。輕輕的拉，不要出力。」

石世文教他如何握槳，如何划動。但是，兩個槳划來划去，船還是在河中央打轉。水是綠色的，看來很深。

「我來幫你。」

石世文伸手去抓船槳。

「免，毋免，我自己划。」

河上有許多船，有出租的小船，已划出去了。另外還有運貨的，也有在抓魚或耙蜆的。有一艘是大陸來的帆船，靠在岸邊卸貨。

船已流到台北橋下面了。台北橋是從舊鎮到台北的唯一通道，在空襲的時候，美國飛機曾在橋的人行道上炸了一個洞，連鋼筋都暴出來了。現在好像已經補好了，從下面看不到洞。以前他也曾經從橋上往下看，看到一群一群的水針在水面下優游。

「怎麼辦？」

石世文問。

「無要緊，等流水，把我們流回去。」

流水就是漲潮，聽說潮水可以漲到第三水門附近。石世文就看過，也是在橋上，漂流水面的東西的確向上游倒流。

「要等到什麼時候？」

「流水，一天兩次。最多等十二點鐘。」

「十二點鐘嗎？」

「對，最多十二點鐘。」

船繼續往下流。

「你會游泳嗎？」

「不會。」

「什麼？」

石世文實在沒有想到。

「真的不會。」

「如果翻船呢？」

石世文有點怕。

黃清祥划得很用力，一下划，一下停下來想一想。他已留了不少汗，不過一點也不慌張。

「我會了，我會了。」

雖然還是有點拙手，他的確能夠將船控制了。

「我們回去看水針。」

「看那些小魚？」

「我問你，水針的嘴，較長的，是在上面，還是下面。」

「不是上下一樣長？像白鷺鷥？」

「不一樣。」

「那一定是上面長。」

「為什麼？」

「吃東西方便。」

「不對。是下面長。」

「不可能。」

「我釣過。」

「呃。」

其實，這一次他們沒有看到水針，船一靠近，牠們就潛下去了。

在戰爭末期，因為物資缺乏，許多行業都歇業，許多本來要去當學徒的，都去考中學了。黃清祥本來讀高等科，讀了一年，也和國小的畢業生一起去讀中學了。

但是，戰爭一結束，一部分的同學就輟學，回家當學徒，或學做生意。有的去做豆干，把淺籮頂在頭上，早晚在街上叫賣豆干。有的做木匠，有的演布袋戲去了。舊鎮的布袋戲是很有名的。

黃清祥和別人有一點不同。

石世文還記得，有一天，快到中午，黃清祥忽然從窗口跳出教室，匆忙跑掉了。後來才知道是有兄弟來找他。那時候，在學校的學生，分成派別，萬華和大稻埕，時常聚眾打架。那一天，石世文將他的書包帶回家，自此以後，他就沒有再來上課了。

黃清祥的父親被日本人徵召去當軍伕戰死。他有一個阿叔在殺豬。有時，他也會去屠宰場幫忙，不久，他也會刺豬，用一把又長又利的尖刀，刺進豬的喉嚨，直接刺到心臟。他刺得準，以後，阿叔就叫他負責刺豬了。

「殺豬，必須懂得減少豬的痛苦。」

黃清祥除了煮麵、殺豬以外，還常常去廟裡和一些年長的人聊天。他們談到廟的修建和經費的問題。

「最近，曹省議員介紹一筆公家的土地，賺了不少中人禮。」

曹省議員是舊鎮，除了幾位醫生以外，少數擁有自用的人力車的士紳。

說是介紹，不如說是要政府把一筆土地，用較低的價格，賣給一個廠商蓋工廠。很多人分到佣金，包括官員，聽說廠商還特別包了一個大紅包給曹省議員。

「我去請他捐一點。」

曹省議員也是武廟的頭人之一，不過他主張很多，捐款很少。

「武廟要修建了，省議員，是不是多做做好事，捐一點香火錢？」

黃清祥並沒有帶什麼家私，只是穿他殺豬、帶有血跡的衣褲去見省議員。

「省議員，很失禮，我很無閒，沒有換衣服。」

「好，好。」

聽說，曹省議員看到了黃清祥的衣服，臉都發白了，一句話也講不出來。

黃清祥被殺，警方一直查不出動機和兇手。不過，有不少人認為和爭奪武廟的管理權有關。也有人說，和黃清祥出名，向省議員募捐這件事有關。更出名的是，武廟的財產被一個管理員捲走了。管理員跑到南部山邊一個小農村躲起來。黃清祥不知怎麼探到消息，一個人去找他，也沒有帶家私，把那個人找出來。那個人看到他，臉色發青，全身顫抖，跪在他面前賠罪。

「不要殺我。」

「我只刺豬，我不會殺人。」

黃清祥把他帶回舊鎮，幾乎保住了所有廟產。

那個人回到舊鎮，就跪在神明之前請罪，一共跪了三天三夜，還演了三天的戲。

在日常生活，黃清祥並沒有多大改變，煮麵和殺豬。

他被殺那一天，和往常一樣，去農村綑豬。綑豬都在深夜，是一個人去的。

回來路上，他可能發現不對，就往田裡跑。他躲進茭白筍溝，先把全身衣服脫掉，塗上泥巴，結果還是被發現，被殺了。他的豬還在拖車上。

警方從腳跡判斷，至少有四個人參加這次兇殺。

黃清祥母親要石世文陪她去看黃清祥的屍體。她有燙髮，頭髮像公獅子那樣散開了。她看著屍體上的泥巴，有的已經乾了，裂開像網狀。他中了五槍，只有一槍打在心臟位置，是致命傷，其他四槍，有的打在大腿上，有的從肚皮擦過。有人說是警察打的。警察說，警察的槍法不會那麼不準。

有人說他的樣子像在游泳。

「我會游泳了。」

石世文記得，有一次，黃清祥還告訴他。

黃清祥的母親看到兒子，整個人癱下去了。石世文抱住她。

「清祥呀，清祥呀。」

她醒過來，就一直摸他的臉，摸到臉上的泥巴，也差不多都脫落了，露出有點發白的臉。

「世文。」

她忽然轉頭抱住他。

「清祥呀，你為什麼不能親像世文。」

「要親像我？就像我無膽嗎？」

石世文想。

黃清祥死後，石世文想起那天，他邀他去划船。為什麼呢？因為那一天，他們剛好坐同一班車？還是他想做一件，他不會做的事，就是划船。他是知道石世文不但會划小船，也會划大一點的船，像捕魚的船，甚至渡船。

石世文非常佩服他的沉著。他自己會划船，看船一直漂流，不知要漂到什麼地方，或許會漂到海上。他有一點憂慮。

還有一個原因，黃清祥可能知道自己不再上學了，他們在一起的機會不多了。

黃清祥死後，石世文還是時常去看他母親，每次去，她都摸著他的頭，像以前，要煮麵給他吃。所以，他改吃完飯之後再去看她。

「你還是要吃。」

「阿姨，這樣子，我已吃飽了。以後我不敢再來。」

「你不可以不來。你吃一口，吃不完就放著。」

石世文只好盡量吃，吃到一半，把碗筷放下來。

「再吃一點。」

石世文又吃了幾口，只剩下三分之一。

黃清祥的母親拿起碗筷，兩三口，把剩下的吃光了。

不知道是因為「燒瓷的食缺，織蓆的睏椅」？石世文知道，黃清祥的母親，除了試湯頭，是不吃自己煮的麵的。

「要再來喔。」

「嗯。」

石世文輕輕點頭。

捉魔神仔

月桃是竹林國中一年級的學生。竹林國中在竹林村，靠近山林地帶，全校只有九班學生，每一年級三班。

聽說，月桃遇到了魔神仔，她從山林回來之後，就精神恍惚，一直急喘。

「月桃，妳怎麼了？」

「我找到八色鳥了。」

「八色鳥在哪裡？」

「啾啾，在這裡。」

月桃說，張開雙手，搧動起來。

「糟了，月桃遇到魔神仔了。」

她的導師王老師說。

「怎麼辦？」

她的父母說。

「我們去把魔神仔捉回來。」

阿發說。阿發是三年級的學生。

「那怎麼捉？」

「真的有魔神仔嗎？」

「祂會作弄人……一定有的。」

「聽說，在別的地方，魔神仔會害人，在竹林村，很久以前聽說祂曾經帶阿憨伯去吃過牛屎。」

月桃並沒有被餵牛屎。她只是滿頭滿身插著顏色不同的花草，臉也塗上顏色不同的泥巴。

「我找到八色鳥了。」

月桃又搧動雙手。

「怎麼辦？」

她父母最先想到的就是去請師公。

師公擺好香案，穿上道袍，拿著鈴子，不停搖著，一邊不斷的唸唸有詞，有時用手在虛空中比劃一下。

師公作法一番，也畫了符，符燒成灰，放在白開水裡，叫月桃喝下。但是，已三天了，並沒有顯著的效果。

「我們要把魔神仔捉回來。」

阿發又說。

「台灣有五種毒蛇……」

「有六種。」

「好，好，有六種毒蛇。被毒蛇咬到，要先知道是哪一種毒蛇咬到的，才能用藥。遇到魔神仔，也要先知道是被哪一種魔神仔作弄，才能救她呀。」

「阿發，你是說，魔神仔也有六種？」

「我是說，要先知道魔神仔是什麼樣子……」

「阿發，你真的要去捉魔神仔？」

「對。有人要跟嗎？」

「魔神仔好可怕喔。」

「比吊死鬼還可怕喔。我不去。」

「我要去。」

玉芳說。

「我也要去。」

一共有十一個學生志願參加，有三年級的，二年級的，最多的是一年級的，月桃的同班同學就有五個，其中有三個是女同學。

「妳們真的要去？」

「要。」

他們去請教師公、老師和家長，需要什麼器物，如何捕捉。

「魔神仔是神，還是鬼？」

「神和鬼都一樣。」

師公說。

「都要有敬畏的心。」

「你們真的要去？」

阿發再問一次。

「我去。」

最先站出來的依然是玉芳。

玉芳是月桃的同學，也是最好的朋友。她的個子矮小，看起來像小學生。

「要穿制服嗎？」

有人想到軍人在打仗。

「穿體育服好了。」

「上面很冷，要加外套。」

玉芳說她要拿旗子。旗子是隊伍的象徵，也是引導的標誌。她說，阿公跟旅行團出國旅行，人家問他看到什麼？他回答說看到旗子，導遊的旗子。

在玉芳之後，第二個是阿發，阿發拿著礦火（電石燈）。大家都知道，魔神仔在黃昏到清晨之間出現，他們要走夜路，要有燈光。本來，阿發要拿手電筒，不過他認為礦火更亮，而且礦火有較大的反照鏡，以及強烈的火焰。礦火可以照魚，手電筒不夠亮，不行。

景元和慎修是二年級同班同學。他們坐在隔壁，喜歡爭論，一天到晚吵不休。一個人說三角形有四個心，另一個說有六個。今天，他們爭論的是，一個拿劍，一個拿繩子，看誰要走在前面。

慎修說，今天是要去捉魔神仔，當然要用繩子綁祂。景元說，要用劍抵住祂的喉嚨，祂就跑不掉。他強調，電視就是這樣演的。

「豬是怎麼捉的？」

景元問。

「先綑起來，再殺。」

「野豬是先殺，再綑起來的。魔神仔是野……」

「野什麼？」

「好了。我贊成景元，拿劍的走前面。」

坤木是樂隊的鼓手，他拿了鼓來參加。

咚、咚、咚、咚、咚、咚、咚。

「坤木，你不要把魔神仔嚇跑。」

「會打鼓的，會打大聲，也會打小聲。」

篤、篤、篤拉篤篤。

「你們看，這是母雞呼小雞的聲音。」

「兩個女同學，香玲和美雲要在中間。也就是第六和第七的位置。」

阿發說，這有保護女生的意味。

香玲帶來了白粉和胭脂，這是以前阿媽用過的。另外還有一大把樹蘭花，樹蘭花沒有玉蘭花香，不過也是阿媽的時代較常用的，是插在頭髮上。

「為什麼帶那種東西？」

「魔神仔，也有可能是女的。狐狸精不都是女的？女的就喜歡這些，好像貓喜歡魚。」

美雲帶了香、金紙，銀紙。還有，一個鏡子和指南針。

「沒有人看過魔神仔，你要先知道祂在什麼地方。」

「指南針，不是都指著北方？」

「魔神仔出現，它就會急速轉動，好像碰到磁場。」

「呃。」

「那鏡子做什麼？」

「照妖鏡呀。」

「那為什麼金紙和銀紙？金紙是給神明的，銀紙是給鬼魂的。妳知道魔神仔是神？還是鬼？」

「神和鬼都需要錢。」

「做什麼用？」

「買食物，住旅館，祂們要旅費。」

「你們看，這是什麼？」

志勝手裡拿著三張符仔，高高的拜了一下。

「那做什麼用？」

「祂一出現，往祂額頭一貼，祂就跑不掉。」

謙信曾經參加過少年合唱團，現在年紀大了一些，聲音已變鴨公聲了。他會唸經，也會唸咒。

「萬庚，你怎麼沒有帶狗？」

萬庚喜歡打獵。他的家人，祖父和父親都是竹林村有名的獵人。上一次，萬庚帶了幾個同學，還有他家有名的兩隻獵犬到河床上捉兔子。結果，兩隻獵犬，合力捉到一隻小老鼠。

「聽說，你的狗看得到魔神仔。為什麼不帶來？」

「牠看到祂，就會大吠起來，魔神仔會跑掉。我們不是要去捉祂嗎？」

「那你帶什麼？」

「這個。」

「那個是什麼？」

「牛毛。」

「牛毛？為什麼？」

「牛不會迷路。」

山上有一片菅芒地，也長著青草，有一小群牛在吃草，那裡曾經有人迷路，有人因此走不出來，被凍死了，牛不會迷路。

「那你為什麼不牽牛出來？」

「我家沒有牛。九牛一毛，一根毛就代表九隻牛。」

「天福，那你帶的是什麼？」

「米糕。」

「米糕？為什麼？」

大家都知道天福最愛吃，在上課的時候，常常吃零食，被老師糾正過，也被同學罵過。

「我要請魔神仔吃米糕，祂才不會把牛屎當米糕，請被祂迷住的人吃。」

「呃。」

大家準備好了，就往魔神仔出現的山區出發。他們來到溪邊，萬庚的兩隻獵犬也跟來了，還帶了另外的十幾隻。

牠們來到了溪邊。

嗚，嗚，嗚……嘔嗚，嘔嗚——

牠們站在溪邊，一齊向山的方向長吠。

「阿公說，狗吹狗螺，是看到不吉祥的東西。」

玉芳說。

嗚，嗚，嗚……嘔嗚，嘔嗚——嘔嗚——

山的那邊，也有聲音回傳過來。

阿發用礦火照牠們一下，每一隻狗的眼睛都閃著青黃色的光。

「回去，回去。」

嗚，嗚，嗚……嘔嗚，嘔嗚。

牠們又一齊吠了幾聲，慢慢的轉頭走開。

溪並不大，水也不深，沒有橋，溪面鋪著一排的石頭，踩腳渡過去。

「小心喔。」

玉芳拿著旗走在最前面。

「哎喲。」

「怎麼了？」

阿發回頭一看，慎修滑跤，一腳踩在水裡。

「有什麼拉你？」

「這時候，這地方，不要亂講話。」

渡過小溪，是一片竹林。

竹林村出名的就是竹子。竹子可以產竹筍，竹筍可以生賣，也可以製成筍干和醬筍。另外，可以製造各種器具，家裡用的，也可以用來捕魚。

在進入竹林之前，天氣轉壞，開始吹起風。風是中等，不過吹在竹林裡，卻有明顯的迴響。音樂老師曾經說過，也帶過他們到竹林中聽音樂。他先拿著一把木頭和一根竹子，「哪一種可以做笛子？」大家都知道是竹子。「為什麼？」「裡面是空的。」所以，在竹林裡聽音樂，風一吹，竹葉的震動，竹枝的摩擦，主要是竹管，還發出聲響，有時幽忽，有時輕巧，有時渾厚，有時狂怒。

咻咻咻。

風一陣一陣吹過來，還帶有涼氣。

「好可怕喔。」

嘰呀，嘰呀，嘰嘰呀。

「那是什麼？」

「吊死鬼。」

聽說竹林裡，出現過吊死鬼，手拿著一根繩子，站在竹梢，隨時要套人脖子。

「好可怕喔。」

「什麼吊死鬼，兩株竹子卡在一起，像手牽手。」

阿發用磺火照了一下。

「我就是不喜歡交響樂，好像鬼打架。」

「不要亂講話。」

沙沙，沙沙。

「那是什麼？」

「老鼠呀。」

「真的是老鼠嗎？」

「我怕老鼠。」

「天福。」

嘩。

好像有什麼，翻動地上的枯葉。

「哎喲。」

「是貓頭鷹。」

「貓頭鷹，飛起來，怎麼沒有聲音？」

「有聲音還得了，老鼠早就跑光了。」

「老鼠被捉走了？」

「應該是吧。」

「好可憐喔。」

他們走出竹林，依然是玉芳拿著旗子，阿發提著礦火，一行十一人，爬了一點山坡，走進一片相思林。

風也吹過相思樹林，迴響卻沒有竹林猛烈。相思樹林是人造林。相思樹最主要的用途是做木炭。台灣有很多炭窟，竹林村也曾有過不少。因為電氣和煤氣的使用，現在用木炭的人已不多了。另外的用途就是做煤礦裡的支柱和橫樑，所以種相思樹的人，已不知如何處理這些樹木，讓它越長越大，也越長越老。

在相思樹林裡行走，最大的困難是雜草多，還有爬滿地面的樹根。

「哎喔。」

「怎麼啦？」

「快來救我，有什麼拉住我的腳？」

阿發用礦火一照，是被樹根絆倒了。

沙沙沙，沙呀。

「那是什麼。」

「白鷺鷥了。」

「不是白鷺鷥，是暗光鳥。」

「是白鷺鷥，白鷺鷥做什麼？」

「白鷺鷥，晚上也吵人？」

「人走過，總要動一下吧。」

嘎嘎嘎。

「那是什麼？」

「暗光鳥。」

「這才是暗光鳥。」

暗光鳥從樹林上飛過。

悉悉悉悉。

「那是什麼？」

「松鼠了。」

嗶嗶嗶。

「那是飛鼠，飛鼠在捉松鼠。」

「在哪裡？」

「用礦火照一下。」

阿發用礦火照了樹枝上。

「有，有，有。」

阿光忽然把火光移開。

噗。

「怎麼了？」

「掉下來了。」

「是什麼？」

「飛鼠。」

「阿公的時代，就是這樣捉飛鼠的。想不到還有飛鼠。」

玉芳說。

「去撿牠。」

「不要靠近，會咬人。」

「跑掉了。」

咻——咻——

「那是什麼？」

「過山刀。」

「過山刀，在哪裡？我要看。」

「看不到了。」

過山刀，是一種蛇，身體細長，爬行速度很快，一下子就鑽入草叢裡了。

「過山刀的尾巴，真的很像刀子嗎？」

「像剃刀。」

嗚，嗚，嗚。

「那是什麼？」

「我，我也不知道。」

「我們真的會找到嗎？」

「哎，不要抓我。」

有人在後面喊著。

「怎麼了？」

「不要抓我，不要抓我。」

阿發拿礦火一照，是謙信，身體勾到了樹枝。

哈，哈，哈。

「那是什麼？」

「什麼是什麼？」

「你看。」

「是樹呀。」

一棵小相思樹，看來像一個人影。

嘎嘎嘎嘎。

「又是暗光鳥嗎？」

「聽說暗光鳥會帶路。」

「帶什麼？」

「帶鬼。」

「不要亂講。」

就在這個時候，阿發手裡磺火的火焰，漸漸縮短了，亮度也減弱了。

「阿發？怎麼了？」

「磺火快沒了。」

「那怎麼辦？」

磺火轉弱，迸出一點火花，熄掉了，相思樹林裡立刻變成漆黑。

「大家跟我，看著旗子，跟好。」

玉芳說。

「旗子在哪裡？什麼都看不見呀。」

「跟好，不然會失散。」

「我們回去。」

「我要回去。」

有人好像快要哭出來了。

「我們快到上面了，不能回頭，不能回去。」

他們再走了二十分鐘左右，前面的，已是出了樹林，不過，出來的，算了人數，只剩三個人。

「其他的人呢？」

阿發問。

「會是散了？」

出來的第三個，是美雲。

「好冷喔。」

他們走出樹林，到了菅芒草叢，那是他們的目的地，據說那是魔神仔最常出現的地方。實際上，以前，有人在這裡迷路，走不出去，曾經凍死了三個人。有人說他們碰到了魔神仔。

「我們來生火。」

美雲說。

「糟了，我沒有火柴，丟掉了。」

阿發摸摸口袋，把口袋都翻出來。

「我有火柴。」

「妳有帶火柴？」

大家收集了一些乾的芒草，堆起來。

「我有金紙和銀紙。」

「那是要燒給魔神仔的。」

「我們現在就燒給祂。」

玉芳擦了火柴，先點燃金紙，而後銀紙，再把菅芒疊上去。火真的燒起來了。

「小心，不要把整個山都燒掉。」

有一次，真的發生火燒山，火勢很大，路很小，消防車不容易上來。

「玉芳，妳又不抽菸，怎麼身上帶著火柴？」

「我阿公說，出門帶火柴，一定不會吃虧。以前，在鄉下，火柴還沒有普遍的時候，

阿公還帶打火石呢。」

「嘿，你們在做什麼？」

第四個出來的是萬庚，他曾經說，牛是不會迷路的。難道牛毛發生作用了？

「志勝，你怎麼了？」

志勝也出來了。

大家看到志勝的額頭上貼了一張符，差一點笑出來。

「我看，今天晚上找不到魔神仔了。」

「你以為，把符貼在額頭上，魔神仔就會出來幫你拆下來？」

景元和慎修同時出現。慎修雙手被綁，景元一手拿著樹枝，一手拉著繩子，好像牽犯人。

「景元，你怎麼綁慎修？他又不是魔神仔。」

「不是我綁他，是他自己綁自己。」

「什麼？慎修，是真的？」

「我聽到聲音，叫我綁起來，綁起來。我看過變魔術的，不是自己綁自己嗎？只是，我不會自己鬆開。」

「景元，你怎麼不幫他解開？」

「樹林裡，一片黑暗，什麼也看不見。」

「景元，那你的劍呢？怎麼變成樹枝？」

「我聽到聲音說，交換，交換？」

「交換什麼？金子換廢鐵？」

「一時，我覺得，有道理，很划算，就換了。成交！我說。」

香玲也出來了。她把粉和胭脂塗滿臉上，有一點像演大戲裡的媒人婆。

嘚噢，嘚噢，嘚噢，嘚噢。

「聽，那是什麼聲音？」

「牛，是牛的聲音。」

「不是牛，是消防車。」

「好像是消防車，不過在很遠的地方。」

「糟了，她遇到了。」

大家再轉頭看香玲。

「我遇到了。」

「妳在哪裡遇到？」

「會不會像月桃？」

「我是香玲，不是月桃。我真的遇到了。」

「在哪裡遇到？妳說。」

「祂就在鏡子裡面。」

「在鏡子裡面？」

「對。祂問我，祂漂亮嗎？」

「妳有看到了？在黑夜裡，妳真的看到了？」

「祂長什麼樣子？」

「我看不清楚，不過，我幫祂畫了臉。畫了眼睛、鼻子、嘴，還有眉毛。最後，還在祂的額頭上，寫下『美女』兩個字。」

這時候，大家才發現，她的額頭上，歪歪斜斜的寫了兩個字「美女」。香玲有學過書法，看來不像是她寫的字。

「妳的鏡子呢？」

「在這裡。我神智很清楚，我真的遇到了。」

「祂是不是還在鏡子裡面？」

「在呀，你們自己看。」

香玲先照照鏡子，而後把鏡子拿給阿發。

「哈、哈，我也在鏡子裡面了。」

「什麼？」

「祂真的在鏡子裡面了。嘿嘿，額頭還貼著一張符。」

阿發說。

「嘿，嘿著一隻鳥仔哮啾，啾——」

謙信頭上罩著一張姑婆葉，滿面憂愁。

「謙信，你也不要嘿了。」

「嘿，嘿著，一隻鳥仔——」

「不要唱了，不要那麼悲傷的好不好？」

「你們不悲傷？我是很悲傷的。」

「一二三四五六七八九十，十個人，還有誰還沒到？」

「天福了。那個枵鬼囝了，一定被魔神仔捉去吃牛屎了。」

「嘿，嘿著一隻鳥仔，赫赫赫——」

「好了，十一個人都到齊了。」

「天福，你有遇到魔神仔？」

「有呀。」

「祂有沒有請你吃……」

「請我？是我請祂。」

「你請祂？」

「不然，我帶米糕來做什麼？我請祂吃米糕，祂才知道什麼叫米糕，以後才不會拿牛屎當米糕來請迷路的人了。」

「祂有沒有吃？」

「有呀。我要全部給祂，祂說只要一半。」

「你看到祂了？」

「沒有。」

「那祂怎麼吃？」

「祂說撒在地上就行了。」

「另外的一半，你吃了。」

「對，我要祂知道怎麼吃。」

「你，你沒有吃牛屎嗎？」

「你們看。」

天福還在嚼著，像牛在反芻。

「好臭。」

「沒有錯，他吃的是米糕，嘴角還有飯粒。」

「哈哈哈，我們知道，你全部都吃了，對不對？」

「沒有，沒有。我真的只吃一半。」

「都到齊了。」

玉芳說。

哞哞哞。

「那是什麼？」

從霧中，出現一個巨大的牛頭，哇，大家往後退一步，而後全身，是一隻牛王，後面跟了七、八隻水牛，陸續出現，牠們看到草就低頭吃起來了。

「奇怪，怎麼沒有看牛的人？」

「我說，牛是不會迷路的。」

沙沙沙。

在菅芒草叢中，看到一個影子在鑽動。

「那是什麼？」

「魔神仔。」

「不可能，天快亮了。」

「看牛的出來了。」

「不，不是看牛的。」

「是消防隊員。」

「沒有錯，是消防隊員。剛才有聽到消防車的聲音。」

「消防人員，是跟著牛過來的。」

「嘿，你們都在這裡，都安全嗎？」

「月桃。」

「月桃，妳怎麼也來了？」

「我坐消防車來的。」

大家都知道，在菅芒草叢的另外一邊，有一條山路，是草和碎石鋪成的路，平時，幾乎沒有車子駛過，在發生山火的時候，消防車勉強可以行駛。

「月桃，妳真的沒有事了？」

月桃後面跟了幾個人，除了消防隊員，有人抬了擔架上來，也看到兩位老師，包括她的導師王老師。

「沒有事，沒有事。」

月桃張開雙手，笑著。

聽說，健康教育的吳老師，叫她趴在長椅上，把衣服撩起來，在背後放了大冰塊，她打了一個冷顫，人從長椅上滾下來，大叫一聲：「做什麼？」就好了。不過，她還是很累，聽說同學上山捉魔神仔，她連臉都沒有洗好，只用毛巾擦一下，就帶大家坐消防車上來了。

「大家真的沒有事？」

「都很好。」

「我們要回去了嗎？要坐消防車嗎？」

「我們要回去，原路回去。要坐消防車回去的舉手。」

玉芳說，舉起旗子。

「我們走路回去。」

十一個同學都舉手。

「阿發，你還是排在第二。」

「沒有礦火了。叫月桃排第二好了。」

「月桃，妳要坐消防車？」

「我也和你們一起走下去。說不定會碰到八色鳥。」

咚咚，咚咚咚，咚咚，咚咚咚。

鼓手坤木開始打鼓了。

「不要打了，不要驚動魔神仔了。」

「天快亮了，祂已回去睡覺了。」

「把我的繩子打開，我這樣子怎麼走路。」

魔術師的徒弟慎修開口了。

「景元，你在做什麼？」

「我在修我的劍。」

景元撿起一根竹子，看一看，比一比。

「劍？那是枴杖。老人家用枴杖呀。」

淨。

「香玲鏡子借我一下。」

月桃說，把臉上剩下的汙跡擦掉。美雲也像忽然想到，把鏡子拿過去，也把臉上擦乾淨。

嘿，嘿，嘿著一隻鳥仔，哮啾啾嗚……

「笨瓜，你只會唱這一條歌？」

「那我唱別的，飲了，杯底毋通飼金魚……」

謙信唱著，身體搖晃一下，好像酒醉的樣子。

「天福，你要仔細看喔，看能不能找回另外半碗米糕。」

「找什麼，我已請祂了。我媽很會做米糕。如果真的有魔神仔，我還會帶來請祂。多吃幾次，祂就知道什麼是米糕，也知道米糕的味道。」

咚、咚咚咚。咚、咚咚咚。

飲了，杯底毋通飼金魚……

謙信唱，身體晃了一下，差一點跌倒。

「大家小心。我阿公說，下山並不比上山容易。」

玉芳說，高高舉起旗子，走在前面。

他們一走進相思樹林，才發現裡面還有茫茫一片的濃霧。

＊有一說，魔神仔也叫茫神。霧茫茫，「茫」就是「霧」，在山野間，罩濃霧的時候，人容易迷失。

觀音山

石世文上屋頂看觀音山。他要畫觀音山。

觀音山在北邊，他喜歡黃昏時分的觀音山。他喜歡夕陽的餘暉留在觀音山四周的彩光。

舊鎮的房子，沿著街道並排，每一家，寬是丈六或丈八，長度，較長的有二十丈，呈現細長形。每一個房子分成三段，前落、中落、後落。前落是店面，中落是大廳，後落很短，有人做臥房，有人做儲藏室，以前也有人養雞或養豬。

前落和中落之間，有一個深井。石世文家，深井的東側是廚房，西側是廁所和浴室，上面是磚坪。磚坪上鋪紅色尺二磚，放著大小不同、形狀各異的甕子，裡面放著不同的醬料，豆乳、醬瓜、黑豆豉、菜脯等。很多鎮民將醬甕放在磚坪上，一是不佔位置，一是隨時可以把蓋子打開，曬太陽。

石世文先上磚坪。觀音山在北邊，在前落的方向。

三落的屋頂是波浪形的連峰，中落較高，前落次之，後落只能算是小山丘。

磚坪上，一個廁所的通氣管，小時候，石世文曾經靠近去聞它。他還記得那種味道。有時候，他也會做一些奇怪的事。

紅色的磚坪上，撒著不少黑煙塵，是煤灰。在街尾，也就是東邊，有幾家麥芽工廠，燒著煤炭，從高聳的煙囪噴出來的黑煙塵，從東邊的街尾，一直撒到西邊的街頭。石世文的家就在中段，每到秋季，東風吹起，那些煙囪，就把黑煙塵一路撒下來。

石世文赤腳上屋頂。他感覺，黑煙塵好像會走動，可能是空氣的關係，在磚坪上移動、旋轉，有時快，有時慢。他小心踩著磚坪，還是踩到黑煙塵，在腳底留下一點一點的黑印。

舊鎮的房子都是併連一起，在屋頂，兩屋之間有一條用磚塊鋪成的通道，順著屋瓦的坡面上下伸展。這也是兩幢房子之間的界線。通道的上端，就是兩個坡面相匯合的屋脊，就是稜線。因為每家房子蓋的時間不同，想法不同，格式也略異，屋頂有一點高低，稜線也有點落差，不過落差不大。因為舊鎮的房子多是一樓，可以從這一家跨到另一家，經過屋頂，一直走過去。

屋瓦的斜面上，有三個天窗，一大兩小，大的在中央，接近正方形，小的略在下方，是細長的長方形。陽光是透過這三個天窗照進屋子裡。石世文有一種感覺，大的是嘴，小的是眼睛。他常常從物體，像雲，像牆壁，像木板的目痕，看出人的臉。不過，天窗的位置，如果是臉，是上下顛倒的。

屋脊的稜線中央，放著一個陶盆，直徑不到二十公分，裡面放著水，還有一枝小樹枝，應該是榕樹。再看，每一家的屋頂，在脊樑上中央的位置，都放著一個陶盆。

前些日子，有一隻黃狗走上屋頂，越過好幾家。貓上屋頂是常事，狗上屋頂，是反常，在舊鎮，一般人相信是不祥的徵兆。很久以前，在清朝時期，舊莊發生大火，整條街差一點被燒光。很多人說，曾經看到一個穿紅袍的巨人，在屋頂上舞動。有人說，他手拿旗子，有人說拿的是劍，有人說，是火把才對。不過，大家都說，他到哪裡，火就燒到那裡。那時，也曾經有狗走上屋頂。

石世文走到頂端，坐下來。對面是水利組合，現在已改為水利會。水利會是二樓，從它的側面望過去，在遠處，就是觀音山。不過，它擋住山的一部分，他要在稜線上移動，才能看到更完整的觀音山。

他轉頭看了一下阿子家的深井。他知道，今天他們沒有發現他上屋頂。以前，只要有人看到，就會在底下大聲叫喊，看到的人先叫，然後全家人都過來一起叫喊，叫他不要踩到屋瓦。他們怕他踩到屋瓦，漏水是很麻煩的事。不過，他踩得很小心，身體也不重，而且屋瓦也不是那麼容易就踩破。

有時，他們叫不停，一定要叫到他下來，他也會故意伸出一腳，輕輕踩上他們的屋瓦，嚇他們一下，他們就叫得更大聲。

而後他收回腳，小心地爬上去。

他看過修理屋頂的工人，就踩在屋瓦上修理屋瓦，不過，有時也墊一層布袋。修理屋頂，的確是很麻煩的事。

他沒有看到阿子。以前，大人在叫喊，有時阿子也會站在大人之間看他。不過，她不會叫喊。有一次，他看到她只一個人，就站在大廳前的屋簷下看著他。她已入學，留著短髮，穿著白衣藍裙，靜靜站著，她沒有叫，所以沒有人過來叫喊。她只是靜靜的看著他，沒有表情。他把頭轉過去，等他再轉回頭，阿子已不見了。

阿子本名叫里子，戰後，日式的名字都更改，淑子改成淑媛、淑惠、淑卿，秀子改成秀梅、秀月、秀雲，阿子也將里子改成里美，不過大家還是叫她阿子。自從那一次以後，他每次上屋頂，都會想到阿子，阿子就在背後。他慢慢爬著屋頂中間，伸向高點的通道。他一直感覺，有人在下面，在背後看他。會是阿子嗎？

要回頭？還是不要？

他回頭一看，下面並沒有人。

只那一次，他看到阿子一個人單獨站在屋簷下。

石世文聽大人說，觀音山就像一個人，一個女人，有人說像觀音媽，觀音佛祖，躺在那裡。他也聽說過，從不同的角度看，它會有不同的形象。不過，從舊鎮的這個角度看，勉強可以看出一個人頭，身體的部分就更勉強了。

他知道很多人畫它。洪老師就畫過好幾幅，還跑到淡水去畫它。在淡水，可以畫山，畫河，也可以畫海，畫船，也可以畫房子。老師說，他畫過日落的景象。

他很想去淡水畫。去淡水，還要坐火車，還要添一些畫具。他要先把老師給他的工錢存起來。

畫畫，最重要的就是像，像所畫的對象。他幫老師畫過電影的海報，就是要像。那個明星，就要像那個明星。老師畫的，就是根據小海報畫的，也不很像。畫山水，像不像，不容易看出來，畫人物，就無法瞞人了。這一點，也就是老師請他幫忙的主要理由。

但是，他看到的觀音山，雖然從同一個地點看，有時卻因為時間、氣候、光線的影響，它還是會有一些變化。背景也會影響輪廓嗎？

其實，他也曾經想過，像那麼重要嗎？在舊鎮畫的觀音山，一定和淡水的不一樣。

有一次，他在晚間爬上屋頂看觀音山。在晚間，沒有燈光，他無法作畫，不過，他可以看。那一天，月亮快下山，他只看到山的輪廓。他看到了不同的觀音山。他轉頭看看阿子家的深井，燈光從門框露出來，他發現門框怎麼變得那麼小。他沒有看到阿子。

觀音山這個名字，是誰起的？他相信，從某一個角度看，或許從海上看，它的確像橫臥的觀音。不過，他沒有看過在民間有橫臥的觀音。觀音，他看到的，不是站著，就是坐著，端端正正的坐著。

老師說，畫畫，線條最重要。他慢慢了解老師的意思。線條，可以使所畫的東西固定下來，也可以使它變化。不過，老師自己，這一點，似乎沒有做得很好。他們畫電影海報，起先是老師畫輪廓，由他塗顏色，他在塗顏色的時候，會將線條更動一點，使畫出來的人物更接近原件。老師沒有說什麼，後來，就由他畫輪廓，老師有空，也會幫忙塗顏色。

他也有感覺，畫人物，像是最基本的。不止一次，在畫海報時，他還把人物修改一下。他把壞人的眼睛畫大一點，把女主角的胸部畫小一點。

「不對。」

老師說，要他把女主角胸部改回來。

老師說，看洋女人，就是要看胸部，最好能畫大一點。

他先用報紙畫，再用用過的簿子畫。

以前，還在國民學校時，他不但在簿子上畫，有時還在課本上畫。那是戰時，一般小孩畫飛機，畫坦克，畫戰艦，他也畫。不過，他更喜歡畫負子，畫麻雀，青笛子，也畫白頭殼。

有一次，老師走到他身邊，他沒有發現，老師拿起他的課本，那些空隙都已畫滿了。老師很凶，每個人都被打過。他想，這一次，一定會被打，他的身體發抖起來。老師沒有打他，把課本輕輕放了回去。

他看著觀音山，雖然可以在屋脊上移動一下，不過，他看到的觀音山變化並不大。他忽然了解老師的話，線條最重要。線條可以改變山的容貌。他畫得很快，畫完舊簿子，他也會用新簿子。以前，他向母親要過錢，母親說，怎麼那麼快就寫完。有一次，他偷了母親的錢去買簿子。他也想過買畫紙，畫紙就更貴了。

他幫老師畫海報時，有一次，老師叫他去他的畫室取顏料，看到裡面有幾幅女人的畫像，有的有穿衣服，也有兩三幅是半裸，或全裸。她們都是坐著，而且坐得很端正。有一張全裸，畫的是背部。他有些驚訝。老師也畫裸體？不過，他感覺這一幅沒有畫好，腿太短。也許，他畫過海報，大半是洋人，腿都較長。不，老師好像不是這個問題。她的腿是彎的，所以看起來短一點。老師，沒有把彎的線條畫出來，看來是直的，所以顯得短一些。老師沒有畫女人的正面嗎？另外，他也看到了老師在淡水畫的一幅觀音山的落日。

老師說，他很想到海上去畫觀音山。不過，現在有海禁，一般人不能出海。老師說，西洋有一個故事，海中有一個島，住在那裡的女妖看到有船經過，就會唱出優美的歌聲，迷惑從海上經過的水手。觀音佛祖不同，祂是保佑航海的人。所以觀音佛祖，也叫慈航菩薩。觀音佛祖的故事，石世文有聽過一些。不過，他也聽過，觀音的海，是苦海，不一定是真正的海。至於女妖的故事，老師並沒有進一步說下去，他卻很想知道。聽起來，這是一個很美的故事，他很想找到那一本書來讀一下。當那些水手聽到女妖迷人的聲音，他很想知道，感覺是害怕，還是不安？

老師曾經說過，畫畫不能太像，要像，用照相就可以了。老師畫海報，人物都不很像，是因為他認為不必像，還是他畫不像？

老師還提出一種「歪的真珠」的理論。真珠有兩種，一種叫真珠，是天然的，一種叫飼珠，是人工繁殖的。天然的真珠，形狀扭曲，不過因為稀少，價值高。人工繁殖的，形狀均勻而優美，不過可以大量生產。有一次，老師還拿一顆真珠給他看，的確不如飼珠。

石世文不大了解老師的真義。不過，他似乎看到了畫畫的確有不同的想法。

阿子會在看他？他感覺到在背後，在很低的地方，在阿子家的深井。他看看觀音山，而後，用眼睛瞄一下。看阿子家的深井，阿子並不在。很多人說，這個阿子很像死去的阿子。不過，現在，她已比另一個阿子死去的時候大了。現在，還會有人能想到，死去的阿子，如果還在，會是什麼樣子？

他還記得，那個阿子死去的時候，一個人直直躺在地上，沒有穿褲子。他不知道埋葬的時候，會不會給她穿上？

他聽說過，有些畫家很厲害，看到一個人，可以畫出他以前的樣子，也可以畫出他未來的樣子。這會是真的嗎？他想著死去的阿子，但是他看到的是現在的阿子。至於將來的阿子呢？目前，他完全看不到。

他再轉頭看觀音山。要怎樣畫呢？

他用線條畫出輪廓。開始，他規規矩矩的畫。而後，想到如何變化？又想到變化那麼重要嗎？

他只是畫素描，還沒有想到著色問題。

老師最近比較少叫他去畫海報。聽說，老師準備選鎮長。是因為這樣？還是因為上次，他擅自改了海報的人物，把女明星的胸部畫小了？

觀音山，不像右邊的大屯山那麼雄偉，但是它的確自己成為一個景點，完整的景點。因為它擁有更多的水。還有那一條稜線，有凸有凹，的確有人的姿態。他看到了頭部、頭髮、鼻子，還有脖子，而後下來是胸部。他畫到胸部時，停了一下，而後用力畫。

忽然，他感覺，山動起來了。怎麼可能？是幻覺嗎？他仔細一看，山並沒有動。

他已畫了幾張，是用舊報紙，或舊簿子畫。畫紙太貴了。老師是用畫紙畫的。他看過老師帶著整疊的畫紙，他很羨慕。畫紙，畫一兩張可以，在學校上美術課就是這樣。不過，現在，他要畫很多張。要一張一張畫下去，他實在買不起。他很想，老師畫壞的畫紙能給他，他不敢開口。

洪老師畫人像，是畫真人？還是用想像？畫裸體，會是真人？真的會有女人光著身體讓他畫？他想到死去的阿子，阿子躺在地上，在草蓆上，望著他笑著。他也想到另外一個女孩，呂秀好。在戰爭末期，有一次美國飛機在大水河對岸丟下炸彈，大地震動，她嚇壞了，抱住他。現在，他還會在街上，或車上碰到她。她和他同年，不過，她成熟多了，他有點怕她。

不知道為什麼，每次看到她，他就會先看她的前胸部位，而後很快把頭轉開。

「意氣那西。」

有一次，她對他咆哮了一聲，而後不再理他。

他又拿一張紙，畫觀音山。他要畫一個女人，為什麼？他在畫觀音山的時候，一直想到死去的阿子，想呂秀好，也想到了老師的裸體畫。還有西洋的女妖。不行，不行。不能想到那個方向。

他猶豫一下，而後畫下去。開始，他只是輕輕的畫，而後加深線條。

黑煙塵還是不斷飛過來，像下雨一般，撒下來，撒在他頭上、身上，也撒在紙上。他抬頭看了一下，那些黑煙塵就像一條寬大的帶子，在天空上，飛舞過去。有一顆黑煙塵，飛進他的眼睛裡面。以前，他坐火車，也有煤灰飛進他眼睛的經驗。又痛，又癢。是接近癢的痛。眼水流了出來。他想伸手去揉眼睛。不行。會傷到眼睛。用水沖。屋頂上沒有水。只有眼水不停地流出來。他眨眨眼睛，流出來的眼水有一點黑色。他還是感覺眼睛又痛又癢。他眨眨眼睛，眼水繼續流出來。

實在太疼了。他眨眨眼睛沒有用，他舉手，想去揉眼睛。不能揉，會揉傷眼睛。他立即制住自己。

有關那些煙囪放出來的黑煙塵，也有鎮人提過，那聲音並不大，說它弄髒了整條街屋。只是提提而已，不過，也有另外的鎮民，他說人家是在做生意，這是正常的。至於一般人，似乎沒有重視這個問題，包括麥芽工廠的主人，警察，以及一般蒙受黑煙塵的鎮民。有些鎮民還說，那有什麼關係？下一陣雨，就把所有的黑煙塵沖洗掉。

至於石世文的父母，就是把水缸蓋蓋好，讓黑煙塵進不去。有時，忘記蓋蓋子，就讓黑煙塵浮在水面，用勺子把黑煙塵勺掉。石世文曾經看過，住在工廠附近的人，還可以到大水河邊，在麥芽糖工廠丟棄堆積如山的煤碴堆裡，撿一些沒有完全燃燒過的煤炭，回去當燃料。

李宗文曾經拿教科書的圖片給他看過，大阪是日本的第二大都市，是「水都」，也是「煙都」。大阪，有許多河川流過，所以叫「水都」，更重要的，它是很重要的工業都市，煙囪林立，漫天黑煙，連天都變色了。和它相比，這種黑煙塵，實在不能算什麼，可是，只一顆黑煙塵，他的眼睛還是刺痛，眼淚還是停不下來。

石世文從屋頂下來。他先用水道水沖洗一下眼睛。

他看一下水缸，蓋子沒有蓋，水面浮著一層黑煙塵。他把水管輕輕放進水缸裡，扭開一下，讓水慢慢流出，開始，他好像在玩水。不過這個方法很好，很有效。

他不敢把水開太大。水管冒出水泡，水面的黑煙塵流動一下。水滿了，黑煙塵也慢慢流出水缸，他看一下，水缸裡的水還好，就把水龍頭用大一點，順便把深井也沖洗一下。

他的眼睛還感到疼痛。他知道黑煙塵已經洗掉了。他回到自己的房間。

這幾天，他曾經哭過。

有一次，同學邀他去看電影，看《火燒紅蓮寺》。他騙過母親。以前，他也騙過母親，主要是想要一點零用錢，有一次他還逃學和同學去划船。同學不會划，船在河裡轉，差一點被水沖走了。他並不怕，因為會游泳，也會划船。同學一慌張，差一點翻了船。他害怕，是因為那個同學不會游泳。

聽說，說謊，還有偷錢，是要下地獄。現在，他又把觀音山，畫成一個女人。其實，他想畫的，比實在畫出來的多很多。他曾經想過，在那些電影海報裡的女明星，如果把衣服拿掉，會變成什麼樣子。本來，他是想把胸部畫大一點。相反，他卻畫小了。他也想過，他看過的觀音像，畫的，或刻的，都沒有明顯的胸部。他看著觀音山，卻好像看到胸部的線條。有人說觀音是男性。也許，這也是另一種說法。畫就是線條的變化。

為什麼將觀音山畫成一個橫臥的女人？石世文瞄一眼掉在床板上的畫。戰時，美國飛機在空襲，投下炸彈，有人說，觀音媽，觀音佛祖站在雲端，用拂塵將炸彈撥開，救了很多人。那時，他也畫過那樣的一張畫。

他又想到西洋的海上的女妖，他們是用美麗的聲音去迷惑水手。

在大廳中央，有一幅掛圖，分三段，有五個神像。觀音在最上面，中間一段，有關公和媽祖，下面一段，是土地公和灶君。觀音媽是很高的神明呀。

是誰起了觀音山這個名字？這一定是起於一種敬仰之心。他把觀音山畫成這個樣子，還有那心中的一些畫像，算不算是一種冒犯。冒犯神明，會落地獄嗎？

在祭拜中元時，他在媽祖宮看過十殿的地獄圖。在人舉辦喪禮，做功德時他也看過。

有針山地獄，有石磨地獄，有鋸刀地獄，有割舌地獄。地獄圖裡面，還有牛頭馬面，還有一群一群的小鬼，以及一群一群痛苦哀嚎的罪人。

那一天晚上，他在屋頂上，什麼東西也沒有。忽然，他看到一個焦黑的物體，從屋瓦上走過來，停下。那是什麼？他看到了兩道青光。他的皮膚起了疙瘩，那是一隻貓。

貓看他一下，而後從較低的地方匆匆走過去。

以前，日本人的老師常說，要正直，不要說謊。父母親也說，小孩要誠實，比什麼都重要。

說謊要落割舌地獄。這是他最切實感覺得到的。他說過謊。和同學去看《火燒紅蓮寺》的電影，卻說車票丟了。他記得，紅姑在騰雲駕霧，人在空中飛翔，有一段沒有處理好，卻照出腳上所踏的一塊木頭。他和同學都笑了，很多觀眾都笑了。這算不算作假？這是不是和說謊相似？可是，大家都笑了。

但是，他又立即想到了說謊和偷錢的事。偷錢拿去買貴畫紙，也是偷呀。

從地獄圖可以看出來，說謊的人死了，一定會被抓去割舌頭。聽說，在地獄，說謊是很重的罪，也受最重的處罰。那些罪人，舌頭被割的時候，滿口都是鮮血。

偷錢，也要下地獄的。他偷過錢。

他想到了十殿閻羅的畫，眼淚又流出來了。

將觀音山畫成女人，會受什麼處罰？會比說謊更重嗎？會比偷錢更重嗎？冒犯神佛，會受什麼處罰？地獄圖上好像沒有畫。但是他感覺得出來，一定更重的。

他雖然心裡想得很多，卻不敢像老師，畫得那麼明顯。可是老師還只是畫背面呀。但是那也是裸體呀。一定有一個女人把衣服脫下來讓他畫。

他一向不喜歡接近警察。如果，在碰到警察的時候，當面對他大叫一聲「馬鹿野郎」，會被警察罰嗎？

他把畫紙攤開，而後拿鉛筆用力劃掉。鉛筆芯斷了，他把畫撕破兩半。有用嗎？他已畫過了，他的心、他的頭腦，都曾經有過這樣一幅畫。老師說過，不僅畫眼睛看的，也要畫心裡想的。對他，這算不算邪念？他把畫劃掉，撕破，就可以嗎？在心裡的，能真的劃掉、撕掉？

有一次，他在草叢裡抓到一隻螳螂。

他發現，牠正在吃另外一隻螳螂。牠已把另一隻螳螂的頭部吃掉了。本來，石世文以為吃的是蝗蟲。但是從那像鋸子的前腳，可以確定牠吃的也是螳螂。李宗文說過，母螳螂在交配之後，會把公螳螂吃掉。就是吃掉自己的丈夫。他真的看到了。

「草猴，草猴，日頭在那位，不指要擰頭。」

石世文有聽過這樣的口詞。螳螂的前腳像鐮刀，聽說會指著日頭。只要牠指日頭，還做拜日頭的樣子，就放走牠。他看過大一點的小孩這樣做過。但是他抓到的這一隻沒有指太陽，他就把牠的頭擰斷了。後來，他發現，是抓的人沒有讓牠朝向太陽。是他有意殺牠？

這時，他又想到了李宗文的話，一隻蟲也是有生命的，蟲和人的生命是一樣的。

他很難過。螳螂不能再活過來了。為什麼？為什麼要殺牠？他了解了，有些事，就是認錯，也無法恢復本來的樣子，像失去的生命。他為什麼要做那種事？可是，可是母螳螂，為什麼要吃掉公螳螂？有的畫，可以擦掉再畫。他畫看板，可以在顏料上面，塗不同的顏料，把原來的顏色蓋掉。但是在心裡的，卻劃不掉。

井上老師說，做錯事要認錯，就會被原諒。真的是這樣嗎？

螳螂已經死了，把頭接回去，也沒有辦法再活過來。他畫過觀音，他心裡有不同的觀音。他曾經聽說過，西洋，有些女神，是畫成裸體。為什麼觀音，或媽祖不行呢？他已撕掉畫紙，就會有補救嗎？

井上老師是說，做錯了事，要改，以後不要再做錯。真的這樣就可以嗎？

可是，心裡的畫，是擦不掉的。

他的房間在中落的後半，面對小深井，有一個窗。他看著深井，那裡有一個用磚塊堆成的小花壇，上面種著煮飯花，葉子在陽光下，閃著淺淡而明亮的綠光，搖動著。他坐下來，把剛才撕成兩半的畫接起來，看了一下，而後再把它推開。

他又拿出一張紙，再畫一張。怎麼畫？他的腦子裡，浮出不少映像。他的心悸動得厲害。

他感覺眼睛一陣痛癢，又有淚水擠出來了。

這時，他聽到有腳步聲，從巷路經過，那是阿雲姊。他趕快把眼睛擦一下，阿雲姊並沒有發現他在裡面。

同學會

「世文，你要參加我們同學會？」

林里美問。

「妳希望我去？」

「你自己決定。」

「那，那我不去好了。」

石世文不去，林里美可以了解。去年，他去參加，替兩位同學畫像，引起一些不愉快。

林里美初中的同學會，一年開一次。自畢業的第七年開始舉辦。那年，參加一位同學的婚禮，有同學提議，也開始聯絡和邀請，以後沒有間斷過。

同學會，一年在舊鎮，一年在台北舉辦。舊鎮，現在已升格為舊市。在台北辦，是因為上班、結婚，或搬家，已有一半以上同學移居台北。

那時，舊鎮的初中是男女同校，卻分班。不過，同學會，在開始也有幾位男同學參加。最主要，是其中一對男女同學，後來結婚成為夫妻。在參加的過程，有幾位退出，現在男同學，連女同學的先生，只剩下六人，還不到一桌。女同學有二十個左右，也有人帶子女來，可以湊成三桌。

同學會，今年又輪到舊市。林里美到會場，已有四個人先到了。王美娥、江瑞目、李淑卿和她的先生。

李淑卿的先生叫沈景漢。他們二人還住在舊市。沈景漢是在舊市的水利會工作。

「來，來，歡迎，歡迎，歡迎銀行家。」

沈景漢一看到林里美，就舉手招呼她。

昨天，王美娥打電話問林里美，說她去她就去。本來，她是想一起過來，因為有其他的事，就各自來了。

「來，來，來。我們正在請教王教授數學，妳來了，真好。」

「我不會數學。」林里美說。

「王教授的問題，是加法問題，妳算盤二段，不會有問題。」

「什麼題目？」

「一加到十。」沈景漢說。

「五十五。」

「看，她算得多快。一加到一百呢？」

「五千五十。」

「一加到一千呢？」

沈景漢再問下去。

「這……」

「哈，哈。果然難倒珠算大師了。」

「多少？」

「五十萬五千。」

「你算出來了？」

「五十萬五百才對。」

「不是，我算了半天。王教授算的。數學家果然厲害。比珠算大師更快。」

「我不用算。我只套公式。數學只是找公式，而後套公式。有少數更厲害的，會發明公式。」

「妳用什麼公式？」

「一加到十，是一加十，乘十，除以二。就是五十五。一加到一百，是一加一百，乘一百，除以二，是五〇五〇。同理，一加到一千，是一加一千，乘一千，除以二，是五〇〇五〇〇。」

沈景漢每次碰到王美娥，就和她談數學。去年，王美娥證明一等於二。

「怎麼可能？」

沈景漢大叫起來。

「你的小孩幾年級了？」

「初中一年級。」

「國中一年級才對。」

李淑卿更正他。

「國中一年？照理應該懂問題出在哪裡。」

「去年的問題，你們問了小孩？」

林里美問。

「有問，他不懂。叫他去問老師，他又不敢。」

「沒有關係，不必急，有一天，他會懂。」

王美娥是數學教授，每次來，都會帶一本活頁筆記簿，上面有數式，也有圖形。她說，數學是最省錢的學問，只需要鉛筆和紙。

在初一的下學期，林里美當班長。有一次，王美娥突然過來找她，把她拉到一邊。

「怎麼辦？」

「什麼怎麼辦？」

「來了。」

「來了，什麼來了？」

「那個……」

王美娥低著頭。

「我不知道。我還沒有。」

「用布塞住就好了。」

一個同學經過。

「我去問老師好了。」

「謝謝妳。」

以後，她們就成為最好的朋友。初中畢業之後，林里美讀商職，王美娥讀高中、大學、研究所。她們雖然走不同的路，卻經常有聯絡。

「來，來，來，蘇美人。」

沈景漢看到蘇美媛進來。每次，他都叫她蘇美人。

蘇美媛畢業之後，讀一家私立專科學校。目前在一家貿易公司當會計。她已結婚，不過婚姻並不順利，已離婚，獨立撫養兩個小孩。

「里美，上次我很失態，對不起。」

「是世文不好。」

去年同學會，石世文也來參加。蘇美媛和他聊起來，可能談到畫畫。他平常不大談繪畫的事。想不到他卻替她畫了一張素描。

「我變得那麼醜了。」

蘇美媛哭了。

那張畫像，重點是眼睛。眼睛畫成一高一低，一大一小。臉頰，一邊也略凹下去。

「哈，哈。是有像唉。真的有像蘇美人。」沈景漢說。

蘇美媛一聽，就哭出聲了。拿了提包，站了起來。

「美媛，對不起。」

林里美拉了她的手。

「對不起。」

石世文也向她道歉。

那天晚上，蘇美媛打電話過來，向林里美道歉。

「石先生畫得很好，我沒有怪他。他畫得很像，的確是我。想不到，我一下子，變得又老，又醜，沒有辦法接受。請替我向石先生致意。」

沒有錯，同學裡面，蘇美媛的確比較辛苦。委屈也多。世文為什麼這樣畫呢？

「我想畫得明顯一點。」

「她有那麼醜嗎？」

「醜？妳也這樣覺得？」

「我看人家照人像，有缺點，盡量改掉。」

「要畫得像慈禧太后的像，臉和身體都要大幾號才美？才福氣？」

「時代不同，觀念也不同了。」

「不過，柯月裡卻可以接受呀。」

柯月裡是個忙人，一向都是最後一個到的。

「來，來，來，聖女來了。」

「景漢。」

李淑卿輕叱一聲。

她們同學，有三個人沒有結婚。除了王美娥，還有黃美杏和陳春華。

陳春華初中畢業之後，去台北讀女高。女高的前身是高女。以前，讀高女，嫁醫生。

她的父母就是這樣。現在女高多了，相對的，醫生沒有那麼多。她就拖下來了。

以前，碰到她，大家會問她什麼時候請吃喜酒，現在已經沒有人敢問了。

舊市有幾種特殊行業。豆腐、糕餅、梨鼓和布袋戲。黃美杏出身布袋戲世家，到她父親已是第三代了。她的兩個哥哥不肯繼承。她說，沒有什麼事，是女人不能做的。演布袋戲，要從台灣頭跑到台灣尾。所以，她選擇不結婚。

「來，來，來……」

沈景漢突然停住了。

「是小虹和大玲。」

李淑卿開口，歡迎二位，也向她先生介紹。

林里美班上，只有四個外省人。有兩個出國留學，已定居美國，康小虹的先生是外交官，他們大部分時間在國外，只有郝大玲住在台北，很少參加同學會。

「對，對，對，外交官夫人，七、八年前見過。」

「小虹，現在在哪裡。」

「薩爾瓦多。」

康小虹，名字叫小虹，人卻長得高大。一般民眾都不能出國，她卻全世界走透透，這是大家最羨慕的。

「妳先生，什麼時候升大使？」

「還早呢？」

現在，有邦交的國家越來越少，大部分在中美洲，非洲和南太平洋。做大使，據康小虹的說法，是一種管道，不是目標。他們希望到大一點的國家，像美國，做代表。

郝大玲來，主要是陪康小虹。

「大玲，妳人在台北。都不來參加。」

「來，來，來……」

沈景漢很快地把眼睛轉向入口。沈景漢的眼睛轉來轉去，有人說他賊仔目，有人說他老鴟目。

進來的是洪秀玉，還有一個男人。

「他姓高，高火樹，我的男朋友。」

三年前，她離婚了。離婚的人，好像有在增加。他們離婚，是洪秀玉主動的。據說，由女人主動提出的離婚案件，已越來越多。

「聽說，妳戒酒了？」

有人問。

「飲酒界毋好。」

沈景漢又插嘴。「界」和「改」音似。

「不要亂講。」

李淑卿推了他一下。

「我不用戒酒，因為我沒有上癮。」

兩年前的同學會，洪秀玉和古祥泰打賭。古祥泰喝汽水，洪秀玉喝同量紅露酒，一杯對一杯，是汽水杯。哪有這種打賭方式？洪秀玉會喝酒大家知道。但是大家還是認為她一定輸。古祥泰喝一杯汽水，洪秀玉喝一杯紅露酒。開始，你一杯，我一杯。到了第三杯，古祥泰開始用筷子攪杯子裡的汽水，要把汽泡攪掉。洪秀玉喝了一杯，等他攪汽水。洪秀玉一瓶酒快喝乾了，古祥泰已停下來了。

「你可以慢慢喝，我等你。」

結果，古祥泰認輸。

洪秀玉去廁所，大概是要把喝下去的酒吐出出來。古祥泰跟了進去。

「不能吐，吐了妳就輸。」

「出來。」

洪秀玉把他揪了出來。

「我，我沒有醉。你輸了，還摸我的胸部。」

「我，我只是怕妳醉倒。」

「我會醉倒？你太小看我了。來，你在大家面前，把褲子脫下來，我就放你走。」

洪秀玉說完，人也蹲下去。

古祥泰的太太，拉了他的手，往外跑。

「不要跑。我一定會找到你。」

那次以後，古祥泰和他太太，就沒有再來參加同學會。

那天，林里美和石世文叫了計程車，送洪秀玉回家。

「石老師，石世文，鉛豆桑，如果是你摸我，我會像兔子一樣溫順。里美，妳會生氣嗎？里美，我好羨慕妳喔。」

洪秀玉離婚，主要也是因為喝酒。聽說，她真的和別的男人上過床。

「來，來，來。來，來，來。總座和夫人駕到。」

沈景漢站起來，握著拳頭，舉起雙手。

「沈景漢，你起肖了？」

洪秀玉說。

陳素月一進來，大家都聞到了香味。

陳素月和他先生一起來。蔡世修是台北東區的大地主，擁有十幾甲的農地，那些農地，現在都已變成建地。他們兄弟三個，蔡世修是老大，一個人就分到一萬坪的土地。

他父親開了一家建築公司，任董事長，蔡世修是總經理。他們不但做建築，還包工程，多向經營，也多面發展。每次，她來參加同學會都是由他先生自己開車送她來。他們夫妻都有豪華轎車，也都有司機，不過，這種場合，他一定要親自開車。每次同學會，都是由他們作東招待。

「大家分攤才對。」

沈景漢又站起來。

「小事、小事。大家見面，太高興了。」

陳素月做一個手勢，要沈景漢坐下。

「呃，妳換了戒指。」

陳素月無名指戴的是白金戒指，是夫妻同款，沒有換。換的是中指的鑽戒，現在是一顆紅寶石。

「好漂亮喔。」

同學都靠了過去。

陳素月把手掌翻轉一下。她的手指又白，又細長。

「不要戴那種戒指。」

上次同學會，柯月裡曾經告訴她。

「為什麼？」

「那麼貴重的東西，不要太顯眼。」

「為什麼？」

「那樣不好。」

「是不是和他有關？」

同學都知道，蔡世修有女人，而且已正式納為二房。

「那樣不好。」

柯月裡笑著說。

「里美，石世文痛風怎樣？」

「他有吃藥，已很久沒有發作了。」

「不要吃藥。吃藥傷肝，傷腎。多吃蔬菜。肉類、魚類，連豆類都不要吃。」

沈景漢又半站起來。

「那比做和尚還辛苦了。」

陳素月說。

「石世文吃藥，有什麼不良反應？」

「沒有。他說，很多食物都有多量普林。有些蔬菜，像香菇，像蘆筍都有。吃進來的，只要能順利排出去就好。」

「沈景漢，我想世修還是要吃藥。」

「痛風，是皇帝病。這個時代，要做皇帝，真不容易。」

「景漢，不要……」

「菜點好了？」

「點好了。」

「不要魚翅。」

王美娥說。

上次，王美娥就提過，漁民為了魚翅，偷捕沙魚。他們把魚翅割下來，把沙魚丟回海裡，太殘忍了。這是生態問題，是環保問題，甚至也是倫理問題。

「沙魚吃人，人吃沙魚，很公平，沒有什麼問題。」

沈景漢說。

「我想如果你下海去吃牠，才是真正公平。」

洪秀玉說。

「可以上菜了？」

服務小姐問。

「要喝什麼酒？」

蔡世修問洪秀玉。

「要喝酒嗎？」

陳素月說，看洪秀玉。

「宴會，不喝酒不像宴會。」

「喝點紅酒。」

洪秀玉看高火樹一眼。

「好，好。紅酒對身體好，可以預防心臟病。」

沈景漢說。

「有什麼紅酒？」

服務小姐拿了一瓶紅酒出來。蔡世修把酒瓶轉了一下，看看標籤，然後點點頭。

「幾年？二十年？」

「紅酒是看哪一年，不看幾年。」

蔡世修對沈景漢說。

「看，誰來了。來，來，來，嫦娥來了。」

是柯月裡，沈景漢都叫她嫦娥。以前，他叫她柯仙姑。陳素月叫他不要亂叫。她比較喜歡人家叫她柯老師。

實際上，她有個「常山命理館」，她自稱「常山命理師」。一般人叫她「常山老師」。

「誰說女人不能做算命師。」

沈景漢說。

「不要說算命。是命理。」

上一次，蔡世修就向沈景漢說過了。

「世文沒有來？」

柯月裡問。

「上一次替妳畫了那一張畫，實在很抱歉。」

「什麼話。我很喜歡。」

上一次，他替蘇美媛畫，也替柯月裡畫。他把柯月裡的嘴畫得很大，也有點歪。

「我想買它。我曾經打電話問他，他說還不成熟，不敢流出去。」

「妳真的想買？」

「他沒有告訴妳？」

「他自己一個人關在畫室裡，我也不知道他在做什麼。」

「他沒有畫過妳嗎？」

「沒有呀。」

「為什麼？」

「可能，我們兩個都沒有想到吧。」

「要小心喔，說不定有一天，我跑去叫他畫我的裸體。」

「我才不管。」

「嫦娥，妳好準喔。」

沈景漢說。

「什麼事？」

「藍明祥的事。」

幾個月前，藍明祥被殺了。他全身赤裸，趴在水田裡，背上刺了刺青，是觀音菩薩。

他是徐美珊的先生。初中，他大她們三屆。畢業之後，他並沒有升學，在家裡幫父母開小吃店。他們家就在媽祖宮旁邊，有拜拜，他也會去幫忙。他反應快，膽子也大，有什麼困難的事，他都會自動出來。

徐美珊很喜歡他。大概是在初二或初三，徐美珊邀林里美去看捕魚。每年冬天。水利會修築圳溝，把水源關掉。鎮民就去捕魚。最愛的是白鰻。白鰻身體滑，不容易捉。藍明祥把大型剪刀磨成鋸狀，看到白鰻，一夾，就捉起來了。

徐美珊告訴林里美，她最感動的是藍明祥捉白鰻，是給他阿媽吃補。他用米酒燉，燉好，端給阿媽吃，還一邊幫她剔掉魚刺。

後來徐美珊就嫁給藍明祥。

媽祖廟香火鼎盛，信徒眾多，捐贈也很可觀，有人捐現金，也有人獻金牌。董事長林當福把那些錢吃掉了。

「我去找他。太可惡了，連媽祖的錢都敢吃。」

「錢花掉了，都是用在廟裡。」

「你吃掉了，拿出來。」

「沒有錢。人肉鹹鹹，你想怎樣？」

藍明祥拿出扁鑽，往對方腹部一刺，把他刺死了。

藍明祥並沒有出來選理事長，他躲起來了。不過，大家都知道他的份量了。

舊派和新派的衝突並未完全消匿，互相殘殺的情況還時有所聞。藍明祥是警方重要的追緝目標。

「這兩年內，要特別小心，不要露面。」

三年前，在同學會的時候，那時是在台北舉行，徐美珊問柯月裡。

「藍明祥會有事嗎？」

柯月裡輕輕的搖頭，沒有直接回答。

藍明祥住在哪裡，沒有人知道。有人說是住在山區。不過，舊市附近只有矮山。有人說，他住的地方，至少有五處。有人說，警察知道，只是不想抓他。

徐美珊包了一個紅包給柯月裡，她只收了紅包紙，把錢退還給她。

藍明祥的死，是因為他在深夜回家看阿媽。他阿媽已八十多歲了，生了重病。他說，只關心這件事，阿媽、母親、太太和子女。

他的死，警方說是自殺。他回家看阿媽，正和太太行事，警察突然攻進來了。他拿了手槍跑出來，連衣服都沒有穿。

有人說，他是被警察射殺的。因為他的槍傷，不是手槍的傷，而且，至少有兩處致命傷。警察殺他，是怕他不斷惹麻煩。並且以自殺結案。

「月裡，為什麼刺觀音菩薩？」蘇美媛問。

「我也不清楚。」

「觀音菩薩可以保佑他。」

沈景漢說。

「為什麼要刺青？」

「美觀呀。像女人打扮呀。有人刺龍、刺虎，也表示勇猛。」

「刺觀音媽，算不算冒瀆？」

蘇美媛再問。

「不是觀音媽，是觀音菩薩。觀音菩薩是男性。」

「月裡，觀音媽，真的是男性？」

「我也不清楚。」

「秀姫……」

蘇美媛問。

「她已改名字，叫乙婷，娣娥，乙婷這個名字，妳覺得怎樣？」

「名字學，我不精。」

「這個名字好極了，它好聽也很有內涵。日本人的名字，都叫秀子、美代子，美國人都叫瑪琍、珍妮。都那麼單調，中國字有幾萬個，配起來方便，也有很多意思。」

「誰幫妳改的？」

「是一個……」

楊乙婷看了柯月裡一眼，停了下來。

林里美以前有問過她，是一位命名專家替她改的。

在日治時代的末期，台灣的女孩，都用日式的名字，像淑子，秀子，英子，她自己就叫里子。男孩就叫秀雄、武雄、義雄。戰後，男孩照用，女孩就改叫淑惠、秀惠、秀英等。

日治時代，街上有一位秀才，比較淺交的，就去請他命名。世文也是。他們家兄弟叫宗文、世文、友文。不但世文那一代，連下一代的名字也定好了。本來，這些代表輩分的字，是只用於男子，世文他們兄弟，連女孩子也用了。沈景漢的名字也是。「沈」台語和「尋」同音。

「景」一字本身，也有多種意義，有大、美、遠、高。他已向人解釋過好幾次了。漢，自然是指中國。

「秀玉，妳真的節制了？」

陳素月說。

洪秀玉沒有回答，看著高火樹笑著。

「今天是特別的日子，又是好酒。」

「那你先和我喝一杯。」

洪秀玉端起酒杯，看著高火樹，笑迷迷的，一飲而盡。

「哪一位是常山居士？」

「不是常山居士，是常山老師。」

來的是市長的機要祕書。

「市長問，今天可來請教老師嗎？」

「好，好。」

現任的舊市市長是女性。實際上，已有幾位女性在另外的房間等柯月裡了。有一位是舊市選出來的省議員，也是女性。有歌星，有演員，也有幾位貴夫人，都是有名望，有資財的太太或小姐。她們，有的是為自己，有的是為男人而來的。

柯月裡說過，自己來看比較準，不過，間接看太太，也會看出一點信息。

康小虹和郝明玲來參加同學會，也是想討教她吧。包括他先生調動，或調升的機會。

「嫦娥老師，現在，很多人對星座很感興趣。妳對星座有什麼看法？」

「把人的性格，或人的命運分成十二種，是比較簡單的方法。比較偏重遊戲的性格。」

「我們中國的八字，就複雜多了，也精確多了。星座分十二種，八字有幾種？」

「這要問美娥。」

「八字是用甲子算的。一甲子有六十種。年月日時各六十種，也就是六十乘六十，乘六十，再乘六十，是六十的四次方。請里美算一下。」

「六十的四次方，一千二百九十六萬種。」

「哇，太神奇了。我們的祖先，實在太偉大了。這樣算起來，全台灣的人，命運是完全相同的。平均不到百個人。哇，太偉大了。和星座比起來，精確度有一百萬倍，對不對？」

每次，沈景漢問她，她都這樣回答。

「月裡，妳再看看世修的手掌。」

「不會有變化的了。感情線，又長又深！」

「景漢，不要一直插嘴，好嗎？」

「呃，太座生氣了。她說，我話太多，要和我離婚。話太多，並不構成離婚的要件。」

「給我酒。」

洪秀玉講話已有一點鼻音了。

「可以喝那麼多？」

「我們說好，今天她可以喝一點。」

「真的，再一杯就好。」

「妳知道戒酒是很痛苦的事，對不對？」

「她戒過酒了？」

「再一杯就好，分戰五次。」

「好。」

洪秀玉喝了一口，還在酒杯上，用手指比了一下，表示五分之一。

「嫦娥，八卦是不是分陰陽，電腦就是利用陰陽的道理。」

「八卦我只知道一點。美娥，電腦是不是利用八卦的道理。」

「八卦，我不知道。電腦叫二進法。」

「陰陽，不就是二進法？」

「我真的不清楚。」

「我們中國，很早科學就很發達。王教授，妳有什麼看法？」

「沈先生……」

「叫我景漢就好。」

「沈先生，我不是研究科學史的。不過，我有一個問題，想請問你。住在一樓和四樓的人，哪一邊長壽？」

「這個，有差異嗎？」

「有。」

林里美不了解，王美娥為什麼問沈景漢這個問題。

「妳不要騙我。妳說答案。」

「住在四樓的，比較長壽。」

「為什麼？」

「這算是現代物理的問題。」

「那四樓的房價，就要比一樓貴了？」

「住四樓的，可以多活幾秒鐘。」

「幾秒鐘，那有什麼意義？」

「它的意義是，全人類用了幾萬年，不是幾千年，才知道這樣的事。」

「我還是不懂。」

「王教授，喝酒和不喝酒，哪一邊長壽？」

洪秀玉拿了酒杯走到王美娥和林里美之間，酒杯裡還維持五分之四的酒，不過全身都是酒味。

「我不知道。我看電視，訪問一位一百歲的人瑞，問她長壽的祕訣。她說每天都要喝一瓶米酒。」

「妳的意思是，如果她不喝酒可以活到一百五十歲？」

「也許。不過，活一百五十歲，太辛苦了。」

「王教授，妳不感覺孤單嗎？」洪秀玉問。

「我？不會。在家裡，在研究室，一個人，拿一枝筆一張紙，可以打發半天。有同學會，我也會來參加。也很不錯呀。」

「市長來了，市長要向大家敬酒。」

陳真真市長是舊市的第一位女市長。她穿著乳白色的洋裝，戴著淺咖啡色的帽子。聽說，她夏天，冬天都戴帽子。

「我來敬大家。」

陳市長端了酒杯。

「我們敬市長。」

「柯老師，我有事情請教，現在方便嗎？」

市長已訂了一個房間，邀柯月裡進去。另外的客人，還在另外的房間等著。

「可以上水果？」

服務小姐前來問。

水果還沒到，已有人在唱卡拉ＯＫ，也有人在跳舞。有一部分人，還要等柯月裡。

「里美，我們回去？」

王美娥說。

「好。」

「我們送妳們回去。」

洪秀玉說，看了高火樹一眼。高火樹輕輕點了頭。

「順路嗎？」

「限時專送。」

高火樹開車到飯店前面。

「美娥，妳都沒有喝酒。」

「我不行。」

「里美有喝，我看到了。」

「我喝一點。」

「美娥，剛才很失禮。」

「不要這樣說。」

「我沒有醉，對不對？」

「沒有醉，還沒有把我當做仙姑。」

「美娥，人生能多活幾秒鐘，也是很美妙的事，對不對？」

「大概可以這樣說吧。」

山腳村

「阿母，我要來去。」

張杏華燒了三根香，向祖先的牌位拜了三拜，手拎著一個包袱巾，包了幾件日常衣服，雙腳跪在母親面前。

「不要跪。」

以前，母親說過，「不要跪，我還未死。」

「阿花，以後，你要照顧自己了。」

三年前，父親過世時，她就想一直留在母親身邊。那時，林有成來找她，也會住下來，街上就有人說閒話。現在妹妹美蓉已經師範畢業，在壽山國校教書，也就是以前石世文教書的學校。

這幾天，張杏華一直想著二哥、父親，也想著蔡根木和石世文。

「阿花，路途無遠，妳要常常回來。」

昨天，張杏華決定今天去林家，母親說。

「我會常常回來。」

「有成，你要好好照顧阿花。」

「阿母，我會好好照顧阿花。」

林有成說，以前叫阿姆，現在已改口叫阿母了。

張杏華走出家門，坐上林有成的腳踏車的後架。母親並沒有送出來。

「嫁出去的查某囝仔，就是潑出去的水。」

母親並沒有這種想法。不過，第一次，她嫁給蔡根木時，還是按照習俗，將一把扇子從車門丟下去，由弟弟撿回去。

這一次，母親也沒有交代，出門的時候不要回頭。

腳踏車在石頭路上盪著。林有成騎得很快，好像在趕路。張杏華已無法忍住，眼淚不停流出來。

出門的時候，母親並沒有流淚，她知道母親是強忍著。母親，常常一個人躲在房間裡哭。就是夏天，也會將棉被包在臉上。

「阿花，要不要休息一下？」

「不。」

張杏華在林有成背後，輕輕搖頭。

「要不要坐到前面來？」

「不。」

在石頭路上，坐前面的虎骨，並不比坐後架舒服。

林有成住在山腳村，張杏華去過幾次。山腳村，村民和鄰村的居民都戲稱它「山腳尻」。

林有成來家裡過夜，大概有六年多了，自父親過世，也有三年了。父親在世時，曾經問過她，要不要再和林有成結婚。她回答，暫時不考慮。父親沒有再問下去，她也沒有再回答。

她想到蔡根木，他死得那麼慘。她也想到石世文。他應該已經畢業，也應該當兵回來了。是不是在教書？在哪裡教書，是不是已結婚了？他知道蔡根木已過世了？他是不是和壽山國校的同事還有聯絡？

路是上坡的，不過坡度很緩和，走路是感覺不出來，騎車要多用一點力。張杏華感覺得出來，林有成的喘氣聲變快，也變粗了。

沿途，林有成遇到幾個熟人。由保甲路轉入牛車路，平地田已經變成梯田，也可以看到山林了。車漸漸接近林有成的家，人雖然少了，卻大部分都是熟人。

「有成，你娶新娘回來了。」

年紀比較大的說。

「哇，新娘坐腳踏車。」

「呃，嫁妝呢？」

有不少女人，圍住稻埕，伸長著脖子，等他們進來。

「嫁妝，過幾天會來，是用牛車載的。」

林有成笑著，大聲說。

「不是說拖拉庫嗎？」

有人說，哈哈大笑。

林有成和張杏華先到大廳拜祖先。張杏華有點遲疑。不過，在自己的家裡辭過祖先，這也不算什麼了。

在進門的時候，大兄沒有出現，都由大嫂接待。

房間在廚房隔鄰，再過去就是豬舍。眠床是舊的，只有棉被是新的。還有一個桌櫃，是在街上買的，抽屜裡鋪著紅紙。

「沒有衣服。」

有幾個年長的鄰居，或者是親戚，都是女人，已走進新房觀看。在山腳村，有不少鄰居，也是親戚。在鄉下，就不是親戚，一般也以阿伯、阿叔、阿姆、阿嬸稱呼。張杏華還看過有人叫林有成叔公的，已是成年人了。

「她是讀冊人呢。」

有人還翻開她的包袱巾，看到她帶來的書，其實，那只是她喜歡的小說。

啪！

大兄用力打了張杏華一個巴掌。她手裡的瓢勺掉在地上，她俯身撿了起來，低頭站著。

他們就在豬舍裡面，嘟嘟嘟，豬在豬舍裡互相推擠，爭著好的位置。

「有成！」

大兄喊著。

「大兄，在哪裡？」

林有成在牛舍裡，準備出去犁田。

「你過來看。」

「什麼事？」

林有成過來，看到大兄和張杏華。

「她想把豬燙死？」

大兄指著木桶裡的豬菜。

「……」

「你看我的手。」

大兄的手還沾著豬菜的碎屑，手已燙紅了。

大兄人不高，手掌卻又大又厚。

「有成，你要好好教她。」

大兄把話一丟，走出豬舍。

「怎麼了？」

「我在煮豬菜，聽到豬在嘟嘟叫，就先舀了一點，想餵牠，大兄就跑來了。」

「妳沒有想到？」

「沒有想到。」

小時候，張杏華在家裡也餵過豬，那是用豆頭餵的。看到豬餓了，就舀一些餵牠。

「大兄打妳？」

林有成伸手摸了一下她的臉頰。

「不要。」

張杏華退了一步。

「很痛？」

「嗯。」

大兄打她巴掌，她的眼睛冒出金星，整個人顛了兩步。現在，她還感覺到臉頰在發麻。

早上，大嫂叫她去割豬菜。林有成想幫忙，大兄說，這是女人的工作。張杏華來到林家，才三天，對田裡的工作完全陌生。豬菜是番薯的藤葉。割豬菜不難，挑豬菜才是問題。她要先把番薯藤綑好。她怎麼綑，總是有些番薯藤會垂下來。最大的問題，是要挑多少。挑多，太重，挑少了，有人看到會笑她。

「不必怕人家笑。開始都這樣。」

林有成要她挑少一點，多挑一次。

張杏華有一種感覺，大兄對她並不友善。大嫂對她還好，不過，因為大兄的關係，也不敢親善。大嫂只教她怎麼割，怎麼綑，怎麼挑，怎麼剁，怎麼煮。其實，她感覺無法跟上。

這時候，張杏華發現，大嫂那麼矮，幾乎矮她一個頭。她的腿是彎的，標準的O形腿。是因為工作的關係，才變成這樣的？

「慢慢呀來。」

大嫂說。

「可以慢慢來嗎？」

她在心裡想。其實，還沒有受訓，就要上戰場？

在鄉下，一般人都睡得比較早。這是以前沒有電燈時代留下來的習慣。

「阿花，給我看一下。」

林有成摸著張杏華的臉頰，早上大兄打的地方。

「毋免了。」

張杏華已脫掉衣服，靜靜的躺在棉被裡。

「哇，腫起來了。」

林有成輕撫著她的肩膀，而後，把她的身體翻轉九十度。

「不要摸好不好？」

「為什麼？」

「有點痛。」

「快破皮了。」

張杏華沒有挑擔的經驗。以前，她家開豆腐店，豆子是用袋子裝的。在自來水還沒有裝設之前，像挑水那種工作，多是由男人做的。

「我來給你抹藥。」

「毋免了。」

「明天還要割豬菜？」

「要。」

「我來幫妳挑。」

「不行，大兄說這是女人的工作。有些農村女人還挑稻穀呢。」

張杏華知道，大兄不喜歡她。她知道大兄的想法。她是思想犯的妹妹，她二哥被槍斃了。林有成本身也是思想犯，雖然他沒有什麼思想。更重要的是，為了他，家裡賣了兩甲多的山地，還把街上的一幢房子也賣掉。大兄認為，不是這樣，他也會被槍斃。

「那些人，只要紅筆一揮，一丟，你就死定了。」

大兄好像在搬大戲。

但是，大兄為什麼拜託村長去向她的母親說？村長說，田裡欠腳手。這是表面上的理由？或者也是真正的理由的一部分？張杏華知道，林有成時常去找她，開始也在那裡過夜，後來他好像還把那邊當成自己的家。

「他們林家，是山腳村最富有的，水田有三甲多，山林地有十幾甲，光是那些相思樹，就值多少？幾十萬哪。」

村長說。

張杏華知道，母親並不看重這些。她覺得林有成還不錯，很忠厚，而且真正會照顧阿花。

街上有人說閒話，說阿花招客兄，母親不會在乎。山腳村那邊的，也說林有成是來給阿花招了。

「阿花，妳來生個小孩？」

「有成，我已說過很多遍了。」

「我很想有一個孩子。」

「你已經有一個小孩。我喜歡他，我也會照顧他。我自己也有一個女兒。」

「阿花，我真的很想要。」

「如果懷孕，我會去拿掉，我會回去。」

「阿花，不要回去。」

早上，大兄打她，林有成也對她說過。

「我不會回去。」

「真的嗎？」

「大兄打我，我不會回去。如果，你給我懷孕，我就回去。」

「阿花，妳都沒有說理由。」

「唉唷。」

張杏華輕哼一聲，嘴角卻露出一點點的微笑。

「怎麼了？」

「你好好做，不要捏我的肩膀。」

張杏華到林家，已一年多了。有一天早晨，張杏華在竹林裡鏟竹筍，忽然看到大兄來。

「不少了。」

大兄指著已鏟下來的竹筍，還放在地上，等一下一起收起來，放在畚箕裡，挑回去。

鏟竹筍，是林有成教她的。林有成先教她竹的種類，綠竹、蘆竹、麻竹，告訴她採收的季節。更重要的，如何找竹筍。

「不能等竹筍衝出地面，太老了。」

在林家，工作都是由大兄安排的。他也會做一些農事，不過，可能是因為年紀更大，都做一些比較輕的工作，像播種，像除蟲。

工作的安排，大部分是在晚餐之後。他們幾個兄弟，會坐在稻埕，一邊談天，一邊談農事。

林有成都聽從大兄安排。不過，二兄和三兄他們卻不同。他們有自己的意見，尤其是工作的輕重問題。

至於女人的工作，都是由大嫂安排的。

鏟竹筍，並不一定是女人的工作，但是在林家，都是由女人負責。

張杏華來到林家一年多，大兄很少和她直接交談。

「阿花，你過來。」

大兄指著一根斷竹，順手拔了一支小竹枝，把葉子去掉，而後在斷竹的孔裡，輕輕一撞一撞，不久有什麼東西伸出來。

「妳知道這是什麼？」

「竹螟。」

「呃，妳知道。」

「我看過，天福他們抓過。」

林天福是林有成的前妻所生，現在已是國中生了。

「來，來，妳來試一下。」

大兄又找到一個竹孔。

張杏華學著，用竹撞了一下。

「太用力，會撞死竹螟。」

「呃。」

「妳看，出來了。」

綠色的，尖尖的頭，而後，紅色的牙。

「唉，已五十年了。或者不止了。」

大兄嘆了一口氣。

張杏華不大了解，大兄為什麼突然來看她，還教她抓竹螟。林有成就沒有帶她去抓過竹螟。

「妳有看過筍龜嗎？」

「有。」

「有抓過？」

「沒有。」

「下一次，我抓一隻給妳。」

筍龜是一種害蟲，是竹的害蟲。她有看過，天福抓過，還用針線綁住鼻子，讓牠飛。筍龜是很會飛的昆蟲，比金龜更會飛，飛起來有噴噴噴的聲音。

張杏華不太了解，大兄為什麼帶她玩這一些，好像只有小孩才做的。為什麼？

「阿花，我聽妳大嫂說，妳不想生小孩？」

「……」

「為什麼？」

「我有文鈴。」

「文鈴，她來過，她很乖巧，可以叫她來這裡住，我們會疼她。」

「我，我有在想。」

蔡文鈴，已是初中二年級的學生了。林天福和她同校。只是低她一年。因為改制，初中已改為國中，林天福是國中一年級。

蔡文鈴來這裡看張杏華之後，他們才認識。他帶她去田裡，去山林裡，到處玩，抓竹螟，笱龜。有時，還帶她去抓魚。

「阿花，真的，妳可以生個小孩。我們一起來疼他。」

「我會想一下。」

張杏華回到娘家，已四天了。昨天，林有成有來過，要帶她回去。她說還要去看醫生。

「為什麼？」

「可能懷孕了。」

「我陪妳去。」

「我想去台北看。」

「我陪妳，我一定陪妳。」

「不用。我一個人去。」

「阿花，都是我不好。」

那一次，林有成把保險套拿掉。是故意的吧，只有一次，她就懷孕了。

前天她已去台北看過醫生了。是妹妹美蓉的同事認識的。醫生在台北。這種事，在鄉下，很快就會傳開。

從壽山到台北，可以坐公路局的班車，不過公路局的班車要經過舊鎮。她每次經過舊鎮，就會想到石世文。會不會在車上碰到他？所以她到桃源鎮坐火車，火車就不經過舊鎮。

「阿花，拜託妳，生下來。」

「醫生說，還不確定。」

但是她告訴母親，醫生說確定是懷孕了。

大兄曾經勸過她。林有成把保險套拿掉，和大兄的話有關嗎？

「有成，你先回去，我過兩天就回去。」

「阿花，妳要生下來。」

母親說。

二哥臨死把高粱酒和包子撞掉，母親已夠煩惱了，煩惱二哥會下地獄。

「拿掉嬰兒，就是殺生。」

母親有這種觀念，那是要下地獄的。

「醫生說，我的體質不好，要小心，不然會流產。」

「阿花，妳不能亂講。妳的身體好的很。妳生文鈴，我們叫產婆來，我還在旁邊幫忙。妳就像雞生雞卵那樣，一下就出來了。」

「阿母，我真的沒有自信。」

「阿花，我知道妳還在想什麼，還在想世文，對不對。」

「我也不知道他現在怎樣了。」

「妳有想要去找他？」

「無。」

「為什麼？」

「我毋知影。我真經毋知影。」

「有成對妳也毋壞呀。」

「每一個人都對我很不錯呀。二哥，世文，根木，阿爸，還有阿母。現在是有成。不過，我欠不少的債，要一個人一個人還，我沒有能力還呀。」

「阿花，你要生下來。」

「阿母，我知影。」

張杏華在母親那裡住了七天，又回到山腳村。

她對母親說，是流產，她對林有成也是說流產。看來，他們都不完全相信。妹妹美蓉是知道的。

流產也要做月內。大嫂有去張家看她，還抓了一隻大閹雞過去，殺好的。

她坐在桌前看小說。她最喜歡《基督山恩仇記》，至少看了五遍。她也喜歡看《傲慢與偏見》。她已好久沒有這樣看書了。

大兄，林有成他們看《征東》，《征西》，因為這和歌仔戲的戲碼有關。她以前也看過。她也看過《紅樓夢》。中國的舊小說，她喜歡《西遊記》。

林有成走過來，雙手放在她的肩膀上，輕捏一下，而後俯身吻她。她也輕輕回應一下，繼續看書。她感到一點菸味。已好久沒有聞到這種菸味了。

「可以做嗎？」

「什麼？」

「可以做嗎？」

他的手伸到她的胸部，捏了一下。

「我也不知道。」

「阿花，妳看。」

林有成把手放在桌上，手背上有疤痕。

「我看過了。」

張杏華放下書。她知道那是他被捕之後，辦案人員在拷問他的時候，用香菸燒他的。

「很痛喔。」

「我知道。」

她在煮菜的時候也會被濺起來的油燙到。不過，香菸燒到的，應該更痛吧。

「我要燒妳。」

林有成的聲音很低沉。

「什麼？」

張杏華轉頭看他，他的眼睛閃著異樣的亮光。以前，林有成有說過。這一次，她感覺他是認真的。

嗚嗚……

林有成突然哭起來了。

「怎麼了？」

嗚嗚……

林有成說不出話來。

張杏華有一種感覺，有一種人，被強者欺負，沒有能力反擊，就想找機會去欺負弱者。這是她自小就有的經驗。很小，還沒上國校的時候，就有過這種經驗。

「真的，你可以燒我。」

「這麼明顯的地方。」

「你怕人知道？」

已不知有多少人看過他的傷痕，也問過他了。也不知他自己向多少人出示過了。

「你想燒，你就燒吧。我可以說，是我自己燒的。」

「不要……」

「不要人看到？還是不要人家知道是你燒的？」

「……」

「那你就找一塊別人看不見的地方。」

「別人看不到的地方？」

「只有你一個人看得到的。」

「那是什麼地方？」

「在我的身體上。」

「……」

「只要我把衣服脫光，才看得到的地方。」

「那是什麼地方？」

「笨。你連壞事都不會做？至少也想得出來吧？」

張杏華說，把衣服脫光，躺了下去。

「什麼地方？」

「這個地方。」

張杏華雙腿交接的地方。

「這個……」

「這是只有你才看得到，摸得到的地方。」

「不行，不行。」

「為什麼？」

「太痛。」

「你可以把我綑起來。」

「綑起來？」

「像綑豬一樣。有成，你看過殺豬嗎？」

「看過。」

「把豬綑起來，你要怎麼做都可以。」

「他們並沒有綑我。」

「他們怎麼做？」

「他們叫我把手伸出來。你說……我沒有說，他們就燒下去。」

「那你呢？」

「我不敢叫，也不敢將手縮回來。」

「你很勇敢。」

「我全身顫抖，洩尿了。」

「去拿繩子。」

「阿花……」

「去拿繩子。」

「可是豬會叫。」

「拿一塊布，塞住我的嘴。快去。」

過了幾分鐘，林有成拿了繩子和一塊布來。直直站在床前。

「動手吧。」

但是，林有成還是站著不動。

「怎麼了？」

張杏華問。

「我沒有辦法做。」

林有成蹲了下去。

「這麼好了，你把我勒昏，我就不會有感覺。」

張杏華想起她去動手術的事。

林有成伸出手掌，張開手指，捏著她的脖子。這不是第一次。她有一種感覺，他對她不滿，主要是她表示不肯生孩子，他會捏她脖子，有時真的喘不過氣。

「我沒有辦法做。」

林有成放開手。

「這比較容易嗎？」

林有成再做一次。

但是這一次，沒有用力。

「那，我自己來。」

蔡文鈴初中畢業之後，來到山腳村和張杏華同住。本來，張杏華希望她能考高中，但是在考試前她突然發高燒，住院一個禮拜。

蔡文鈴和林天福同校，蔡文鈴是最後一屆的初中，差一年。林天福是第一屆國中生。他們是來到這裡才認識的。

以前，蔡文鈴也常常來山腳村看張杏華。

「阿叔。」

蔡文鈴叫林有成。

「妳好乖，好漂亮。」

林有成喜歡摸她的臉頰。

「阿姊，我們出去。」

林天福一有空，就帶她出去，抓筍龜、撞竹螟、抓魚、摸蜆、撈田螺。

林天福國中畢業，並未考高中。他一直想做廚師。

蔡文鈴第一次來到山腳村，大姆特別煎了一個蛋給她吃。這就是加菜。大姆煮空心菜，而後把煎好的蛋放在空心菜上，而後再夾給她。為什麼？她也想不出道理。

在鄉下，煮田螺的方法很簡單，把撈回來的田螺先泡水，讓牠把泥巴吐出來，再洗一洗，用水煮，加薑絲和黑醋。

林天福說，要把同樣的菜，煮得又好看又好吃。他說他要把田螺變成料理。他告訴蔡文鈴，在國外，應該是法國，這是很珍貴的料理。

「阿姊，好奇怪，怎麼變成妳送我？」

蔡文鈴送林天福到村子的出口，也就是坡路轉向平路的地點，那裡有一條橋，橋下是一條小水溪。

蔡文鈴初中畢業，就來山腳村和張杏華同住。本來，她想考高中，或高職，張杏華也同意，只是在考試前，一連幾天，發高燒，沒有辦法應考。

她來山腳村之後，除了忙一些輕易的農事以外，就時常和林天福出去玩。像抓筍龜、撞竹螟、抓魚、撈田螺。張杏華記得，前些日子，大兄就帶她去做類似的事。當時，她也覺得很奇怪，甚至覺得可笑，那不是大兄那種年齡的人會做的事。

今年，蔡文鈴想再考，但是突然得了急性盲腸炎，住院開刀了。

依照林家的習慣，除了大兄的大兒子讀台北的大專以外，林家的人，初中畢業以後，就回到家裡從事農耕。不過，林天福不願意，他要去鎮上學料理。

桃源鎮大廟後有一家很有名的食堂，叫「五味食堂」，頭家兼大廚師是乞師。乞師的本名叫乞食，以前，都叫他乞食師，現在改稱他乞師。

乞師快六十歲了，身體矮小，不過臉圓，肚子肥，頭髮差不多已掉光了。

林天福的第一件工作，掃地，擦桌椅和洗碗盤之外，就是殺雞，殺鴨子。

殺鴨子不是難事，把脖子的毛拔一些，用刀割下去。難題是拔毛。還未完全成熟的鴨，身上的毛還沒有完全長齊，把粗毛拔下來之後，全身還留下許多細毛，要用夾子一根一根的拔。

店裡，較大的徒弟有三個，一個叫石虎，一個叫阿進，一個叫阿波。另外還有一個女的，叫阿紅。

「阿福，輪到你了。」

「什麼？」

「輪到你殺鴨子。」

石虎他們最喜歡取笑他。

乞師在買鴨子的時候，就會挑，挑完全成熟的。但是，每次有新來的，他都會挑一隻還沒有完全成熟的，讓他拔毛。為了那一隻鴨子，林天福至少拔了一個半小時。因為泡水太久，連指頭都發皺了。

第二次，乞師叫他殺雞。

「要留三根尾毛。」

以前，在家裡，正月初九拜天公，殺大閹雞，都要留幾根長長的尾毛。他不大了解。他知道拜天公不能拜母雞，或者這樣，可以表示拜的的確是公雞吧。

「哈哈哈，要留三根喔，不是兩根，也不是四根。」

又是石虎開始。

「要仔細算算看喔。」

阿波也加入。

「我來幫你。」

又是石虎，伸手要去抓雞。

「幹。」

林天福在心裡幹了一聲，把雞拿開，一順手，把尾毛全都拔掉了。

「哈，哈，哈。」

「你就是不行。」

石虎、阿進、阿波三個人都齊聲笑了起來。

「你要挨罵了。」

阿紅也加入。

「天福，你再殺一隻。」

乞師並沒有罵他。

這一次，林天福成功了。其實，這並不是什麼困難的事。乞師把煮好的雞，整隻留在廚房裡，尾巴的確留著三根毛。天福有時還會偷偷地，到近處瞄牠一眼。

「憨大呆。」

阿紅笑他。

從桃源鎮騎腳踏車到山腳村，只要三、四十分鐘，不過林天福還是很少回去。

晚上已快十一點了，乞師在前面已睡了，他們在後面，在樓梯頭那邊打四色牌。乞師家，樓下是食堂，人都住在半樓。其實，乞師的家人是住在鄉下。

「阿福，你來打牌。」

石虎他們已坐好位子。

「我不打。」

「你在寫情書？」

「阿鈴姊姊。」

「你的真姊姊？她真漂亮喔。」

阿紅說。

蔡文鈴到街上來賣菜，也會來店裡看他。

「怎麼沒有寫我愛妳。情書不是這樣寫的。」

「我愛妳，我愛妳，我愛妳。哈，哈，哈。」

阿紅說。

「我們快下去，不要吵醒師父。」

阿進說，四個人一起下樓梯去了。他們把食堂的門關起來，就在裡面打四色牌。

「真的要寫我愛妳嗎？」

林天福沒有寫信的經驗，最多，也只能寫「我想念妳」或「我很想念妳」。

「五味食堂」失火，大概是在林天福來了之後七個月的事。

「火燒厝了，火燒厝了。」

火是從樓梯那邊燒上去的。

「乞師呢？」

林天福還在寫信。

「咳，咳。」

「師父。」

林天福看到乞師在樓梯口，一手拉著褲頭，一手掩著鼻孔，濃濃的煙已從樓梯口上來。樓梯口只是一個方形的洞，乞師人胖，腳也有問題。

「師父，這邊。」

林天福拉了老師的手，往前面走。半樓是在亭仔腳上面，他知道那邊也有店窗，以前，人是從那邊將貨物吊上來的。

「師父。跳。」

「那麼高。」

「不高，不高。跳。」

林天福在學校打過籃球，跳起來可以拍到籃板。他在店裡也跳過，可以輕易的拍到天花板。

「師父，不要怕。不高。」

林天福把店窗的隔板拆掉幾塊。

「跳下來，跳下來。」

下面有幾個路人在喊。離他們伸上來的手，看來還不到三、四尺。

「唉。」

林天福看乞師還在遲疑，就用力把他推下去。

火災是怎麼發生的，警察在調查。他們懷疑可能是有人縱火，他們找到起火點，是在廚房附近。雖然是在廚房，因為已熄火打烊，沒有理由起火。有人說是燒開水，沒有關火。另外一個理由是，石虎他們四個人都很快跑出去了，沒有上去樓上叫醒乞師和林天福。有人說，火已燒起來了，無法上去。

這次火災，乞師和林天福都被嗆到，尤其是乞師，一直咳嗽不停。

「你們都出去。給我出去。」

乞師對石虎、阿波和阿紅說。

他們喜歡賭博，阿紅不大會打，卻喜歡打，已把錢輸光光了。她向阿波借，又不能還，就用身體相抵。他們二人，在店裡，像員工，也像夫妻。不過沒有結婚。她甚至懷孕，還去墮胎過。

問題是，後來，阿波有點嫌她。她要去勾引阿進，沒有成功，就去接近石虎。

有一次，就在營業時間，突然，阿波抓住阿紅，在客人面前，把她壓在地上，又打又踢，打得她哞哞的哭著，像一條牛。

這是為什麼乞師趕他們三人出去的理由。

火災是不是和這有關？不過，店面已燒壞了一部分，至少，暫時不能營業了。

「咳，咳。阿福，你救了我一條命，以後，我如能再開業，一定叫你過來。」

乞師握著他的手，給他一個小小的紅包。

張杏華去中部參加蔡家的葬禮回來，才知道家裡發生了一件大事。那是蔡根木的母親。現在，她和蔡家幾乎沒有來往，不過他們還是通知她，把她的名字列在訃文上，並為她準備了麻衫。他們認為，她還是蔡家的媳婦。

「回來了，回來了。」

張杏華回到山腳村，沿途就看到不少人在指著她。在早睡的農村，這是少有的。她一走進稻埕，就聞到了一股強烈的焦味。稻埕上也有不少人，有的圍在已燒成灰燼的稻草堆前。

「什麼事？」

張杏華走進大廳，就看到林有成躺在大廳上，臉色發白。

「有成，有成呀。」

張杏華蹲下來。

「他沒有死。」

是大兄。

張杏華想，本地的習俗，人快死了，就移到大廳等候，並把帖案上的神明用平底籮罩住。她往帖案上掃了一眼，神明還是好好的坐在上面。

「阿花，妳先去看看文鈴。」

「文鈴怎麼了？」

蔡文鈴在自己的房間裡，板門有裂痕，看來是有人踢破的。

「文鈴。文鈴。」

「阿母。」

蔡文鈴坐在床沿，身體靠在床堵上。抬頭看張杏華，滿面淚水。林天福攙著她。

「怎麼了？」

「阿叔……」

「阿叔怎麼了？」

「阿叔進去阿姊的房間。」

「夭壽仔。」

張杏華有發現，以前蔡文鈴在洗澡的時候，林有成會在窗外偷看。林家沒有浴室，洗澡是在灶前。那邊可以燒水，旁邊也有古井，可以加水。廚房裡三面是壁，第四面有一條巷路。蔡文鈴在洗澡的時候，有時，林有成還會借事，從巷路走過。

廚房，巷路那邊的窗外就是稻埕。另外對面的一邊，外面是一片竹園。有一次，林天福發現，蔡文鈴洗澡的時候，林有成在竹園裡。不過，一般的情形，那邊的窗戶很小，有人在洗澡的時候，就會關閉，煮飯的時候就打開，讓油煙出去。

「阿母，我真驚。」

「免驚，阿母回來了。」

「阿母，我手會痛。」

「哪裡痛？」

「這裡。」

「阿福，你出去一下。」

林天福出去之後，張杏華幫蔡文鈴脫了衣服，看到她手臂上，還有乳房上，有兩大塊烏青。

「真夭壽。」

張杏華拿了冷水，替蔡文鈴擦了一下身體。

「很痛。」

「我知影，我知影。」

「阿母，是天福救我。」

「呃。」

張杏華知道要用冰敷，不過在鄉村，是找不到冰塊。

「阿福，你去街仔買點冰塊。」

「現在已十二點了。」

是大兄在房外的聲音。

「大兄，有成會要緊？」

「妳還擔心他？妳知道他想做什麼？真不是人。」

「他是怎麼了？」

張杏華問大兄。

「喝了露藤水。」

「呃。有沒有吐出來。」

張杏華看到林有成的嘴角還有污跡，地上，也有濕痕，可能有吐出來的東西，已被擦掉了。

「如果喝的是巴拉松，他就完了。」

「怎麼弄他，讓他吐出來。」

「有人說灌潘（餿水），我說灌尿。先灌潘，再灌尿。都灌了。」

「都吐出來了？」

「吐了不少。」

「不會死吧。」

「看來，是不會死的了。」

「阿福。」大兄指向林天福，「聽講你放了火，燒草堆。」

「大伯……」

「你講。」

「阿叔到阿姊房間，敲門，我過去拉他，他把我推開，我的頭撞倒了壁。他很有力，我很怕。」

「你就跑出來放火？」

「我……我記不清楚了，我記不清楚怎麼放的。怎麼辦？」

「這堆稻草，我們可以用半年。不過，沒有關係。」

張杏華記得，林天福在乞師那裡，就碰到過火災。他曾經描述過火災的情形，以及他如何救了乞師。

「你是想救人，對不對？」

「我，我不是很清楚，真的，我不是很清楚。我只是想，有人看到，會趕過來。」

過了幾個鐘頭，天快亮了，林有成醒過來了，跪在張杏華面前，雙手抱住她的小腿。她想把他推開。不過，他抱得很緊。

「阿花，阿花……」

張杏華沒有回答，只是流淚。

「阿花，阿花，我只是想看看文鈴的傷痕。」

林有成指的是她開盲腸的傷痕吧。他曾經問過她，當時生小孩，為什麼不是用剖腹的。

張杏華感覺林有成一直有想傷人的意識。他喝酒，就罵人，有一次還罵大兄。

「你喝酒，就不要進來。」

張杏華對他說。

碰，碰，碰。

他會敲門，張杏華讓他在外面等著，等他醒過來。有時等到天亮，而後答應不再喝酒。

「阿花，我不會再喝酒了。」

其實，他沒有喝酒的時候，也常常把她壓在床上，捏她的脖子。

「阿花，你會原諒我嗎？」

「不會。」

張杏華有想過，林有成是善良的，從某方面看，他是個軟弱的人。他被問過，他自己說，他沒有做錯事。這件事，一直留在心的深處。有時，他想攻擊，他想傷人。是因為別人傷害他嗎？現在，他企圖自殺。而且也喝了露藤水。這是一種自我悔過，自我懲罰。他已懲罰過了。就這樣嗎？

張杏華同意，林天福帶蔡文鈴去嶺頂村。嶺頂村離山腳村只有幾公里，不過要爬上一段山路。

尤大川是林天福的國中同學，他們二人都沒有升學，尤大川不升學，是因為家裡在養羊，賣羊乳，人手不足。其實，還有一個原因，就是家境不很好。

尤大川他們也有一塊山坡地，不過比林家小很多，他們砍掉一些相思樹，種了牧草。本來，養羊人家，都趕著羊群，到處吃草。因為有一次吃到乾草劑之類的農藥，死了兩隻羊，尤大川的父親就打算自己種牧草。

「我喜歡牧草的香味。」

蔡文鈴和林天福坐在牧草田的邊緣，風吹了牧草，輕盪著綠色的波浪。

「其實，我更喜歡剛割下來的時候的香味，更香。」

「沒有錯，我也更喜歡。剛割下牧草時，那濃烈的香味。」

「阿姊，妳看那是什麼？」

「白鷺鷥呀。」

「很漂亮。」

「對喔。」

兩隻白鷺鷥，一前一後，有時是並排，飛過山林，飛過一片深綠的山林。白和綠，相襯，看來那麼鮮明，那麼清純。

「阿姊……」

林天福拉了蔡文鈴的手。

他們兩個人都還在學校的時候，蔡文鈴來山腳村找張杏華，他們就很快熟起來，林天福帶著蔡文鈴到處玩，告訴她這是相思樹，那是觀音竹，教她如何用竹魚具捕魚，有時還用手去摸泥鰍，有一次林天福還摸到一條紅豬母蛇。

「啊。」

蔡文鈴大叫一聲。

「不用怕，紅豬母沒有毒。」

「為什麼叫紅豬母？」

「妳看，粉紅色的肚子，很美喔。」

林天福把肚子翻上來。

「快放走。」

林天福把蛇放回水裡，看牠游走，再將手洗好，伸給她。

「做什麼？」

「它抓過蛇，妳敢抓它嗎？」

蔡文鈴沒有說什麼，就伸手抓住他的手。從此以後，他們就常常手牽手。

「阿姊，昨天晚上吃飯的時候，阿川的母親說，要妳做阿川的某。」

「嚇，她是說玩的啦。」

「我看她是認真的。」

「他跟你同年，都小我一歲。」

「阿姊，妳看。」

又有幾隻白鷺鷥飛過去。

「很美。」

「阿姊，聽說，很多鳥都是一對一對的飛。」

「真的嗎？那白鷺鷥，不是一群，一群的飛。」

「我是說像斑甲。」

「呃，斑甲是成對的嗎？」

「斑甲是一種鴿子。我有同學養賽鴿，聽他說，賽鴿是終身配的。」

「呃，是嗎？」

「阿姊……」

「什麼事？」

「我想看妳的傷痕。」

「傷痕？」

「阿姨替妳敷冰塊的地方。」

蔡文鈴受傷，隔天一早，林天福就到街仔買了一大塊冰塊回來。

「你沒有看到嗎？」

「沒有。」

蔡文鈴把衣袖捲起來，露出手臂。

「阿叔怎麼做這種事，很疼嗎？」

「現在好一些了。」

「阿姊……」

林天福說，輕撫著手臂上的烏青。他的手同時碰到了她的乳房。

「阿福，不可以。」

「阿姊，那裡是不是也有烏青。」

「……」

「阿姊。」

「阿福，我們回去。」

「阿姊……」

林天福說，解開她的衣扣。蔡文鈴也沒有再阻止。

「阿姊，怎麼這樣。」

左邊的乳房，有一半烏青了。

「阿福，你不要欺負阿姊。」

蔡文鈴說，眼眶已紅了。

「阿姊，我心痛，很痛。」

「阿福，好了，好了，已看到了。」

「等一下。」

林天福說，拉開衣服，看到了她的小腹，看到了那一條開刀的傷痕，伸手摸著。

「阿福，你這樣，不是和阿叔一樣？」

「不一樣，不一樣。阿叔不能娶妳，我可以。」

「什麼？」

「我要娶妳。」

「你比我小。」

「我不小了。我已經長大了。」

「……」

「我們要像那些白鷺鷥，一起飛來飛去，像斑甲，咕咕咕—咕。一叫一應。」

「不行。」

「為什麼？」

「我要問阿母。」

「阿母，從來就不阻止我們。」

「不行，不行。」

「我看到了。」

「看到了什麼？」

「毛。妳有毛，我也有毛。我們都長大了。」

林天福把蔡文鈴壓倒在牧草上。草是柔軟的，卻有點刺痛皮膚。

被身體壓過的牧草，就好像割下的牧草，滲出更強烈的香味，微風吹過來，拂撫他們的身體。

嘎，嘎，嘎。

兩隻白鷺鷥伸直著腳，拍著翅膀，飛過相思樹林。

「阿福。」

「阿姊。」

「我不是阿姊了。」

「妳還是阿姊。」

張杏華打電話給石世文。自從那個晚上分手以來，已十七年了，或者已十八年了，她第一次和他說話。她說，她的女兒蔡文鈴要去找他。

「有點事，她想和你商量一下。」

蔡文鈴已和林天福結婚。他們曾經去找乞師。乞師的房子已修理好了，不過沒有打算再開業，所以店面已沒有裝修。

「起先，你可以先租一半，一半店面，以後有機會再擴充，我會協助你們。」

乞師建議，他們先開魯肉飯店，先賣價錢低，銷路多的，就是薄利多銷。魯肉飯，加肉羹，或魚丸湯。只這樣。因為店就在市場附近，地點好。

「最重要的是味道。」

乞師教他們，加了一點佐料，在魯肉以外，還加一點香菇和金蛟蝦之類的氣味。

「店面，你們要自己裝修。」

「阿母，可不可以向阿姨她們借一點錢。」

蔡文鈴問張杏華。

張杏華打電話問石世文。石世文很快答應，也約好了時間。

「石叔叔。」

「妳是。」

「我是文鈴，他是天福。」

「文鈴，怎麼寫？」

「文章的文，鈴鐺的鈴。」

「呃。我叫世文，世界的世，也是文章的文。妳也可以叫我世文叔叔。」

石世文，眼睛很快的往兩人身上掃了一下。

「世文叔叔。」

「文鈴，你媽媽很好嗎？」

石世文捏了蔡文鈴的手，看著她的臉，而後把視線移到她的小腹上。

「你們結婚了。」

「嗯。」

「你媽媽說，你們想開餐廳。」

「先開小吃店。」

「呃，小吃店？」

「天福以前的師父，想把一半店面租給我們，要我們先整修一下。」

「要多少錢？」

「大概要三萬元。師父以前開餐廳，有些舊的碗盤，要便宜賣給我們。他有很多熟客。」

「呃，你們等一下。」

石世文打開抽屜，給他們三萬元。

「這是三萬元。你們年紀還小，先把基礎打好，錢可以慢慢還。」

「謝謝石叔叔。世文叔叔。」

「文鈴，妳要好好照顧身體喔。」

石世文看了她的臉，也看了她的小腹。把她拉近，輕輕抱住她。

林天福和蔡文鈴開的魯肉飯店，生意很好，已有儲蓄了。大概在第四年，他們把借的錢還給石世文。石世文說不急，他們還是還給他。

「文鈴，妳已生了小孩了？」

「嗯。」

「像誰？」

「像她。」

林天福指著蔡文鈴。

「有一天，要帶小孩來給我看喔。」

「我會。」

有人建議，他們要擴充。但是，他們都很小心，只是多請了二個小女生，和一個小男生來幫忙。

開始林有成也來幫忙，但是他意見太多，又因為以前發生過他想侵犯蔡文鈴的事，他們就沒有再讓他來店裡了。

林有成病倒了，是腦溢血。醫生說可能酒喝太多了，菸抽太多。

開始，他有住院，醫生說，只能這樣。為了考慮醫藥費和住院費用，他就搬回家來了。

從經濟的觀點，林天福他們可以負擔林有成的醫藥費。不過，林有成還是要回家。

三餐都是由張杏華餵食。大概又過了十個月，他第二次中風，又住院。

第一次，他半身不遂，不過可以自己坐，也可以拄著枴杖，緩慢的走幾步。有時，也要叫張杏華扶他。他很重，不過張杏華還是會扶著他。

這一次，他中風，雙腳已經完全癱瘓。他又住院了。他已無法自己吃東西了，都要人工灌食。

「阿……威。」

林有成是要叫「阿花」。

「阿……威。」

林有成睜大眼睛看張杏華，半張著嘴，手好像要抓什麼，嘴角流著口水。

「你要做什麼？」

開始，張杏華並不了解。

「阿……威。」

林有成伸長著手。

張杏華坐近他。他舉起顫抖著的手。艱難的伸到她的胸部。

「你要摸？」

「阿……」

張杏華拉了他的手去摸她的胸部。

「阿……」

「你還要什麼？」

「阿……」

林有成用力嘟著嘴。

「你要吮它？」

「阿……」

「這裡是醫院呢？老不修。」

「啊……」

張杏華把布簾拉過來，圍住床，把乳房掏了出來，壓在他嘴上。

有一天，上午，大兄突然拉開布簾進來，看到了。張杏華看了他一眼，慢慢拉攏衣襟。

「阿花，真失禮。」

「大兄，無要緊。」

「阿花，你們應該要結婚。」

「為什麼？」

「不然，妳分不到財產。」

「天福可以分吧？」

「天福當然可以分到。」

「天福分到，不就是文鈴也分到。那我，我不需要了。」

「呃。你這個查某人，你這個查某人，那會無同款。」

大概又過了一年半，林有成過世了。

在這一年半期間，林有成時常在半醒半睡的狀態，他的手腳也完全無法控制，腳無法跨步，手也顫抖不已，拿不住東西。

「嗚，嗚，嗚。」

林有成突然哭了出來。他想伸手，卻伸不出來，只有手張張合合，想抓東西。

張杏華正想掏出乳房。

「不要打我，不要打我。」

「有成，是我，阿花，沒有人打你。」

「不要打我。」

林有成顫抖起來。

「有成，沒有人打你。」

「不要燒我，不要燒我。」

林有成全身不斷顫抖著。

「有成是我，是阿花，沒有人燒你。」

「嗚，嗚，嗚……不要燒我，不要燒我……」

林有成歪著嘴角，口水也直流了出來。

「不要燒我，不要燒我……」

而後，短促地噓了一口氣，他走了。

蚵仔麵線

石世文因腸阻塞，去醫院急診，醫生叫他去照X光，護士替他灌腸，給他吊點滴，因為病人多，暫留區已沒有空位，一個歐巴桑把他連床推到走道，放在靠牆的位置。走道上，有微微的冷風吹過來。他轉頭一看，他的前面，腳的方向，已有另外一床，病人用被蒙著頭部，另外一個人，從走道的遠處向這邊走走停停，眼睛一直盯著牆壁。牆壁是帶有薄薄乳黃的白色。

「高老師，你怎麼在這裡？」

石世文正在打點滴，抬頭看了一下。

「呃，是石老師。這是我兒子。」

高維南指著走道的另外那一床。

「是永泰嗎？他怎麼了？」

石世文記得他的名字。

「高三了，快聯考了，還天天打球，打幾個鐘頭，滿身流汗，而後猛灌冰水，灌到胃發炎。現在的小孩，就是不聽話。」

「呃，真的？」

「是真的。不看你們家小孩，多聽話，都大學生了？」

「老大，大學畢業了。」

「永泰，不要裝睡，沒有叫石老師？叫石阿伯好了。」

「病人都很累，讓他睡覺吧。」

孩子沒有動，依然棉被蒙著頭部，只露出頭髮。

「人無遠慮，必有近憂。這真是名言，人的一輩子，什麼時候都會碰到情況。石老師，你說對不對？」

「聽說高老師教數學以外，還自己讀了不少古籍。」

「有人看不起古籍，那些都是人類的智慧，都是寶呀。」

「真的，不過，有很多道理，很深，實在不容易了解。」

「石老師，這樣好了。你年紀大我幾歲，我叫你世文兄，你叫我維南。可以嗎？」

這件事，高維南以前就提過，不過，已好久沒有見面了。

「好，好。」

「我教數學，數學越深入，才發現，在古籍裡有很多和教學有關的高深道理。數學不但深，而且美。」

「呃。」

「數學是一種技巧，這是一般人認識的，它也是無窮無盡的道理。」

石世文曾經聽他說過。

「$E=mc^2$，這個算式看來很簡單，它卻蘊藏著宇宙的祕密。其實宇宙大道理都藏在數學裡面。像『波旺卡列的推測』，意圖要用算式去解明宇宙的形狀，為了證明這個算式，八、九十年來不知毀了多少大數學家的一生。在中國像伏羲的八卦，其實也是很精深的數學，是二分法，陰和陽，可以把它想成零和一，它的變化是無窮的。你知道，八字的變化有幾種？」

「我沒有算過。」

「一個甲子等於六十，八字是甲子四次方的組合，也就是接近一千三百萬種的變化。」

「呃，有那麼多。」

「有呀。世事萬端，變化無窮。還有你們畫畫，也會應用到數學的原理吧？」

「我們沒有直接用，不過我們多少也了解，像達文西的永恆的曲線，像黃金比例。可能還有很多……像對稱，像平衡，我沒有深入研究。」

「世文兄，你很不錯，一般藝術家，都認為藝術和數學無關。了解數學，尤其是數學中所含的一些奧祕，一定會增加藝術的深度。」

高維南說完，又順著走道走開。

數學和繪畫的關係，石世文知道的並不多。他知道黃金比例，他知道遠近法，還有米羅維納斯的身材比例，那是女人美的一種重要數碼。不，這不完全是數學的問題。

以前，他畫畫的時候，曾經想到一個問題，畫的重點在哪裡？他忽然想到三角的五心中有一個重心，畫的重心在哪裡？一張紙不管什麼形狀，它必定有重心。他又想到，畫有重心，不一定是三角形那種重心，對稱不是重點，和諧才是。只要心中有一個重心。

「呀，石老師，你怎麼也在這裡。」

是阿秀，帶著一個女孩。

「腸阻塞。」

「腸阻塞，嚴重嗎？」

「開始很痛，現在已好多了，可能打完點滴，就可以出院。」

「里美沒有來？」

「她不知道，我一個人來。以前發生過也是一個人來。」

「怎麼可以這樣？」

「她事情多，時間又這麼晚了。她明天還要上班。」

「你沒有告訴她？」

「沒有。」

「怎麼可以？」

這時，高維南正順著走道走回來。

「你在做什麼？」

「走走。」

「叫爸爸。」

「爸爸。」

「永珍先去看哥哥。」

「哥哥。」

女兒走過去，半蹲，伸手拉兒子的手。

高永泰伸頭出來，對妹妹笑笑。

「他怎麼了？」

「胃痛。」

「現在怎麼了？」

阿秀直看著高維南。

「好很多了。」

「永珍，妳帶爸爸出去講講話。」

永珍遲疑了一下。

「去呃，你們已好久沒有見面了。」

高永珍牽了高維南的手，往暫留區那邊走出去。

父女出去之後，阿秀就到兒子床邊，拉了他的手，摸摸他的前額。

「還很痛嗎？」

「有一點。」

「哪裡？」

「這裡。」

高永泰把被子掀開，撩起衣服，指著肚皮。

「會痛嗎？」

阿秀用手輕壓兒子的肚子。

「不會。」

「會想吐？」

阿秀捧住他的兩頰。

「現在沒有了。」

「你瘦了。」

「沒有呀。只是沒有肥。」

高永泰微笑著。

「還打球嗎？」

「要打一點球，才念書。」

「打球會影響功課喔。」

「不會。不打球，就沒有精神。」

「確定？」

「確定。」

「有沒有吃東西？」

「醫生說現在還不能吃。」

「什麼時候可以吃？」

「明天上午看診之後，再看看。」

「現在呢？」

高永泰沒有說話，手指著點滴瓶。

「要再打幾瓶？」

「我也不知道。」

石世文和阿秀認識，已二十多年了。阿秀在小公園旁邊的小巷口開一個小店，賣蚵仔麵線。石世文是因為吃蚵仔麵線和她認識的。那個店，本來是她父親開的，她有空就去幫忙，有一次父親跌倒，骨頭裂縫，本來想暫時休息，她說她可以做。

她學著父親，先把大腸和蚵仔煮好，把大腸放在小罐裡，另外一個小罐放蚵仔，她從大鍋裡，先勺好麵線，放在碗裡，把大腸夾起來剪幾塊下去，再用小湯匙加幾顆蚵仔。大腸的量，每一碗差不多，蚵仔就不同，一般五顆，她很準，湯匙一勺就是五顆，有時蚵仔較小，她就再加一兩顆補上。石世文，開始也是五顆，吃熟了，每次都勺兩小湯匙，大概有十顆。

石世文記得，小時候，在舊鎮媽祖宮對面的市場，一側有好幾家小吃店。阿心麵店是很有名的，更有名的是一句話：「阿心賣麵，看人灑油。」那時多用豬油，炸油蔥，把它澆在麵上面，實在太香了。不過，阿心看到熟人，就多加一點油蔥，所以才有那一句話。

石世文不知道阿秀為什麼多給他蚵仔，可能是常客。那時，他已結婚，也常常和林里美一起去吃。

高維南和阿秀認識也是因為常去吃蚵仔麵線。他也是兩湯匙的。

有一次，石世文發現高維南在店裡幫忙。他把上衣脫掉，掛上圍巾，主要是由阿秀勺好麵線，由他端給客人。

高維南教數學，喜歡考人。聽說，他考過阿秀兩個題目，阿秀因為幫父親看店，只讀到初中，高維南考她的兩個題目，她都解答了。

「一加到一百，總共多少？」

「五千五十。」

「妳怎麼算的？」

「在學校，老師有教過。」

「初中？」

「不，小學。」

「有一面牆，有一個人，有一顆球，那個人要先碰到牆，再去拿球，怎麼走是最短距離。」

「把牆看作一面鏡子，在鏡子那邊有一顆球，人往鏡子裡面的球，直線走，碰到牆，就折回來取球。」

「妳是怎麼想的？」

「很簡單，我們女人，天天照鏡子，自然會想到。」

「呃，妳真天才。」

「你要記得折回來，不要撞牆。不過，會撞牆，也是一種天才。」

「石老師，你是教生物的，好的種子很重要吧。」

「我想是吧。你要養什麼？」

「養女人呀。」

「哈哈，養女人無簡單喔。」

「阿貓阿狗不會照顧自己，有些女人很會呀。」

「世文，阿秀要和高老師結婚了。」

林里美去買蚵仔麵線回來。

「我想，這是一定的結果。」

「她問過我意見，好像有點不放心。」

「妳說是阿秀，為什麼？」

「她說高老師很怪。」

「學者、科學家，都有些怪。」

「還有藝術家。」

林里美低下頭，笑著。

「我還不能算是藝術家吧。」

他們結婚之後，高維南和以前一樣，只要有空，就會去幫忙。依然是阿秀勺麵線，高維南端給客人。阿秀懷孕了，他們繼續做，小孩出生了，要做月子了。要暫停營業嗎？高維南想了一個辦法，暫時只賣黃昏時分，由他主持，另外請了一個工讀生來幫忙。

「每一個客人要一樣，每一碗也要一樣，五顆蚵仔。」

高維南說，不過，他沒有阿秀那麼準，有時還要看著湯匙算一算，把多的放下，不夠的多勺一次。

他說，一加一只有一種結果，有人會證明一等於二，那是因為用零去除的結果。學過數學的人都知道，用零去除任何數字都是沒有意義。

他們的生活看來很平順，也可以說是很和諧，高維南繼續教書，阿秀繼續賣蚵仔麵線，還繼續生小孩。不到兩年，生了兩個。石世文去吃蚵仔麵線，阿秀還是勺給他兩湯匙，這是違反高維南的新原則。

「我認識石老師比你早，我不想改。我知道一不等於二，我也知道一加一是等於二。」

除了石世文以外，她另外幾位老主顧，照舊兩湯匙蚵仔。

「妳，也要聽聽我的話，不要一直說妳的話。」

「我什麼時候沒有聽。我什麼時候一直說我的話。」

「女人最大的問題就是話多。要知道，剛毅、木訥、近仁。」

「不要一直跟我說大道理。」

大概在兩年前，阿秀的蚵仔麵線停賣了一個多月，是因為她的父親過世。石世文和林里美有去參加告別式。

「我們離婚了。」

在阿秀的父親過世百日後，石世文去吃蚵仔麵線，阿秀告訴他。

「為什麼？」

「我父親病危，高的拒絕去醫院看他。」

「為什麼？」

「你看。」

阿秀拿了一張紙條，上面寫著：

壬寅壬午連庚午
甲寅乙卯己卯逢
聖人傳下此六日
為人探病替人亡

「那一天，他不去，父親就在醫院裡斷氣了。」

「我沒有想到會那麼快。」

他辯解。

「你以為你去了，死的不是阿爸，而是你？你相信？」

「這是聖人的話呀。」

「哪一個聖人？」

「聖人就是聖人。」

小時候，石世文知道民間有聖人信仰，說聖人不會亂說話，他說的話一定成真。他聽過陳布衣這個名字，不過不知道他是誰。

「我把他趕出去了。兩個小孩，一人一個，由他挑。」

他們有兩個小孩，一男一女，高維南帶走男的，就是躺在病床上的這個，高永泰。

「石老師，你有要緊嗎？」

阿秀已問過兩次了。

「護士說，要再打一瓶點滴就可以出院了。開始很痛，我怕沾黏。」

「呃，那還好。」

「小孩，永泰也沒有問題吧。」

「沒有發燒，你看他在笑。」

阿秀再伸手摸摸高永泰的前額，用手指在他的臉上畫了一下。

「你想吃什麼，媽媽煮來給你吃。」

「現在還不能吃。我想吃什麼，我會去找媽。」

「他們兄妹，沒有說話？」

「有呀。他們現在同一個學校，常常會碰到。」

「他們父女去哪裡？」

「沒有關係。他們說話，不會很久。」

「你們會再一起？」

「我想不會吧。」

「他有再去吃蚵仔麵線？」

「有呀。」

「是一湯匙，還是兩湯匙？」

「兩湯匙呀。」

「他沒有反對？」

「沒有。」

「你們真的就這樣分手了？」

「對。我們都簽名了。」

「你們可以再……」

阿秀輕笑一聲，沒有回答。

「石世文先生，這是繳費單，出院的時候，去門廊那邊繳。」

護士拿了一張單子給石世文，一邊看著點滴瓶，還用手指捏了兩下。

「媽，我們回來了。」

女兒牽著父親的手。

「妳有跟爸爸講話？」

「爸爸講，我有聽。」

「嗯。我們要走了，去跟哥哥說再見。」

「哥哥。」

女兒拉拉男孩的手，忽然抱住他的頭。

「哥哥再見。」

「永珍再見。」

「跟爸爸說再見。」

「爸爸再見。」

「再見。」

「你出院，記得來看媽媽。」

兒子沒有回答，只是輕輕的點頭，臉帶著微笑。

高維南看著母女兩人離開，突然冒出一句：

「唯女子與小人難養也。」

然後走向走道，眼睛盯著白色的牆，停下來，很快伸手，啪，而後看著牆，再看看自己的手掌。

兒子又拉了棉被蓋住臉。

學生畫家

在公園

已經有好幾次了，石世文看到一個女學生在公園裡，替人畫像。她應該是附近大學美術系的學生吧。

前些日子，有三個人，現在只剩她一個人了。

她坐在花圃的矮牆上，旁邊有一個畫架，上面夾著幾張已畫好的畫像，有一個老人，一個年輕人，一個兒童，三個都是女人。另外有一張，兩個女人，一大一小，應該是母女。

她穿著牛仔褲，上衣也是，都是舊的，上面有顏料的痕跡。她把衣袖捲起來，露出細細白白的手臂。整個人給人的印象，是細瘦的。她的頭髮，剛好披到肩膀上，前面用夾子挾著，不過有幾把垂下來，有點散亂。

在畫架上，貼著價碼。

她畫畫，先用鉛筆做簡單的素描，然後塗上水彩。

石世文沒有去過巴黎，不過他知道那裡有一個叫蒙馬特的地方，有一些還未成名的畫家，在那裡替旅客畫像。沒有客人的時候，他們就畫風景，很多人畫旁邊的聖心教堂，那是一個景點，可以練習，也可以出售。

女學生畫得很迅速。沒有做畫的時候，她也是拿書出來讀，有一本是塞尚的傳記。

今天，似乎沒有客人。

「漲價了？」

石世文瞄了一下價目表。

「我的畫，是有些進步了。」

「妳只畫女人？」

「沒有男人找我畫。」

「呃。」

石世文看到老周坐在榕樹下，就走去，坐在他的對面。

「阿伯，我來幫你畫一張。」

女學生走過來，對老周說。

「畫我？」

「對。」

「我付不起。」

「沒有關係，我送你。」

「呃。」

「我看你，常常在公園裡打掃，也沒有拿錢吧。」

女學生去把畫架搬過來，坐在另外一個椅子，在老周的斜對面。

石世文正想站起來。

「石老弟，你也看一下。」

「好了。」

女學生先用鉛筆畫了輪廓，修正一下，而後塗上水彩。

「妳畫得很快。」

「還沒有完全乾喔。」

女學生將畫拿給老周。

「沒簽名。」

女學生簽了香君兩個字。

「石老弟，你幫我看一下。」

「筆，可以借我一下？」

石世文說。

「什麼？」

「畫筆借我一下。」

「哪一枝？」

「隨便。」

本來，石世文想用手指頭。

女學生有些不了解的樣子，不過還是拿了一枝畫筆給他。他蘸了一點顏色，就在畫像的眼角和嘴角點了一兩下。而後在額頭塗兩筆。

「哈哈！我變老了。至少老了十歲。石老弟，你真會惡作劇。」

老周說。

「我知道，你沒那麼老。妳看，他的眼睛，嘴角還歪了一下，不是嗎？」

石世文轉頭對女學生說。

「我知道，我這個石老弟也在畫畫，不過，我不知道他的功夫好不好？他已答應替我的女兒畫一張呢。」

老周說。

女學生看看畫，再看看石世文。她的眼睛睜得很大。

「你是老師？」

「是。」

「美術的老師？」

「不是，我在高中教生物。」

「教生物？學生會很調皮？」

「看妳怎麼看他們。」

「你很冷。」

「什麼？很冷？」

「你的筆。」

「我以為說我的人。」

「你的人……」

「會嗎？」

「老師。」

「叫我嗎？」

「對。」

「什麼事？」

「你可以教我？」

「教妳？教妳什麼？教生物？」

「老師，我說真的，我可以和你談談畫畫的事？」

「我是不搞理論的。」

「老師，你有幫人畫過畫像？」

「以前，我幫我老師畫過電影的大看板。」

「老師，你真的沒有畫過人像？」

「有畫過，沒有成功。」

「為什麼？」

「被退件。」

「為什麼？」

「他們說，不像。」

「像很重要嗎？」

「當然很重要。」

有些人，是打算拿它來做遺像的。石世文想。

「我看，老師的問題，不是像不像的問題。剛才看老師輕輕的點一下，會改變人的相貌。老師有這種能力，像不像，不是問題。我可以請問老師嗎？」

「我先問妳，台灣的畫家，妳最喜歡誰？」

「喜歡……或者可以換一個角度，印象最深刻的，應該是陳澄波。」

「陳澄波？」

「對。」

「為什麼？他的人？還是他的畫？」

「兩邊都有。他後期的畫，好像很陰暗。」

「我沒有注意到他後期的畫。」

「我看過他的遺像，就是他的屍體。」

「聽說，他死得很冤枉。」

「我也這樣覺得。」

「喔，那中國的畫家呢？」

「中國的畫家，我知道不多。」

「那西洋的？」

「哥雅。」

「原來……那妳一定知道他有一幅是叫〈一八〇八．五．三〉吧。」

「還有一幅〈一八〇八．五．二〉，我提到陳澄波的遺像時，就想到這一些了。」

「喔。哥雅有一幅畫，畫的是皇帝的家族？」

「它叫〈查理四世一家人〉。」

「妳很熟。如果妳是查理四世，妳會接受這一幅畫？」

「呃，我了解了。我了解了，為什麼無人委託你畫，有人委託，後來又不接受。他竟把皇帝畫的那麼窩囊。」

「妳，很不簡單。」

「老師，你可以告訴我，他們為什麼不接受嗎？」

「這個……」

「老師，我可以去看你的畫嗎？」

「這個……」

「老師。老師。」

女學生說，傾前，拉住他的手。

來訪

杜香君來訪，林里美在家，是她開了門。

石世文的家在四樓，屋頂，五樓的一半加蓋了一個畫室，另外的一半，放了二、三十個大大小小的花盆，也算是一個小花園，平常由林里美整理，有時石世文也會去除草或澆水。

林里美帶杜香君上五樓，而後下去泡茶，再端了上來。

「謝謝師母。」

「不用客氣。」

林里美說，到了外面，看了一下花盆，而後下去四樓。今天早上，石世文已澆了水。

「老師，上次我忘記問你，台灣畫家，你喜歡哪一位？」

「李石樵老師。」

「為什麼？」

「他是舊鎮出身，是我的鄉長。」

「這很重要嗎？」

「他是我老師的老師。我提過，我有一位國校老師，他喜歡畫畫，後來也畫電影的大看板，叫我幫忙過。」

石世文想起洪老師，聽說，洪老師畫好了一張畫，就去找李石樵指點一下。現在，洪老師選過議員，也選過鎮長，已完全走入政界了。

「老師，李石樵老師有什麼優點呢？」

「妳看。」

石世文從書架拿下一本畫冊，翻到一頁，上面畫著一位穿軍裝的軍官。

「大將軍。」

「對，它的題目就叫〈大將軍〉。」

「這個大將軍有些可怕。」

「妳這樣看嗎？」

「這畫的是誰？」

「妳看不出來嗎？」

「也許，是老……」

「這是一九六四的作品，當時，畫這種畫，不殺頭，也要關幾年吧。」

「有那麼嚴重嗎？」

「畫這種畫，需要勇氣，也是品格的表現。因為在那種時代，有槍桿的人，是可以隨便殺人的。妳不是提到陳澄波嗎？」

「呃，我了解了。」

「上次，妳不是提到哥雅的〈一八〇八．五．三〉嗎？」

「好可怕喔。」

「人走了，時間也過了，畫留下來了，時間停止在那裡?這幅畫變成了歷史。」

「我，我也有這種感受。現在，我可以把幾件不同的事，連在一起了。」

「妳說，要研究繪畫史？」

「我想畫畫，不過怕天分不夠。或許，我可以一邊畫，一邊研究，說不定可以找到一個著力點。」

「每一個人，都應該要有自信，尤其是一個藝術家。」

「我知道，不過……」

「如果妳要研究繪畫史，是台灣的繪畫史?中國的？還是西洋的？」

「主要是西洋的繪畫史。我的重點是台灣，不過台灣受外來的影響，我是想，看看能不能找到一些原點。」

「妳的想法很好、很對、也很大，很不簡單。」

「這一點，要請老師多教我。」

「妳不研究中國的？」

篤、篤、篤。

這時候，林里美又端茶上來。除非是熟客，林里美很少端二次茶的。

「慢用。」

林里美說。

「謝謝師母。」

「世文，我出去一下。」

林里美說，下去了。

「暫時不會吧。」

「為什麼？」

「我粗略的感覺，中國畫的主題、重點在花鳥、山水、仕女，較屬個人的，個人的趣味，或個人的修為。」

「妳是說，看不到民眾？」

「老師，哥雅不是因為看到了民眾，而放棄宮廷？」

「香君，我了解妳了。」

石世文說，從書架上拿下一幅畫。

「這是誰？」

「妳看他像誰？」

「很面熟，是洋人嗎？」

「不是洋人，是台灣人。他是一位大學教授。」

「這個人，很不一樣。」

「妳看他像誰？」

「馬克思？」

「妳很有眼光，也很有想像力。這一幅，算是草稿。正式的，那個委託人拿走了。他掛在大廳上，有人去密告，說我把他畫成馬克思。」

「連這種事，都有人去密告？是誰？」

「很可能是他的朋友，才能看到那幅畫像。」

「人是淪落到這樣地步？」

「聽說，檢舉有獎金。」

「呃。」

「妳今天，和我說的話，也可以密告，不過現在情況好多了。所以，妳沒有那種感覺。」

「後來呢？」

「他們把人和畫拿來對照一下，的確很像。不過，他們還不肯了事，問為什麼頭髮是黃的，眼睛是藍的。」

「是染色的嗎？」

「那時候，還沒有人染頭髮。我說，是光線的關係。不知道妳有沒有看過雷諾瓦的一幅畫，一個女人的裸體，上面有各種顏色。他們不相信，我找了一些畫冊給他們看，的確，頭髮有黃色的色調。」

「那眼睛是有點藍色？」

「我就找那張名畫給他們看。光線會使顏色千變萬化。」

「呃，就這樣結束了？」

「他們似乎有一點不甘心。」

「他們和你們做老師的一樣，雖然工作性質很不一樣，也一樣拿國家的薪水？」

「對呀。這就是現在的情況。其實，還有一件，或許和畫畫沒有直接關係，卻發生在學校裡面。」

在大掃除的時候，有同學在搬桌椅，不小心，桌角碰到玻璃窗，玻璃裂開，就在左上角，裂成扇狀，同學就剪紙把它黏住。有人去密告，可能是老師，也可能是學生，因為玻璃窗就在走廊旁邊，說它像五星旗。有人來調查了。

「有事嗎？」

「後來學校出面保證，大事化小事。」

「真的嗎？我是說有人去密告。」

「有可能。」

「我們在學校，也有可能呀。叫職業學生。」

「對，叫職業學生。上帝是無所不在的。」

「什麼？」

「現在，雖然比以前好，不過，還是要小心。比如說，妳如想出國留學，有時，是出不去的。只因連自己都沒有注意到的事。或認為不值得注意到的事。」

「你們做老師，領人民的錢，他們也領人民的錢？」

「是呀。」

「老師常常替人畫肖像？」

「上次，我不是有提過？」

「為什麼？」

「沒有人想買呀。」

「為什麼會這樣？」

「來，來。我給妳看幾張畫，這些都是人家委託的。結果都被拒收了，是失敗作。」

石世文取出三幅畫。

「這一張怎樣？」

「大胖。大商人，臉胖胖的。以前，中國皇帝的肖像，不是都喜歡福相嗎？這就是福相，他們不接受。」

「這一張呢？」

「嘴角有點歪。他是名律師，靠一張嘴巴，只贏不輸。」

「所以嘴是歪的。聽說，嘴歪，心也歪。」

「這倒不一定。不過，從象徵性講，可以講得通吧。」

「還有一幅？」

「也是大將軍。沒有戰爭的時代，做軍人很不錯，做大將軍，更風光。」

「這一張，怪怪的。沒有李石樵的畫可怕。不過怪怪的。」

「哪裡怪？」

「勛章嗎？」

「沒有錯，是勛章。勛章太大。」

「勛章太大，也會有問題？勛章不是越大越高嗎？」

「他們說不和諧。日本有一位作家，叫芥川的，他說軍人和小孩，最喜歡佩勛章。我想到小孩佩勛章，比例上，勛章自然大一點。」

「但是他們都是上年紀的人呀。」

「妳看看比例，小孩的頭比較大。」

「沒有錯，沒有錯。這個將軍的臉，是小孩的臉。老師，你好冷喔，難怪人家不接受。你不在乎？」

「在乎也沒有用。」

「老師，你沒有畫過女人？」

「畫女人？」

「女人的肖像。」

「沒有，好像沒有。」

「女人的畫呢？」

「應該有吧。」

「老師，可以讓我看一下？」

「這個……」

「老師……」

石世文去找了一張，以前畫的，是張杏華在溪邊洗衣服的畫。

「老師，我很喜歡這種風景。有沒有個人的？」

石世文再拿出一張，張杏華坐在溪邊，岩石上，上面有樹枝。當時，也想到雷諾瓦的畫像，不過是有穿衣服的。

「老師，這個人是誰？不是師母吧？」

「怎麼了？」

「好迷人。」

「迷人？」

「我用錯了形容詞，她是誰？女友？」

「以前，在鄉下教書，碰到的。算是模特兒。」

「模特兒？有畫過裸體？」

「妳怎麼想那麼多？」

「這個女孩，身材那麼好。」

「我有畫過，沒有畫好，不能給人看。」

「老師……」

「真的，不能給人看。」

「師母也沒有看過？」

石世文想起，托爾斯泰在結婚前，玩過女人，還寫在日記上。結婚後，給太太看日記，太太哭了，並原諒他。

「她對畫畫沒有興趣。」

「真的。」

「有一次，我畫香蕉，香蕉皮長出許多黑點。她說那些壞掉了，把香蕉換掉，換了一串新鮮的。另外一次，我畫煮飯花，她還特地去買了玫瑰回來，讓我畫。」

有一次，安全人員來家裡檢查之後，林里美告訴他，世文，你把書教好，畫少畫一點。我會把銀行工作做好，我會生小孩。我會讓你滿意。她生了三個小孩。其實，在結婚前，她就說過同樣的話。

「老師，我又想到了哥雅的瑪哈……」

「香君，妳會讓我畫嗎？」

「不行，不行。」

「為什麼？」

「我的身材不好。」

杜香君細細瘦瘦，不是豐滿型的。不過，不管什麼型的女人，都可以畫成好畫。

「老師，瑪哈是一個很幸運的女人。」

「喔，為什麼？」

「因為哥雅把她畫了下來。」

「我沒有哥雅的才能。」

「老師，我們不談這個了，我也想走了，今天，真的謝謝老師。」

杜香君走了之後，林里美上來收茶杯。

「世文，這個女孩，怪怪的。」

「怎麼了？」

「她是誰？」

「附近大學美術系的學生。怎麼了？」

「她沒有胸部。我們那時代營養不好，大胸部的女人不多。現在一般女孩子營養夠，胸部小的，也想把它墊高，她都不載胸罩。又穿薄衣服，連乳頭都看得到。是有意的嗎？」

石世文想，現在是夏天。

「又穿裙子，大腿之間是黑的，好像沒有穿內褲。」

「妳怎麼看到的。」

「她上樓去的時候，我從下面看得很清楚。」

「不可能吧，可能穿黑色內褲吧。」

「反正怪怪的，這個女孩，你要小心就對了。」

林里美說，端了茶具正要下去。

「里美，妳不想來抱一下。」

「不行，不行。你沒有看到，我滿身是汗。」

贈畫

石世文很少畫女人，和女人接觸也不多。學校裡，有一位教美術的女老師，叫葉麗紅，就坐在他對面，知道石世文喜歡畫，常常在看畫冊，也會和他談一些繪畫的事。

葉麗紅畫國畫，也畫西洋畫。她的畫風，可說四平八穩，是一位很好的美術老師。她喜歡問他一些日本畫的問題，尤其是浮世繪。他知道浮世繪對西洋畫的影響，像梵谷，像羅特列克，甚至莫內，不過很少對別人提過。

「浮世繪，是不是有很多春畫？」

有一次，葉麗紅老師忽然問他。

「或許，不過，我不熟悉，我也沒有收集這一方面的資料。」

這是事實。他的畫冊，有時會出現一兩幅帶有色情的畫面，不過他沒有專書。從某一角度，這些畫都有些誇張。

「真的？石老師很保守。」

葉麗紅的話，使石世文想起好像是《萬葉集》有一首詩，「不要以為我已四十，已很老了。我還有少女的戀愛的心。」

鈴鈴鈴……

「老師，我是杜香君。」

「香君，什麼事？」

「今天我去看老師，可以嗎？」

自從林里美對杜香君表示意見之後，杜香君又來訪過幾次，大概是兩個月左右來一次，石世文都會約定林里美上班不在家的時間。

杜香君來訪，大部分是談繪畫的事，也談一些她想出國深造的事。石世文不是科班出身的，他能說的，大概是自己的一些經驗，以及一些見聞。

杜香君很關心台灣的畫家，每次都會談到他們的畫風，也談到他們所受外國畫家的影響，包括西洋、日本，以及中國。不過，她一直認為中國畫比較重視個人的修為，較少關心民眾的生活和社會的情況。這一點，石世文是很有同感的。

這次，杜香君穿了黑長裙和白色長袖襯衫，還披了一件淡紅色的薄毛織外套，看來不像以前那麼隨便。還有，這一次她有戴胸罩。她來訪，上次她也有戴胸罩。

「老師，我決定了。」

杜香君手拿著一個紙筒。以前，她經常把自己的畫放在紙筒裡，拿來給石世文過目。

「決定什麼？」

「我要先去西班牙。」

「不去巴黎了？」

「先去西班牙，把哥雅弄清楚再說。有時間，再去巴黎。」

「為什麼？」

「從哥雅一個人，似乎可以看到台灣畫家所有的問題。」

「什麼？」

「老師說過從一個藝術家和政治的關係來看，大概可以將藝術家分成五類，也就隸屬、順從、不關心、獨立、反抗。一般人，屬於一種或二種，哥雅經歷每一個階段。是不是？」

石世文有說過。不過，今天他看到杜香君在講話的時候，眼睛是發亮的。

「妳只研究哥雅嗎？」

「說實在，一個哥雅就研究不完了。不過，我還是會去研究他的背景、他個人、他的家庭、他的時代、他所受的影響，以及他對後世的影響。這樣子，自然是把研究的範圍擴大。不過重心是在哥雅。」

「妳老師怎麼說？」

「石老師，你怎麼說呢？」

「我？妳知道的，已經比我多了。」

「老師！」

杜香君大聲叫了出來。

「怎麼了？」

「老師教我的比任何人多。」

「呃，是這樣嗎？」

「老師為什麼一直把自己藏起來？」

「妳自己一個人去？」

「那邊有一個學姊，已連絡好了。不過，她不是研究美術的，她在那邊當導遊。」

「呃，這樣很好。妳可以省很多時間和力氣。」

「老師，我可以去看穿衣服和裸體的瑪哈了。」

杜香君說，眼睛一直盯著石世文。

「可惜，我沒有辦法看到真品。」

石世文想起，以前，在台北上演哥雅的電影，那時候，銀幕上不能出現裸體，很多人想去看裸體的瑪哈，沒有看到，還一邊罵出來。

「老師，你心目中，有沒有一個瑪哈？」

以前，談到石世文畫女人的時候，杜香君曾經問過他，有沒有畫過那個女人，也就是張杏華的裸體。

「很難呀。」

「很難？」

「的確很難。」

「以前，我曾經想過，不過我，我不行。」

「為什麼？」

「沒有那種身材。」

「其實，我也不能成為哥雅。」

「老師……」

「怎麼了？」

「據說，梵谷生前，只賣過一幅畫。」

「梵谷是天才，他走在前面，太前面。」

「老師……」

「怎麼了？」

「沒有，沒有。」

當時，杜香君是不是有所暗示呢？石世文不了解。

「妳們畫畫，也請模特兒吧。」

「會。」

「也畫裸體吧。」

「對。」

「妳們，學生之間，會不會互相畫畫，也就是互相做模特兒？」

「會。」

「會裸體嗎？」

「會，不多。」

「女人之間也不會？」

「我不會。」

「為什麼？」

「身材不好，我害羞。」

「那妳也畫別人？」

「不付費的，我就不去。」

「妳也很會藏自己。對不對？」

「我只藏身體。」

「呃。」

林里美不是指出，她第一次來訪，就沒有戴胸罩。

「老師，我自己畫了一張。」

杜香君拿出一個裝畫的紙筒，抽出一張畫，是素描。

「這是？」

「這就是我。」

那是一張女人的裸體，是正面的立像，人是清瘦的，胸部很小，乳頭只有綠豆那麼大，下面的毛也清楚的畫出來，腰部以下，是一個健美的女人，她還畫了一個鏡框。

「這是妳嗎？」

「是，是我。」

「臉呢？」

「沒有畫。」

「為什麼？」

「莫內有兩張畫，拿著洋傘，其中一張臉沒有畫出來。」

「呃，我知道那一張，另外一張是有畫臉的。沒有畫臉的那一張，聽說是為了紀念早逝的太太。」

「那是莫內懷念太太的方式，聽說，模特兒是和他同居的女人的女兒。」

「可是，妳說，這是妳自己呀。」

「這一張畫，我要送給老師，臉，老師可以自己畫。」

「為什麼？」

「畫出來，就定型了。老師可以想像不同的表情。」

「要我畫出妳的哭臉？」

「我是愛哭的。」

杜香君說，眼眶真的紅了。

「妳很善感。」

「老師有沒有聽說過，日本有一個美術學校，畢業生都要畫一張自畫像，留在學校，不然不能畢業。」

「東京美術學校，現在可能已升格為藝術大學了。」

「這一張也是自傳。」

「自傳？」

「這一兩年，我從老師學到很多，這也是成績單。老師喜歡嗎？」

「我不能打分數呀。」

「老師我要出國了，老師就把她當做我自己。」

「香君。」

石世文突然抓住他的手，

「老師。」

「畫可以代替本人嗎？」

「可是……」

「香君……」

「老師，你誤會了。」

「人死了，家人就叫人糊了一座洋房給他，叫靈厝的那一種，妳是這個意思？」

「老師，老師是誤會了。靈厝是假想，我是真心。我只是想留給老師做紀念。就像留一張相片，畢業的相片。就像日本那個美術學校，我想留給老師，也不是相片，而是這一幅。日本的學生，在那個學校，學過畫，很可能是他們一生中最重要的時候。老師對我，就像一所學校。」

「香君，妳真的這樣想？」

「嗯。」

「那我怎麼知道這是妳本人？」

「老師畫過畫，應該知道。我是對著鏡子畫的，我把鏡框都畫出來了。」

「那這是什麼？」

石世文指著畫的左邊，乳房上面的一點黑點。

「痣。」

「妳把痣都畫出來了？」

「老師說過，畫可以像，也可以不像。能夠像，是基本的能力。這一幅畫，我想把她畫得像本人一樣。這個痣很礙眼，不過，它是真的。」

「妳真的有那顆痣？」

「老師，你是想要我證實一下？」

杜香君說，視線略微低一下，而後又抬起來看石世文。而後伸手解開毛線衣的鈕扣。

「停，停。」

「老師。」

「香君，那妳把臉也畫上去。」

「不。」

「為什麼？」

「老師看過我臉，沒有看過我的身體。自從我看到老師的那一幅鄉下少女的畫，我相信，她才是老師的瑪哈。我感覺，老師一定另有一幅，裸體的，對不對？」

杜香君又低下頭，再抬頭，淚水已流出來了。

「……」

「老師，我會想念老師的。還有，我一定會回來。最久不會超過六年。」

「香君。」

「老師，我可以走嗎？」

「嗯。」

「老師……」

杜香君說，突然走到石世文面前，雙手用力抱住他，而後把手輕輕放開。

「香君，妳，妳要自己保重。」

「我會的，老師。」

鰹節

連勝雄一個人坐在靠近公園門口的矮牆上，低著頭，弓著背，身邊放著一袋高爾夫球桿。

「連襄理，去打球？」

石世文問。

「不是，在等人。」

連勝雄朝公園那邊望了一下。

石世文自己不打高爾夫。從連勝雄的打扮看，他不是要去打球。他沒有穿打球的服裝，也沒有穿打球的鞋子。石世文看過他以前要出去打球的裝扮。

連勝雄的身材比一般人高大一點。他以前是銀行界的棒球選手，當過投手。銀行界，有不少棒球選手，後來改打高爾夫，都打得相當出色。

他是林里美的同業，不是同事。是林里美先認識他。在石世文住家附近，住有幾個銀行員，有林里美的同事，也有別家銀行的行員。他們坐公車上班，時間差不多，會在站牌或車上碰到，互相介紹，互相認識。石世文是和林里美一起出去，碰到連勝雄而認識的。

一向，連勝雄相當健談。石世文在公園碰到他，有時間，也會坐下來談一下。他問石世文的工作和趣味。石世文告訴他，他在高中教書，教生物。

連勝雄說，他太太以前也在銀行工作，是同事，當時，女行員結婚就要辭職。他們只有一個女兒，讀高中，是台北市最有名的高中。她將來想讀心理系，要考生物，問他有沒有替人補習。

石世文說，他沒有替人補習，不過，她有什麼問題，可以打電話問他。

有一次，連勝雄還邀他喝咖啡。他有喝咖啡，平常在家裡喝即溶咖啡。

連勝雄教他品嘗咖啡的方法。喝咖啡分三段，叫咖啡三吃。咖啡煮好，先用湯匙舀一點，嘗一下，而後加一點糖，再嘗一下，最後再加奶精。連勝雄自己是不加糖和奶精。

連勝雄喜歡談高爾夫。有一次，他告訴石世文，他打了七十四桿，差兩桿就標準桿。平時，他的成績是單差點，是他們球友中較好的。為此，他辦了一桌請球友。

對球友來說，一桿進洞也是大事。一桿進洞，偶然大於必然。桿數才能代表實力。

銀行界有不少人打高爾夫。高爾夫是很好的運動，可以兼顧身心的健康。銀行員整天坐著，打高爾夫，可以去野外，可以走路，呼吸新鮮的空氣，也可以活動筋骨。

打球，也可以接觸不同的人物。可以和同事打，可以和長官打，可以和官員打，可以和議員打，也可以和客戶打。很多話是可以在球場說的。聽說，大將軍購買哪一種武器，是在高爾夫球場決定的。

石世文還聽過這樣的軼事。小將軍陪大將軍打球，大將軍每次揮桿，小將軍都爭相叫「好球」。小將軍越叫越快，也越大聲。有一次，一個小將軍怕落人後，大將軍剛揮桿，就大叫「好球」，結果是揮桿落空。

在兩個月前，石世文從電視和報紙看到連勝雄的銀行出了很大的紕漏。一個行員，從金庫裡盜走了將近二千萬元的巨款，逃匿了。電視和報紙不停地報導，也大加鞭撻，說這是銀行管理的重大缺失。

誰要負責？

這麼大的事，一定要有人負責。

不到一個禮拜，銀行的處分令下來了。連勝雄和另外兩個襄理被免職了。電視和報紙有報導，銀行的發言人也出面說明處分的內容和理由，並向大眾道歉。

這件事，好像就這樣結束了。

從這些報導，石世文知道連襄理的名字叫連勝雄。連勝雄的年齡比石世文小一點，是有日本式名字的意味。

石世文坐到連勝雄旁邊。

以前，連勝雄很健談。自從出事以後，他說話很少，有時在路上碰到，他都是低著頭，匆匆走過去。有時，也會勉強說一兩句。

「連裏理，去打球？」

石世文覺得，這些話似乎不妥當。應該叫他連裏理？明明，他不像去打球，卻這樣問他。

以前，他去上班，都是穿西裝結領帶，頭髮也梳得油亮。今天，衣著隨便，穿著拖鞋，連鬍子也沒有刮乾淨，人也消瘦了不少，臉上似乎沒有一點光采了。

「不是，在等人。」

以前，他也常常坐在同一個位置等人。是人家開車來載他，或一起坐計程車去打球。在等候的時候，他也會拿出球桿，做做動作。今天，他雖然帶著球桿袋子，和去打球卻是連不起來的。

林里美告訴石世文，現在在銀行工作，比以前有更大的危險。銀行的業務，就是處理錢。錢是和危險連在一起的。有人看到銀行裡有那麼多錢，就會想得到它。有人用偷，有人用騙，還有人用搶。林里美的銀行，就有一位裏理被搶匪槍殺了。

林里美回憶說，以前在分行工作，有剩餘的現金就要送去總行，再由總行送去台灣銀行存款。這叫資金回送。這種工作都由男同事負責，有時男同事有事，林里美也送過。把一大袋的現金放在三輪車的擱腳板上，人坐著，經過延平北路，送到總行。現在，用運鈔車送現金，有警衛護送，還是被搶過。

「在等人？」

石世文看連勝雄一言不發。他想安慰他，卻不知道從什麼地方說起。

「嗯。」

連勝雄簡短回答，看看公園的門那邊。

林里美認為這種處分太重。被免職的人，一塊錢也沒有得到，而且不能把所有的責任都加在他們幾個人身上。只要歹徒有意，實在防不勝防。他們說：鴨卵密密也有孔。

「這是很中國式的做法。上面的人，把責任加在下面的人身上，意圖脫身。這叫斷尾求生，也叫棄車保帥。」

有人對林里美說。

「免職還好。在軍隊裡，是會被抓去槍斃的。」

又有人對林里美說。

「聽說，你們都有去陳情？」

石世文問連勝雄。

「有。財政部、省政府、財政所……還有監察院。都去過了。」

「有什麼結果？」

「沒有用，完全沒有用。他們把陳情書都收去了，聽說要很久才有下文。不過，我感覺沒有用。完全沒有用。你太小了，踩死一隻螞蟻，誰管你？」

「是誰決定的？」

「名義上是總經理。實際上，業務部門、稽核部門、人事室，還有安全室。指責的聲音太大，每一個人都想早點解決，把處罰加重，那些聲音就會沒有。這叫輿論審判。」

「聽說，你們總經理人很好。你和他打過球？」

「打過。人很多，不是同一組。」

「和那些主管也打過？」

「有的打過。」

「不都是同事嗎？」

「……」

「你有沒有去找過他們？」

「都找過了。」

「他們怎麼說？」

「說是大家投票決定的。每一個人都推來推去。」

「他們都沒事了？」

「有幾個主管被調到非主管職。連總經理都調動了。」

「什麼？」

「總經理，本來是常務董事兼的。現在是陽春常董。總經理權很大，常董完全不能比。」

「為什麼？」

「他們說，這是因為我們到處去陳情，不斷擴大事端。」

「還怪你們？」

「對。」

「會是暫時性的？」

「有可能，機會不大。那幾個位子，不知多少人在爭。尤其是總經理的位子。」

「他們沒有給你一點補救？」

「他們有說，一定會設法補救。現在，連總經理都調了，還會有誰理你？」

石世文感覺，在台灣的社會，好像有很多圓錐體。銀行是一個圓錐體，總經理的位置在頂端。但是，另外還有更大的圓錐體。和政府的一些大官相比，總經理他們完全不算什麼。上面有省政府，有財政廳，還有財政部。那裡有一大堆官員。一個科長，就可以把你呼來喚去。還有一大群省議員。聽林里美說，一個省議員的不良貸款，就比這次不幸事件所偷的金額還要大，而且有好幾個省議員。不但省議員自己貸，還介紹親戚朋友來貸。他們流傳一句話：「要錢，去銀行扒。」

「有去找新的總經理？」

「他是別的銀行調過來的。他說，要先了解一下。」

「可以拿退休金嗎？」

「沒有，沒有。一個錢也沒有。等於二十多年，是白做了。」

「生活呢？」

「生活……」

連勝雄似乎沒有聽到。他轉頭向公園的門，張望一下。

「勝雄。」

有一部計程車停在公園門口，有人從計程車上下來，叫司機停一下。他是用日語叫連勝雄。那個人，石世文見過，以前常來接他去打球。

連勝雄提起球桿袋，走向那個人。

那個人穿得很整齊，臉帶笑容，接了球桿袋，迅速打開，挑了一根球桿，仔細端詳一下，雙手握緊，揮幾下，再挑另一根出來，做類似的動作，而後放進袋子裡。

「怎樣？」

「ＯＫ。」

他說，把球桿袋提起來，拍拍連勝雄的肩膀，開走了。

「把球桿賣了？」

「舊球桿，賣不出好價錢。是好朋友，才買它。」

「這些日子，很難過？」

「開始，一接到通知，腦裡一片空白。不知是悲傷，還是痛苦，還是憤怒。而後，很想打人，球桿也好，球棒也好，想拿起來打人。但是，要打誰呢？石老師，你知道我的感受嗎？」

「我知道，我知道。如果你有什麼困難……」

「我已經在找工作了。本來一直期待，銀行那邊或許會想點辦法。」

「有找到嗎？」

「到了這種年紀，實在很難。不過，我有一個堂弟，在鄉下養雞，要我回去幫忙。」

「你決定了？」

「沒有。」

「為什麼？」

「我女兒的課業。我一個人回去，太太和女兒住在這邊。這是一個辦法。或全部回去。如果全部回去，一定影響到女兒的課業。」

他的女兒曾經向石世文問過功課。她腦筋好，又用功，人也長得清秀。難怪連勝雄無法決定。

「如果有什麼困難……」

「謝謝石老師關心。」

連勝雄說，走向公園另外一個門，走了幾步，忽然又轉身回來，用手指把頭髮往上撥一下。

「石老師，去喝咖啡。」

「什麼？」

「我已好久沒有喝咖啡了。」

石世文有點不了解，是不是因為賣了球桿？

「我請你。」

「是我邀的。」

「呃，是這樣……」

石世文覺得，說來說去，都不很恰當。

「你有沒有聽到剛才那個人怎麼叫我？」

「叫勝雄。」

「以前他叫我鰹節。」

石世文了解，勝雄和鰹同音，是日語，鰹節就是柴魚。

「呃，是這樣。這兩種叫法，有差別嗎？」

「剛才，你叫我連襄理，我聽了，心裡很難受。」

「對不起。」

「連襄理這幾個字，對我是一種傷痛。」

「對不起。」

「叫我連襄理和連勝雄有同樣嗎？叫連勝雄和勝雄又有同樣嗎？叫勝雄和鰹節呢？」

「呃。」

「我叫你石老師，是因為我女兒這樣叫你。我可以叫你名字嗎？」

「叫我世文好了。」

「世文。自從事情發生以後，你是第三個對我說，你如果有什麼困難。親戚以外，你是第一個人。」

「呃。」

「世文，我們去喝咖啡。我們現在還不能常喝。如果，我去堂弟那邊工作，每次回來台北，我都會找你去喝咖啡。如何？」

「好，鰹節。」

人像

「老總不在？」

江漢生走進總經理室外面的房間，手拎著一幅畫，鬆鬆裹著牛皮紙。

「有什麼事？」

毛祕書看了他一眼。

「我要向他推薦一幅很貴重的畫。」

江漢生長得白白胖胖，嘴唇有點泛紅。

「什麼畫？」

「先總統蔣公的畫像。」

江漢生雙腿靠攏，人也站直了，很像受過訓練的軍人。

「你找過陳主任了？」

「找過了。」

「他怎麼說？」

「他說他不能決定。」

「總經理很忙。」

「有客人？我可以等。」

江漢生說，正要坐在毛祕書桌前的椅子。

「你知道嗎，這樣做，陳主任會挨罵？」

「他不做決定，我只好來找老總。」

「是老江，什麼事？」

總經理走出來。

「總座，我挖到寶了。」

「挖到寶？什麼寶？」

「總座，您看，這是名家畫的蔣公。」

江漢生說，掀開牛皮紙。

「你找過陳主任了？」

「找過了。不過……」

「里美，請陳主任上來一下。」

總經理說，坐在林里美的桌前，轉向江漢生。

「最近景氣不錯吧。」

「都靠總經理栽培。」

「總經理。」

陳主任五十多歲了，身體狀況很好，平常不喜歡坐電梯，上樓梯也常常一步兩階。

「陳主任。」

「是，總經理。」

「老江的畫，你看過了？」

「有，有看過。」

「你覺得怎麼樣？」

「上午，有一位蘇先生，也拿了一幅來。」

「常常有人拿這種畫來？」

「聽說，最近，隔壁的銀行在清理儲藏室，找到了幾幅。」

「呃。」

「那是不一樣的。我這一幅，是名家畫的，是台灣十大名畫家之一。總座，您看，這裡有簽名。」

江漢生指著畫的右下角。

「簽名是可以模仿的。」

陳主任說。

「我這裡有他簽名的樣本。」

「總經理，您看，這裡有點損傷。」

「這點傷是小事。有人專門在修復。」

「這位畫家還在嗎？可以查證一下嗎？」

「總經理，他已經過世十幾年了。」

「呃。陳主任，你覺得如何？」

「陳主任，我再告訴你，機會難得，一百年都碰不到一次。我知道陳主任很有眼光。」

「總經理，這一幅畫是不能掛的。」

「不能掛？為什麼？」

「一般掛的老，呃，老總統的肖像，都是臉露微笑，可親可敬的慈祥相貌。這一幅，太嚴肅了。」

「這是藝術品呀。威嚴也是一種很重要的價值呀。在高位的人，是一定要有威嚴的。這樣畫，更能顯示畫家的風格。」

林里美有聽說過，不少高級軍官，先總統召見時，一見到面，是會發抖的。

「陳主任，聽說你很會鑑賞畫。」

「這個……」

「聽說，你也在收藏畫？」

「我都收集還沒有成名的。有名的畫家，收藏不起。」

「我可以算便宜一點。陳主任很有眼光，在畫家還沒成名之前買下來，一旦成名，就發大財了。」

「便宜一點？」

「這一位畫家的畫，生前一號五千元，現在已過世，不能再生產了，一號要一萬元。這是現在的價錢。再過一兩年，可能會漲到一萬五，甚至兩萬元。現在買起來，一定會增值。未成名的畫家，不一定會成名。已成名的，一定越來越有價值。」

「隔壁銀行，向你要價多少？」

「……」

「是送你的吧？」

「陳主任，話不能隨便說。」

「對不起。」

「陳主任，你覺得？」

「公家買，不合適。不能掛，可能要放在收藏室。隔壁銀行……這樣做很不好。」

「個人呢？」

「我不收集人像。」

「為什麼？」

「……」

里美有聽說，陳主任也收集郵票，不過他不收集人頭。

「陳主任……」

江漢生伸手拉住陳主任。

「老江，你知道什麼可以做、什麼不能做。以前，我不是也向你買過不少東西？只要能做的……」

江漢生經常到銀行來推銷東西，事務機器、椅桌、文具用品，有時還介紹行舍。

「陳主任，我賣給你，一號一千元。不管是公家，或是私人，都是很好的投資。」

「不行，不行。」

「拜託。」

「不行，不行。」

「陳主任，我跪你。」

江漢生說，篤地跪了下去，還合了手掌向他拜。他的身體有點肥胖，動作卻很敏速。人一跪下，肚子顯得更肥大，好像衣服都要繃開了。

總經理，陳主任，毛祕書和林里美都怔住了。以前，江漢生曾經說過，他要跪，沒有人想到他會真的有這樣的動作。

「總經理……」

江漢生跪著，轉向總經理。

「這件事，你和陳主任好好的談。」

總經理說，站起來，走進去。

「陳主任，我不隨便跪的。除了父母以外，我只跪過國父和先總統。」

「哼，哼。我知道。」

「是真的。先總統崩殂，我真的有去跪。您有嗎？」

「我相信。你跟我下去一下。」

「不，我不去。我不想見你的事務科長。」

「走。他不會吃人。說不定，他比我更好講話。」

江漢生下去之後，毛祕書從錢包裡拿出一張紙鈔，上面有國父的頭像。

「哼，他跪的是這個吧。」

毛祕書告訴林里美，江漢生有親戚在財政廳當大官，銀行裡，沒有人敢得罪他。

「里美，請陳主任上來一下。」

總經理在下班之前，又叫了陳主任上來。

「陳主任，這一件事要特別小心。」

「是，總經理。」

陳主任向他報告，那一幅畫用兩萬元買下，一號五百元，是由銀行買下來。

「那是真跡？」

「是的。」

「要掛在什麼地方？」

「暫時，還是先收藏起來。」

「要包好喔。這一點要特別小心。」

「是，總經理。」

下午六時左右，里美在毛祕書之後下班，回到家裡已快六點半。

在回家途中，坐公車或走路，里美都在想著今天在銀行發生過的這一件事。

她覺得很累。以前，加班，有時加班到十一、二點，也沒有過這麼累的感覺。不管是抓帳或結算，她都會有一種完成工作的舒爽的感覺。今天，她感覺好像有什麼東西一直壓在她身上。

家裡沒有人。她一進門，把提包一丟，脫下外衣，落坐在沙發上。她拿起電視的遙控器，又放下來。

石世文，或許，還在頂樓。他們住公寓的四樓，上面加蓋了二十多坪左右的房間，做石世文的書房和畫室。

她已好久沒有走進石世文的畫室了。

「世文。」

林里美上去頂樓，看到石世文一個人坐在桌前，專注的看著一本書，臉上掛著笑容。

「呃，里美。」

看來，石世文是有感覺意外的樣子。

「你在看什麼？」

「畫冊。」

「什麼畫冊？」

「一個日本人畫的，河童的畫冊。」

「什麼是河童？」

「河童，有一點像台灣的水鬼。」

林里美記得，以前住在舊鎮，他們曾經一起坐在大水河港坪上的石條，看著大水河。石世文曾經講過水鬼的故事。

「水鬼有那麼好笑？」

「妳過來看一下。」

石世文一手摟住她的腰部，一手摸她的臉頰和下頦。

「這就是水鬼？有點像青蛙。」

「妳再仔細看一下，有沒有發現什麼？」

「一個人拿著棍子，在追打河童。」

「這是槳，划船的槳。這個人是漁夫。河童喜歡惡作劇，漁夫要抓魚，河童卻把魚趕走了。漁夫抓不到魚，很生氣，舉槳來打牠。」

「我看出來了。」

「這是什麼？」

石世文指著河童屁股的幾條放射出去的線。

「這……什麼？」

「放屁。河童喜歡惡作劇。人家打牠，牠就一邊跑，一邊放屁。像蜥蜴斷尾那樣。牠的屁很臭，所以漁夫一邊追，一邊捏著鼻子。」

「嗬，嗬。」

林里美短哼兩聲，突然停止了。

「安怎了？不好笑嗎？」

石世文把里美摟得更緊。

「今天不好笑。」

「為什麼？有什麼事？妳在哭？」

「沒有，我沒有哭，只是有點難過。」

林里美將今天在銀行發生的事告訴石世文。

「世文，我知道，你也喜歡畫人像。」

「有人請，我就畫，有時也畫其他的。不過……」

「你會畫先總統？」

「什麼？妳說誰？」

「先總統。」

「不會。」

「為什麼不會？」

「我不畫大人物。這種畫也不會輪到我畫。」

「你可以畫一張給我看好嗎？」

「畫什麼？」

「畫先總統。」

「為什麼畫他？」

「你畫給我看。」

「妳喜歡？」

「我喜歡看你畫。」

林里美不曾要求過石世文，連畫她自己的都沒有。實際上，石世文也沒有畫過她。她總覺得，今天江漢生拿來賣的畫像，和掛在禮堂上的很不一樣。她很想知道石世文怎麼畫。

石世文沒有回答，拿了一張畫紙，很快地畫著，畫了幾條簡單的線條。

「妳看。我沒有畫過他，怕畫得不像。」

石世文說。

「他眉頭皺得好緊，好像在哭。」

「這樣畫，太危險了。」

石世文把線條擦掉，重新畫了起來。

「這一次，畫得很可笑，有一點像河童。」

「像河童？」

「像河童。」

「不行，不行。這樣子，更危險了。」

石世文再把線條擦掉。

「里美，妳看，這一次是不是好一點？」

「這一次很標準。笑容可掬，和藹慈祥，掛在禮堂上的，就是這個樣子。」

「妳想掛起來？」

「我不會。世文，我問你，你可以這樣畫來畫去？只有幾條線，感覺完全不同。」

石世文沒有回答，又把線條擦掉，不過還可以看到一些痕跡。

「為什麼擦掉？」

「我不是名家，妳也不打算掛起來。」

「世文，你覺得那位推銷員如何？」

「妳指哪一點？」

「篤，跪下來。我們都嚇了一跳，包括總經理。」

「推銷員，就是要把東西賣出去。台灣有一句話，剖頭生意有人做。不過，還真的是很難想像。」

「以前，他說要跪，我們都以為他只是說說。他真的跪了。」

「真的，也有這種人。」

「我很難過。」

「我也是。不過，我比較關心那位畫家？」

「為什麼？」

「我一直想，一位那麼有名的畫家，為什麼要畫那種畫？」

「他很有名？」

「是很有名。」

「你認識他？」

「不認識。」

「你看不起他？」

「沒有，沒有。我在想，他是在哪一種情況下畫那幅畫。照你們陳主任的說法，他不止畫那一張。在另外一家銀行的儲藏室裡找到了幾幅，有可能都是他畫的？」

「我也不清楚。」

石世文說，那位畫家的情況，他很可能是出於敬仰的心理，由衷景仰他。他過世的時候，有多少人哭他，有多少人跪在路邊送他。或者，那位畫家有什麼不良的紀錄，或者只是心虛，怕人懷疑，只是想交心。或者，有人要他畫，要利用他的名聲。或者，他只是想賣畫，這種畫材，可以容易推銷出去，只要有一個像江漢生那樣的推銷員。

石世文提到一個法國畫家，叫德拉克洛瓦。本來，他是宮廷畫家，也就是御用畫家。但是，他很想走出宮廷。另外有一位也是宮廷畫家，叫古羅，是德拉克洛瓦的長輩。他曾經稱讚德拉克洛瓦的早期作品，也譴責他的改變。有一個教堂，委託古羅畫天頂，當時，還是拿破崙的盛世，他也畫過幾幅拿破崙的事蹟，這一次，他預備畫拿破崙做中心人物，結果拿破崙失敗，他就改畫了路易十八。後來，時代改變，繪畫的潮流也改變了，時代證明德拉克洛瓦脫離宮廷是選對了路，古羅的名氣一落千丈，最後他跳進塞納河自殺。

「為什麼自殺？」

「失意，或者是羞愧。」

「有人會因此自殺？」

「也許，古羅還是一位有良心的藝術家。」

「那，你看，那一位推銷員呢？」

「我看，他是滿自在的。」

「世文，畫一張畫，要想那麼多？」

「有時要想多一點。」

「你會畫他嗎？」

「老蔣？我已說過，不會吧。」

「真的不會？」

「不會。」

「有人出很高的價碼呢？」

「也不會吧。」

「有人要你交心？有時，不能只看價碼。」

「我又不是什麼名家。」

「我的感覺，你畫得比那位名家好。」

「畫，有不同的看法。行家有行家的看法。他的畫可以賣，我的畫不一定。」

「世文，你沒有畫過我，對不對？」

「妳也沒有要求過。」

「你現在最想畫什麼？」

「這個。就是河童。」

「你畫我，現在就畫。」

「怎麼畫？」

「怎麼畫都可以。今天，我的感覺很像河童。」

「什麼？哪一點像？」

「我也講不清楚，就是有一種很可笑的感覺。你可以把我畫成河童嗎？」

林里美看著桌上的畫冊。

石世文把放在桌上的畫紙，再擦乾淨，迅速地畫起來。

「妳看。」

「世文。」

林里美一看，突然低聲哭起來。她很想笑，卻哭起來了。

石世文畫的是河童，女河童，裸著上身，一邊跑，一邊放屁。後面有一個男人追著，拿的不是船槳，是一條繩子，像牛仔套牛的繩圈。女河童的腳有蹼，像青蛙。那個在後面追的，很像石世文。

「世文，你怎麼把我畫成這個樣子？」

「對不起，對不起。」

石世文把林里美整個人抱住，兩個人的臉貼在一起。

「……」

「真的對不起。我喜歡河童，我以為妳也喜歡河童，才叫我畫河童。」

「我很喜歡河童，不過……」

石世文用手壓住畫紙，正想擦掉。

「不要擦掉。」

林里美制止他。

「這是你畫我的第一張畫，不要擦掉。」

「我怕妳……」

「畫得很像，尤其是下頦。真的，真的很好玩。」

林里美眨眨眼睛，吸一下鼻子。

「我再畫一張。我要規規矩矩的畫。」

「不用了。」

「妳生氣了？」

「我沒有生氣。」

「里美，真的對不起。」

石世文說，再用力抱住林里美，一邊摸著她的臉，也摸著她的身體，而後想吻她。

林里美把臉偏了一下。

「媽。」

是小兒子元宏，站在門口，探頭進來。

「你沒有叫爸爸？」

這個小兒子，好像和他父親有點疏遠。

「爸爸。」

「你下去，等一下我下去煮點東西。」

「里美，不要煮，我們出去吃。」

石世文說，再把她摟過去，他的手繼續摸著她的臉頰，下頦和身體，把嘴壓住她的嘴。

「世文，有話晚上說，我先下去煮點東西。」

林里美說，掙脫石世文的手。

囚

林里美在中秋的前一天，帶一盒肉鬆和三顆文旦去看江白月卿。江白月卿曾當選過兩屆省議員。

出門前，她問石世文要不要送月餅，他說現在一般人多送月餅，怕太多吃不完，常常放到發霉，丟掉。她問他要不要一起去，他說以前有去過，這一次不去，要她帶一張畫去給江白月卿。

江白月卿出來應門。她穿著淺粉紅色的毛巾布長袍，頭髮簡單打一個結。

「里美，妳還記得我？」

江白月卿淺淺的笑著。

「阿姨，我一直記得。」

這一次，是林里美私人送的禮。以前，每年三節銀行都會送禮，送江白月卿的，都指定林里美送。這是江白月卿向總經理的要求。

「瓊瑤沒有一起來？」

蘇瓊瑤是銀行的同事，江白月卿曾經幫過她。她結婚的時候，是在中部，新郎在台北，就拜託江白月卿，不久就調到台北的分行了。

省議員對銀行，主要是對省營銀行，要求的事有貸款、租售行舍、人事的介紹或調動。此外，還有介紹各種用品的採購，包括各種事務器具。

有一次，在另一家銀行，三位省議員召開一個質詢會，江白月卿也在裡面。那一次，主要是在質詢另外一家銀行的總經理，說他們中部一家分行服務太差。那一次，林里美有陪總經理出席，作記錄。後來，林里美知道，那次，主要是對江白月卿的兒子的往來銀行，因為貸款遲遲不下來。

林里美看到，江白月卿只是靜靜的坐在台上，一句話也沒有說。聽說，不久，貸款就下來了。

蘇瓊瑤知道林里美和江白月卿很熟，就拜託她去拜託江白月卿。以後逢年過節，蘇瓊瑤都和林里美來看江白月卿。今年，林里美問她，她說有事，也沒有說明什麼事，沒有來了。

「以前，每到中秋，大概會收到幾十份的禮，主要是省府的部門和有關的事業單位，包括省營銀行、公賣局、公路局、鐵路局等。可是，在她三選省議員落選以後，送禮的急速減少，去年只剩三份，今年，到今天，中秋前一天，一份都沒有收到。」

每次林里美去看江白月卿，第一件事，就是江白月卿牽著她的手去她的畫室。

她的畫室本來是江維道的臥房。她喜歡畫蘭花，畫蝴蝶蘭和素心蘭，主要是畫蝴蝶蘭。

「我只畫白色花，畫它的清麗。」

江白月卿是指蝴蝶蘭。

紅花，看來很鮮妍，但是她不畫。好像，紅花蝴蝶蘭是後來才有的。

「我也不畫美齡蘭。美齡蘭就是卡特麗雅，聽說宋美齡很喜歡，所以有人叫她美齡蘭。很多做官的，做生意的，都在玩美齡蘭，一時，已變成一種風尚，高雅的風尚。不過，有一次，我在報上讀到，有人寫：美齡蘭雖然美，卻沒有用。這是大忌，以前，她在日本時，就聽說過有一種罪，叫不敬罪，或大逆罪，處罰很重，甚至可判死刑，實際上，也有人被處死。我曾經為他們擔心過，不知道那些編輯和作者以後怎樣。我不畫美齡蘭。」

說完，她拿出幾張新作給林里美看。

「阿姨，這是什麼？」

林里美指著長在蘭花根部的小草。

「雜草。」

「雜草？為什麼？」

「雜草到處有，生命力強，爭著吸取養分，容易繁殖，很快就把蘭花遮住了。」

「為什麼畫它？」

「實際的情形，雜草要比蘭花多很多。聽採野生蘭的人說，有些蘭花是長在雜草叢中。」

「呃，我有點了解了。」

「里美，世文也畫畫？」

「嗯。」

「他畫油畫。我記得他說他畫油畫？」

「嗯。」

石世文要她拿給江白月卿的畫，應該是水彩畫，是放在紙筒裡面，她想拿出來，再想，也許回家之前再拿出來吧。

「妳不畫畫嗎？」

「我不會。」

「豬母近戲台邊，不唱曲，也打拍。」

江白月卿笑嘻嘻的說，摸著她的下巴。

「我真的不會。」

林里美記得，有一次，江白月卿來拜訪總經理，林里美是助理祕書。江白月卿一看到林里美，怔了一下。

「妳叫什麼名字？」

「林里美。」

「林麗美？」

「里美，里長的里。以前叫沙多克，就是里子。」

江白月卿拉了她的手，輕輕的摸著她的下巴。

「屖斗。」

她還看她的牙齒。

「沒有錯，屖斗。聽說屖斗的人好命。」

「呃。」

「妳幾歲？」

林里美回答。

「以後，妳就叫我阿姨，不要加姓，也不要叫我省議員。」

林里美看到江白月卿的眼眶紅了。

後來，林里美聽說，江白月卿有個女兒，叫江麗美，江白月卿第二次選省議員的時候，在幫她母親競選活動時，被一個農夫駕駛的鐵牛撞成重傷，過了三天，逝世了。

江白月卿的夫家本來就是政治世家，也是中部地方的望族，是站在反對勢力一邊的。

先生江維道並沒有參加過選舉，只是出錢協助黨外候選人，有時也會為候選人站台演講，因為言論相當激烈，說要反攻，不如把內政做好，因此被捕，因為主張反攻無望，被判了十二年徒刑。

江白月卿第一次競選時，江維道還在，本來，大家要推他出來，但是，他已不出門了。她能當選，主要是因為江維道的家世，以及他的被關，引起人民的同情，另外就是對執政黨的不滿。第一次，是險勝，百分之四十五比百分之四十三。

江白月卿的畫室，以前是江維道的臥房，也就是江維道出獄以後的生活空間。

在大廳的牆上，有江維道父母和他本人的肖像，都是用小相片去放大的。父親的肖像，是較早期的，放大的技術不好，好像是製圖，江維道本身的，就比較精細一點。在牆壁的另外一面，還有一張，就是江麗美的，是用她和朋友的合照切割放大的，線條有點模糊。

在畫室裡，也有江維道和江麗美的相片，是小型的，裝在豎立式的木相框，放在書桌上的。江麗美的和大廳上的肖像是同一張，江維道的不同。

江維道早年去日本讀書，他們在日本戀愛結婚。那個時代，這是很進步的。他們在京都結婚，是日本式的婚禮，結婚照是在寺廟前照的，穿著日本式的禮服。那張相片，林里美有看過。

桌上那張相片，戴黑框眼鏡，結有角形花紋的領帶，因為是黑白，看不出顏色，不過石世文推測，是咖啡紅。

戰爭結束，他們曾經思考過，日本是戰敗國，局勢相當混亂，是要留在日本，或回台灣。

江維道說，要回台灣，那是自己的家鄉，台灣將面臨新的局面，他也想為家鄉做一點事。

「台灣當時的情形，妳太小，可能記不得，世文可能知道一些。孫文說，做大事，不做大官，但是大陸來的，大部分的人都只想做大官，做大官可以賺大錢，貪官污吏橫行，官服是中山裝，口袋很大，像布袋，方便裝錢財，大家都叫它中山袋。當時，還有狗去豬來的說法。維道認為問題出在政治，改革也要從政治著手。他說倡導反攻，不如加強建設。他寫文章，有時也出去演講，出去助選。他被抓，被判了十二年。那時候，也有一位很有名的作家，發表了一篇〈和平宣言〉，也被判了十二年。

「刑期一滿，他出來了，身體很虛弱，也患了胃腸病。這種話，只能對妳說，難得他回來相聚了，卻連做丈夫都做不好，人也一直瘦下去了。後來，經過醫生診斷，是胃癌。醫生是為他開了刀，不過發現已太遲了，只好把傷口縫合，靜靜等死。」

這個故事，每次林里美去看江白月卿，都要聽一遍。不過今天，講了不一樣的話，是以前沒有講過的。

江維道和江麗美的肖像在桌上，江白月卿講話的時候，不停用手去挪動一下相片的位置和角度。

第二次競選，不幸的事發生了。女兒江麗美在助選時被鐵牛撞死了。有人說，那是執政黨幹的。開鐵牛的是一個農夫，他一再強調是她衝出來撞他的，而且他又不懂政治，誰做省議員，不是他關心的事。後來，法院也有起訴，也判刑，說那純屬意外，判了很輕的罪。

那一次，也因為女兒的犧牲，她高票當選，得了百分之五十三的票。

第三次競選，那時反對黨已成立了，黨內認為她人氣還盛，三度提名她。不料，有另外一個黨員意願很高，說她已做了兩屆，可以讓年輕人了。

黨提名她，所以她當然必須選，而且必須全力以赴。對方要搶她的票，攻擊的對象不是執政黨，而是她，攻擊的重點，她做兩屆，完全沒有貢獻，而且她兒子向銀行大額貸款，已無力償還。他能借那麼多的錢，都是因為她向銀行施壓。他們向銀行貸款，金額那麼大，賺錢他們賺，賠錢賠銀行。

結果，那個脫黨競選的，只拿百分之十五，她拿百分之三十，對方執政黨候選人拿了百分之三十七當選。

她落選了，並宣布從此退出政壇，只從側面支持黨內的決策，主要就是為黨員助選，貢獻自己的一些經驗。

她的兒子叫江志謙。她落選以後，銀行就來向他催討貸款，銀行說這是規定，因為他已無力付利息了。

「好奇怪，志謙開工廠失敗，卻因地價漲了，賣了廠地卻賺了錢。」

她苦笑著說。

兒子清償貸款，還買了一間公寓，還剩一點錢，說要回大學去讀碩士，她沒有反對，媳婦在國中教書，說也可以負擔家庭的簡單生活，也沒有反對。

「志謙他們常回來嗎？」

「每個禮拜六，都會回來，夫妻帶兩個小孩。」

「那很好。」

「里美，妳過來看看。」

房間的西南側有兩組落地窗，中間隔著一根大柱子。落地窗的外面有一條細長的陽台，可以放一個六十公分左右的小桌子，兩邊加兩個靠背藤椅。

「妳看，牆上那幅畫，是維道的朋友送給他的，畫的就是對面那些景色，或許角度有點差異。」

「這是油畫？」

「對。」

「我們都知道有這一幅畫，不過，維道在世，我們都收藏起來。」

「為什麼？」

「以前，我沒有對妳提過，維道出獄回來之後，就把自己關在這個房間裡，終生不出來。他常說，世上已沒有江維道這個人了。」

「為什麼？」

「他不看報紙，不看電視，不接電話，不拆信，拒絕來訪朋友，後來，就完全和外界隔絕了。」

「呃。」

房間裡的擺設也很簡單。江白月卿的畫具是後來才搬進來的，以外屬於江維道的，只有一個單人床，上面鋪著草蓆，床下有一雙皮鞋，一雙布鞋，一雙拖鞋，床頭櫃也很簡單，桌面，桌牆，桌門，抽屜面，都是素面。另外有一個書桌，也是小型的，上面放著眼鏡，鉛筆盒，鋼筆，還有一本筆記簿。還有一個菸灰缸。

「阿伯他有抽菸嗎？」

「剛回來時有，抽得很凶。在獄裡，沒有抽菸的自由，他拚命的抽，好像要補償。但是不久他戒掉了。不過菸灰缸一直留著。」

「他把自己關起來？」

「很徹底。白天，他不但關門，而且把窗簾放下來，晚上，也不點燈。後來，我弄了一個小燈，就是那個小檯燈，他可以躺在床上看書，他也有時開，有時關，關的時間比開的時間長，卻不看書。」

「阿伯不是很喜歡讀書嗎？」

「以前是。出獄之後，他只讀過一本，《三民主義》。」

江白月卿從書桌的抽屜裡拿出一本已泛黃的書出來，封面和內頁都有些破損。

「我不知道，他是喜歡，還是已變成習慣，還是為了應付前來調查的人。聽說，在獄中，他只能看這本書，不但看，還要讀，還要抄。像小學生那樣抄書。

「以前，警察是會進來檢查的，看他讀什麼書，有沒有寫文章，寫什麼文章。後來，因為時勢變了，也看不出他有什麼異樣，警察只到門口蓋一個章，後來就乾脆不再來了。」

「這本筆記，妳可以翻一下。」

林里美翻開筆記本，第一頁寫的是「吉田松陰」四個字，其他完全空的。

「吉田松陰是誰？」

「一個日本人，不到三十歲，被處死了。」

下面寫的是幸德秋水、河合榮治郎、高爾基、托爾斯泰、蘇格拉底、小林多喜二、雨果、叔本華，還有屈原。後面還寫一個岳飛，不過被劃掉。

林里美只知道屈原和岳飛兩個名字。

「很奇怪，沒有馬克思。他曾經說，不知道馬克思的，不能算知識人。是不是不信他了？還是心裡還有害怕的陰影？」

「阿姨，這裡有妳的名字。」

「我知道。」

「還有麗美、志謙的名字。」

「有一件事，我一直沒有告訴過任何人。麗美如果在，我會告訴她。我不知道筆記簿上寫我的名字，是那件事發生之前，還是之後。」

江白月卿又移動一下江麗美的肖像。

「有一個晚上，不是八月，不過是一個有月亮的夜晚。我走進維道的房間，他和以前一樣，燈是關著，不過月光從窗簾的隙縫洩進來。我把窗簾拉開一下，想去開落地窗。

「『不要開』，他說得很大聲，不過，由於長久沒有說話，他的聲音好像黏在喉嚨。

「我沒有理他，只是回答他，月亮很漂亮。

「『關掉。』他又說。

「那種感受，後來，我也曾經有過，就是選舉落選之後，我也一直想把自己關起來，只是還沒有那麼堅決和徹底。其實，現在還是會有想把自己關起來，那種意向。好像這樣，兩個人就可以在一起了。

「『關掉』，那個聲音一直在耳邊，說得正確一點，一直在腦裡響著。

「我還是沒有理他，走到陽台，妳看下面是河，對面是山，山下面還有幾幢高樓，那時那些高樓還沒有蓋，不過，沿著河邊，還是有很多燈光。

「他忽然站起來，身體有點不穩。我以為他是要出去，不是，他想關落地窗。我用手擋住，他想推，卻沒有力氣。我把落地窗和窗簾關好，扶他坐在椅上。

「在微弱的燈光下，他的雙眼一直盯著我。是生氣呢，還是對於無力感的一種焦慮，我看起來，有點像在燃燒。也許，應該說，好像有一股強烈的光線射向我。

「這種眼神，應該說是類似的眼神，我看過，就是他在問我願不願意嫁給他的時候盯著我看的眼神。但是，有一點很大的不同，就是氣力，以前是完全主動的，好像有一點威迫的力量。這一次卻好像在央求，也許是對我生氣。

「忽然間，我感覺，好像全身在發熱，我臉紅了，手也發抖了。我開始脫衣服。我們是夫妻，但是我還是會臉紅，手也會發抖。

「我脫光衣服，走到他前面，半蹲下來。我要他吻我，他沒有動。我吻他，他依然沒有動。摸我，我拉他的手，放在我的胸部。他輕輕的碰一下，手又垂下來。

「我再拉他的手，『這是什麼，』我問，『奶子，』他開口了，還是無力。他是解開了結？還是被迫回答？還是完全不知道這一句話的意義？我很想哭，其實，淚水已出來了。『有水無？』我問。他又停了。我站起來，『這是什麼』，『大腿』，『腹肚』，『這是什麼？』

「『老豬母。』

「什麼？他說什麼？沒有錯，他說『老豬母』。

「我看過老豬母，也吃過老豬母肉。妳有嗎？」

「我看過老豬母，卻不知道有沒有吃過。」

「豬母，兩排奶頭垂下來，快要碰到地面。我知道自己的身體，乳房垂下來了，動的時候上面還漾著皺紋。豬母肉，我吃過。戰後，回到台灣，物資不足，有些豬母，實在太老了，生產力不理想，就賣給刣豬的。豬母肉有夠韌，要用燉的，燉很久，有人建議，加青木瓜一起燉，就較容易爛。

「當然，聽他說我老豬母，我怔住了，而後淚水不停流下來。我慢慢老了，沒有錯，但是我還是有女人的樣子。我對自己的身體，每天看著，變化小。是不是因為他長久沒有看，很容易看到差異？他看到了我的身體，和我的表情，不知道是因為說了那句話，還是因為看到我的反應，他的態度變了。他開始摸我的頭髮，我的臉，而後慢慢的摸我的胸，抓住乳房，吸起來了，就像以前那樣，他還沒有入獄時那樣。

「『要生男的，還是女的？』他和我都知道，我早已超過生產的年齡了。我們有兩男一女，男的一個在台灣，另外一個在日本，還娶了日本太太。我說要女的，他說『我們再生一個麗美』。

「『麗美嗎？』我問。『麗美，就是麗美』，他很肯定的回答。那時候，麗美還在，還可以進來和他撒嬌。

「他拉著我的手到床上。其實是我牽著他的。他開始脫上衣，像以前一樣，我看他很吃力，叫他不必脫光。但是他還是慢慢的脫，手不停發抖，需要我幫助他。

「這次以後，他開始讀報、讀書，也寫字，有時候還會和我一起去陽台小坐，他又開始喝咖啡了。

「『要抽菸嗎？』

「『我可以嗎？』

「『暫時不抽好了。』他很聽話。

「很美吧。」

江月卿看著牆上那幅畫。

「很美，有山，有水，有燈光。還有，有黃昏，明麗的黃昏，還有美麗的月亮。有時候，麗美也會一起。那以後，我發覺，有月亮的夜晚，較容易邀他出去。他也拿出朋友送的畫，說應該是在河的下游的某個地方畫的。

「不過，還不到一年，他就過世了。

「後來，麗美也走了。好像是跟著她父親，要去陪他。

「里美，這種事，可以告訴麗美，卻不好告訴媳婦。」

江白月卿緊緊的握著林里美的手。

「阿姨，這是……」

林里美取出石世文的畫。

「這是什麼？」

「世文畫的。」

「呃，是麗美，呃，是水彩，我一直以為世文只畫油畫。上一次，我還對他說，畫水彩，就是不能像畫油畫，塗塗改改。我看錯人了。也說錯話了。」

「阿姨，他畫得好嗎？」

「他為我生了一個麗美。里美，世文為了我，生了一個麗美。」

江白月卿把畫轉了一下，目不轉睛的看著。

「什麼？」

「里美，妳不要吃驚，也不要見怪，我有一點亂了。」

「呃，阿姨，他畫得很好嗎？」

「好極了。這是我沒有辦法做到的，我只畫花，畫蘭花，畫人像，至少要像被畫的人，我完全沒有辦法做到。」

「畫人像那麼困難嗎？」

「很困難，至少我是這樣感覺。世文畫的這一張，雖然只有八開，他畫得很傳神，我好像看到了女兒了，看到了她活的時候的一些表情。妳看看她的眼睛，她的眼睛很大，像妳，不過那一張相片，可能是太陽的關係，眼睛瞇細了。我問妳，他是怎麼畫的？」

「我也不知道。」

「畫畫的事，妳好像都不管。」

「我無法管，因為我什麼都不知道。」

「他畫這一張，我想是那一次來，看到了她的肖像，他可能不滿意。我也不滿意，不過他畫的這一張，角度有一點差異。因為角度的差異，顯示了不同的表情。我了解，麗美本來是個快樂的女孩。世文是要我看到那一面？我很好奇，他怎麼畫的。他有沒有要妳擺姿勢？」

「沒有，完全沒有。」

「也許每天都在看。」

「有像我嗎？」

林里美想起，江白月卿叫她，只叫我阿姨，不加江或白。

「妳自己看，妳看這下巴，妳們兩個人，多像。我感覺，他移動畫面的角度，就是要顯示下巴。」

江白月卿說，又摸摸林里美的下巴。

「我喜歡她的表情，那麼平靜，卻不是靜止。卻又有滿足的表情。真的，我又看到她生前的樣子。」

「阿姨，妳真的喜歡？」

「里美，妳可不可以叫世文畫一張大一點的，我要油畫，我感覺，還是油畫能保存久一點。」

「我，我想他會畫。這一張要拿回去，給他做樣本？」

「我想不用，他能畫這一張，一定能再畫一張。不過，妳還是帶回去，萬一他想看一下。」

「阿姨，我真的很高興妳喜歡他的畫。」

「里美，我要鄭重的說，妳必須告訴世文，我要買他的畫，不是要他送。他當老師有收入，妳也有收入，我知道，不過當一個畫家，畫是正當收入，也是重要的收入。在台灣有一個現象，畫家的名聲，是以畫的價碼來決定的，所以有人把自己的畫價訂得很高，不一定能賣出去。我不知道他的價碼，不過一定要賣。妳可以告訴世文嗎？」

「我可以告訴他，不過怎麼做，由他決定。」

「里美，我問妳，你們的關係還好嗎？」

「嗯，沒有什麼問題。像今天，我說要來，他給我一些意見，也要我帶畫來。」

「我是說，夫妻之間，講的明白一點，該做的，都做得很好？」

「……」

「里美，有問題嗎？」

「沒有，沒有，很正常，都有在做。」

「真的？都在做，做得很好？」

「真的，都有在做，都做得很好。」

「那我放心了。」

「阿姨，我要回去了。」

「等一下。」

「阿姨，還有事嗎？」

「妳看麗美的相片前，有玉環的碎片……」

「我有看到。」

那些碎片，是麗美的玉環，平日都戴在手上，車禍那天，也被撞斷了，他們撿了三塊比較大的回來，放在她面前。

「上次，妳不是提到妳有認識的人，可以把它接起來。」

「對，用金屬連接起來，很好看，不過……」

「沒有錯，當時我反對，它代表麗美的破碎的一生。」

「我記得阿姨說過。」

「看了世文的畫，我的想法有改變了。我更懷念她活著的時候的樣子。」

「阿姨的想法改變了？」

「真的，我看到了她活著的樣子。」

「妳是說世文的畫？」

「沒有錯。」

「我會告訴世文。」

「里美，這些碎片，我送妳，妳去請人家接好，下次來看我，戴在這裡來給我看。」

江白月卿拉了她的手，指著她的手腕。

「阿姨，這怎麼可以？」

「我說可以，就可以。」

江白月卿去找出原來裝手環的紅色小絹袋，把那三塊碎片裝進去。

「阿姨，我應該回去了。」

「等一下。」

江白月卿抓了里美的手，走到陽台。

「這裡的風景如何？」

「很好。」

「妳看那邊，太陽快下山了。這裡的夕照是很有名的，許多畫家畫它，妳回去跟世文說，他可以來這裡畫夕照。」

「我會告訴世文。」

「還有，妳想，如果現在是晚上，有月亮，又是怎樣的景色？」

「我可以想，可是不完全……」

「其實，現在，我一個人坐在陽台，看著風景，我會想，維道就在我身邊，我最喜歡的，是月亮被薄雲遮住的朦朧月。很奇怪，滿月很好，不過我想我和維道更適合朦朧月。我會禁不住想伸出手，去拉他的手，一起出去看那月亮。」

「阿姨。」

林里美輕叫了一聲，聲音有點哽住了。

「有時，麗美也陪伴我們。」

「阿姨。」

林里美伸手抓住江白月卿的手。

「妳留下來，我去煮點麵，我們在外面等月亮上來，可以嗎？」

「我想，不好。」

「世文在等妳？」

「我盡量陪他，也許也可以說，他陪我。」

「我能了解。中秋那天，兒子他們一家人會回來，孫子說要在陽台烤肉，你們可以來嗎？」

「我們小孩也會回來。」

「那，中秋過後一兩天，月亮還很漂亮。妳跟世文說，有時間，有興致，就來。我們不烤肉，只喝茶，吃點中秋餅。好嗎？」

「這很好，我會回去告訴世文。」

「記得戴那手環來呃。我是說如果接好，就要帶來呃。」

「阿姨，我知道。」

命運論者

人事室林主任輕輕的敲了門兩下，進來了。他平常都是三、四點進來，向總經理報告。杜祕書和林里美都站了起來。

他眼看杜祕書，手指裡面，杜祕書向他搖搖手，杜祕書曾經告訴林里美，銀行的人，尤其是高級主管，知道總經理的脾氣，叫他「御天氣屋」，就是晴時多雲，轉陰偶陣雨，有時還雷雨交加。有些主管來看總經理前，要先問天氣。

「今天有什麼事？」

「新任副總經理的事。」

「我知道了！」

上午，駐台中的省府聯絡員已打電話向總經理報告，省府已決定派財政廳的一位科長來接任副總經理，本行推薦的，被刷掉了。

「豈有此理。」

總經理用力搥了一下桌子。總經理是結實型的體格，眉毛粗，耳朵大，生氣的時候耳朵會輕輕的搧動。

本行已有三任副總經理是由省府直接指派官員來擔任。

「他們都不懂銀行業務。」

「銀行的業務沒有什麼，學習一下就會。重要的是會辦事，會用人。」

目前已有一位升任另一家金融機構的總經理了。

「還有？」

「還有李專員那一件。」

「李專員，那個玩女孩子的？叫他辭職！馬上叫他辭職！」

李專員是總務室的職員，他本來有妻子，和一位張姓女職員發生關係，也懷孕，他答應和太太離婚，和她結婚，但是有一條件，她要先去墮胎。她去墮胎了。雖然他也離婚了，聽說是太太堅持，他卻用各種理由，說他不能和她結婚。

她吃了安眠藥自殺了。

「不要救我。」她留下遺書。

不過，因為劑量不夠，她沒有死。

這件事登上報紙。總經理最生氣的是登上報紙這一點。他無法忍受這種醜聞被公開。

「這些報紙，還有電視，好事不報，壞事拚命報！」

「他們已說好了。」

「怎麼說？」

兩邊家長都見過面，也同意他們結婚，等她身體復元之後，就擇日辦喜事。不過不鋪張，只請幾位親戚好友。

「你們打算怎麼處置？」

「先調離總行，先調到東部的分行去，等事情平靜下來，有機會再把他調回來。」

「這種人，不要再調回總行，我不想碰到他。」

「是，是。」

「還有嗎？」

「城南分行的白經理，要請假。」

「什麼事？又要請假。」

「大腿要開刀。」

「他不是剛開過？」

「開錯了。」

「什麼？開錯了？怎麼錯？」

「應該開的是右腿，被腳踏車撞到骨折的右腿，醫生開錯，開了左腿。」

被腳踏車撞到骨折？

大家還在詫異，現在又說開刀開錯了腳。

「什麼？是真的？現在的醫生還會有這種事？」

「真的。」

「有可能嗎？」

「總經理，是真的，真的開錯刀了。」

「真的？」

哈哈哈哈。

「妳們兩位也過來聽聽。天下第一奇事。」

杜祕書和林里美都在總經理室裡面，只用屏風隔開，其實總經理室裡面還有一個可供休息的小房間，她們都聽到了，彼此相視，都摀住嘴不敢笑出來。

「怎麼會有這種事？」

「就發生了。真的，就發生了。」

哈、哈、哈、哈。

「要請多久？」

「先請一個禮拜。」

「誰代理？」

「許副理。」

「上次請假也是他？沒有問題嗎？」

「他已在那分行做了四年的副理了。上次代理期間，各種業務都很順利。」

「好吧，叫他積極一點，也小心一點。」

「是，是。」

「妳們相信嗎？台灣的醫療，在世界上算是一流的，制度也不錯。怎麼會發生這種事？不是開刀之前，都要仔細檢查，像這種情況不是都要照X光？X光，不是很清楚嗎？」

「聽說，有照了幾張X光，不過X光照出來的，左腿和右腿構造一樣。看反面，就像照鏡子，是左右相反的。」

杜祕書說。

「會這樣嗎？」

哈哈哈哈。

「妳們相信嗎？」

總經理再問一次。兩個人都沒有回答。

「命運吧。妳們相信命運嗎？」

「……」

「呵呵。」

「總經理，聽說，很多人替人算命，很準，算自己，一點都不準。為什麼？」

「杜祕書，妳自己的耳朵，自己看得見？」

「這……」

「杜祕書，林小姐，妳們不要太鐵齒，要相信。命運決定一切。」

林里美和白經理沒有在同一單位，不過，白經理常常來總行見總經理，也算熟人。有一次，下班的時間，她坐公車，在車上碰到白經理，剛好同一站下車，下車的時候，她就搶先一步，拿出車票，叫司機剪兩個洞，這時，已沒有車掌了。下車，她回頭等白經理下車，看到後面跟著一個女人，穿著灰色的套裝，身材有點肥胖，臉色很不好看，把車票丟在地上，白經理趕快彎下身把它撿起來。她也不看左右，一個人直直往前快步走開了。

原來是白太太。她沒有見過她，不過從那情況判斷，不會是別人。

白經理有很多才能，他很會唱歌，而且唱的都是西洋的藝術歌，像我的太陽、聖塔露齊亞、聖母頌。他不唱流行歌。

他還有一個專長，他很會算命，在行裡，這比他的歌聲更有名，至少行裡很多人相信他，包括總經理。林里美知道，很多女行員找他算命。

他看手相，握住女同事的手，搓摩幾下，聽說有時算出好命時，頂多還會摟摟女同事的腰。

還有，他很會請客，差不多都是女行員，他請她們喝咖啡、吃飯，不過，好像沒有到更進一步的關係。他沒有邀過男同事。

可能有風聲，這一點，他太太追得很緊。限他就是銀行裡有交際性餐會，也一定在九點半以前要回到家。有一次，過了時，太太不開門，讓他在門口等到十二點。

白經理最有名的是看手相，也看臉相。

「你不看星座？」

「星座？人的命運哪有那麼簡單？」

總經理為什麼那麼相信他，是他升總經理的時候，那時行裡有兩位副總經理在競爭，第一優先應該是首席副總經理，聽說他行也有一位資深副總經理去省府爭取。有一天原來的總經理已下班了，副總和當時一級專員的白經理進去。白經理請他坐下，把桌子稍微挪動一下，聽說只挪動一點點。不久，新總經理發表了人事命令。

車票事件之後，大概有一個禮拜，是禮拜六下午，他約她下班之後去喝咖啡。她不想算命，說她那一天的事，他說一定要當面向她賠罪。

「不行，我小孩還小，先生又忙。禮拜六下午，是我陪小孩出去的時間。」

「只要一個鐘頭就好，我一定得向妳賠罪。」

「賠罪？」

「那一天，實在太失禮了。」

「什麼事？」

「車票的事。只要半個鐘頭，喝一杯咖啡。我知道妳有喝咖啡。」

她有問過杜祕書。

「沒有關係，他這個人，膽子小，不敢對妳怎樣。」

白經理和她約在西門町的一家咖啡店。她和同事喝過咖啡，也來西門町看電影，都沒有注意到這一家咖啡店。他說這一家咖啡店日本時代就有了。很有名，裡面的裝設也很特別，桌椅都是木製，都是原色，沒有油漆，不過已有點烟燻的氣味。聽說，他們標榜的就是這樣古雅的氣氛。更特別的是，沿著牆壁有一排類似西洋的宮殿裡放神像的神龕，上面有一個黑筒子，是長筒照明機，前面亮著電燈，照下來有一小盆綠色的花草，不過沒有花，讓人有清涼的感覺。屋內，座位差不多坐有八成，很多是男女，一對一對，是來看電影的吧，是在等候，或者是純粹的約會。

林里美感覺有點不自在。

「妳喝什麼咖啡？」

她看了價目表，指最上面的。

「我請客，妳可以喝好一點的。」

「我不懂咖啡，這就好。」

她看下面的價格都較貴。她真的不懂。戴小虹雖然教過她不少有關咖啡的事，杜祕書也教過，她一直跟不上。

「妳們在家裡喝咖啡？」

「有喝。即溶的。」

「什麼？妳先生也是？」

「嗯。」

「不要喝即溶的。那不算咖啡。」

「聽說，他在當老師，在哪一個小學？」

「他在教高中。」

「呃，對不起。他教什麼？數學或英文？」

「他教生物。」

「呃，生物不是熱門的課程吧。」

「考醫學院，要考生物。」

「呃，我沒有想到。他有替人補習？聽說，好的老師，賣座的，在補習班，薪水很高？」

「沒有。」

「在家裡教？自己開補習班？那也很不錯呀。」

「也沒有。」

「為什麼？」

「他喜歡畫畫。」

「畫畫，國畫或西洋畫？」

「西洋畫。」

「畫水彩？」

「有時，也畫油畫。」

「畫油畫？畫油畫，是很花錢的。聽說，有些顏料，是用礦石，不是一般的礦石，是寶石，寶石本就是一種礦石，先把它捶碎再磨成粉狀做成的。聽說，那些礦石，有的比黃金還貴呢。」

「呃，真的？」

「他有開過畫展？」

「沒有。」

「那他怎麼賣畫？」

「他沒有賣。」

「什麼？畫畫沒有賣，那為什麼畫？」

「他有興趣，不過有時朋友會請他畫一幅。」

「畫什麼？風景？靜物？他擅長什麼？」

「他們要他畫人像。」

「什麼？人像？人像不是照相就好了？」

「可是有人要。」

「賣嗎？」

「不賣，對方會送紀念品。」

「什麼紀念品？」

「有人送瓷器，有人送茶葉，有人送洋酒。有人送金幣，紀念幣。」

「有沒有人送紅包？我是說現金。」

「也有。」

「聽說顏料很貴，他有沒有向妳拿過錢？」

「他自己有薪水呀，家裡的費用，是他出的呀。」

「妳的薪水？」

「存起來。還有繳房貸。」

「房子是妳的名義？」

「對。是他決定的。」

「他沒有開畫展是不對的呀。」

「好像有畫商來找過他，他沒有答應，說自己還不夠成熟。」

「這就不對了。很多人，還沒畫好，就先辦畫展，辦畫展可以出名，還可以增加身價。他們先把畫價訂高一點，讓看畫的人知道，也可以去和有名的畫家做比較。人家一兩千元，一點，妳知道嗎，一點就是一張明信片大小，妳可以訂一千元，甚至一千五百元。這是賣畫的方法，最好的方法。」

「這樣有人買嗎？」

「比如你的畫，賣了兩百元，我是說私下這樣賣，買賣的人，是可以和畫商談價碼的，妳知道嗎？這不重要，重要的是看你的定價。」

「呃。」

「我再提醒妳，畫畫的顏料是很貴的。」

「呃，真的嗎？」

「他的薪水可能付不起，妳是銀行員，要有理財的觀念。不能把薪水都拿出來隨便花。」

「……」

「妳有私房錢？」

「……」

「對不起，我不應問這種問題。」

他。

這讓她想起一件事，聽說白經理要買房子，錢不夠，正在苦惱，太太把存款簿丟給

很多人知道這件事，都嚇了一跳。

「你太太有很多私房錢？」

很多男行員被問過。

「妳有很多私房錢，可以幫助妳先生買房子？」

咖啡來了，林里美注意著咖啡，看兩人的有什麼不同。她發現杯子不同，托盤也不同。以前，她喝咖啡，沒有這樣，教她喝咖啡的是戴小虹，她已去美國了，已結婚了，丈夫是白人，她有看到相片，她想到童朝民，他們是同一類型的。她已生了兩個小孩，一男一女，有寄相片回來給她，兩個小孩都有白人的特色，頭髮和眼睛。

「林小姐，妳咖啡怎麼喝？」

「……」

「加糖？加奶精？」

「嗯。」

「這是不對的，好的咖啡不能加糖，加奶精，因為會損毀原來的味道。咖啡是很香的，加了糖和奶精，就不是咖啡的香味了。」

「呃。」

「咖啡剛泡好，很熱，要小心。咖啡的熱度會慢慢變冷。要注意，每一個階段的味道是不一樣的。妳慢慢試，每一階段喝一點，把味道留在口腔裡，慢慢喝，妳會明白的。」

想不到喝咖啡有那麼多的道理。

白經理有時會邀女同事喝咖啡，聽說他沒有請過男同事。他請的，就只有那幾個。杜祕書也被請過。不過，不是常客。

他會相命，在銀行裡是相當知名的，但是他不隨便幫人算。他說要有緣。

一般，他不會收錢，不過紅包是收的。有一次，有一位女同事，包紅包給他，紅包是折疊的，他拒收，那位女同事，以為是客氣，想塞進他的口袋，他把紅包拿出來，丟在地上。那位女同事哭了。聽說紅包不能折，是忌諱「折」這個字。

後來，才知道，給他的紅包是不能折的。

「咖啡不錯吧。」

「嗯。」

「真的，不錯吧。」

「嗯。」

「下午，還有什麼事？」

「我想帶小孩出去，順便買一點菜回家？」

「去市場？」

「不是，是去超市。」

「買什麼？」

「魚，還有澤庵。」

「他是日本化的人？」

「他喜歡燻製的澤庵。」

「什麼？」

「燻製的？」

「燻的，對胃不好。燻魚燻肉，對胃都不好，不是嗎？」

「他只吃一點，他喜歡那種味道。剛才，那咖啡，也有點那種味道。」

「什麼味道？」

「烟燻味。」

「林小姐，妳真不簡單，喝一次，就喝出味道來了。妳也喜歡烟燻味。」

「我只是感覺。我只吃一點。」

「林小姐，妳不能拒絕呢。」

「什麼事？」

林里美怔了一下。

白經理從皮包拿出一個紅袋子，是紅色，放在桌上，雙手把它抹平。

「這……」

「妳記得嗎，那天，妳幫我付了車錢。」

「付了車錢……」

「妳拿車票給司機剪，多剪一個洞。」

「可是……」

「妳付錢，我答謝，兩邊都受福。」

「只有一點點……」

林里美看紅包，是紙鈔。至少也有十元，說不定是五十元或百元。

「收起來吧。」

「我……」

「我說過，妳不能拒絕。」

「可是……」

「妳必須拿，另外，我要幫妳看看手相。」

林里美還沒伸出手，他就伸手過來抓住她的手腕，拉過去。

「妳和妳先生，是誰主動的？」

「主動？」

「我是說你們怎麼在一起的。妳有偷偷的寫信給他，或者他偷偷的寫信給你？誰先寫？」

「我們都沒有寫信。」

「那妳們怎麼認識的？」

「我們本來就住隔壁。」

「什麼？隔壁？還是有人發動？」

「沒有呀。」

「人家做媒的？」

「不是，我們坐巴士到台北，那時候只有公路局的巴士，常常在車上碰見，有一天，面對面，兩個人同時微笑一下。」

「就這樣？我看妳的手相，妳是貴夫人的，他高攀了。」

「我沒有那種感覺。」

「這是妳不對。」

「白經理……」

「不管如何，這妳要收下。收下才是禮貌。」

他又指著紅包。

她記得進行兩年吧，她辦存款，在過年的時候，有一客戶送她紅包，那個客戶都是先把支票開出來，打電話來問來了多少支票之後，才來存錢。她不喜歡，跑出去把紅包退還了。經理看到了，叫她過去，這是禮貌性的紅包，不收是不禮貌的。

「放好，不能折。」

「謝謝白經理。」

在回家的車上，她一直想如何告訴石世文。或許，不必告訴他，把錢，不管多少，捐出去。

白經理住院開刀，這一次聽說總經理請杜祕書叫人送些花去慰問他。一般是總務室叫花店直接送過去的。這次杜祕書問林里美，林里美說好。杜祕書知道林里美和白經理喝咖啡的事，還是先問她。林里美知道杜祕書希望她能去。

林里美到醫院一看，病房裡有很多人，是醫生和護士。也有銀行的兩三位女職員，她認得出來白太太也在裡面。

她想起那天她把車票丟在地上，對方也好像認出了她。

「妳是來看白經理？」

她盯著林里美手上的一束花。

「是。」

「妳們這些女人，整天纏著他，送什麼花？還有人送他巧克力，也不是沒有吃過，一口吃兩塊，差一點噎死。如果不在醫院，有醫生和護士急救，恐怕早已……」

「平時，我就常常一次吃兩顆。」

「妳，妳講什麼！」

「白太太，沒有事了。」

一位護士小姐說。

「妳是哪一個單位。」

白太太眼睛盯著林里美。

「總經理室。」

「什麼？妳是總經理？」

「是總經理室。」

「誰叫妳來送花？」

「總經理。」

「真的是總經理？」

「她是總經理室林祕書。」

有一個認識林里美的女同事說，還把花束上的簽條指給她看。

祝白友仁經理早日康復，

總經理劉大宏贈。

「你們看看，這一張是什麼，是病危通知呀。」

白太太從皮包裡拿出一張紙。

「那是開刀前給的，現在開刀已順利完成了，沒有事了。」

護士回答。

「怎麼處理呢？」

「你們看，白先生恢復得很好，已可以吃軟一點的東西了。看來，他很喜歡巧克力，一次最好吃一顆，有黏住就喝喝水。」

林里美聽說過，他喜歡吃巧克力，抽屜裡常常放著一兩盒。

「喂，人家總經理送來了花束，不會接嗎？不會謝謝嗎？」

白太太特別強調花束兩個字。

林里美這時才注意到地上放著幾個花籃。本來，她也想送花籃，不過到了花店一看，看到香水百合，那麼香，那麼清新，她就買了幾枝。

「謝謝林小姐，回去轉告總經理，我出院，會去總行謝謝他。」

白經理接了花束，看看床頭櫃，上面放著水壺和杯子。

「小姐，有花瓶嗎？」

「沒有。」

白太太一聽，把花束搶也似的拿過去，把水壺推到一邊，不輕也不重，把花束放在床頭櫃上，停了一下，突然拉開抽屜。

「哇，你們看，這麼多巧克力，有日文的，也有英文的，是哪一些貼心的，也不怕把你噎死！」

林里美看到白太太的表情，和那天把車票丟在地上差不多。

「白經理，我要回去上班了，請多多……」

「人家要你多．多．保．重．啦。聽到了沒有！」

紅磚港坪

兎追いしかの山（曾經追過兔子的那座山）
小鮒釣りしかの川（曾經釣過鯽魚的那條河）

故鄉，日本歌謠

阿雲姊過世了。石世文問林里美，要不要回舊鎮參加她的喪禮。林里美說，她不回去，但是他一定要回去。

石世文和阿雲姊是一起過繼給阿舅的，今天，從石家來講他才是母舅，依照習俗，外甥他們應該來請他，而且要跪迎他。但是他們請去封釘的是他們生家的大哥李宗文。

母舅是不必送行的，他還和一般送葬的人一起，按例送到海山頭，出街的地點。葬禮是依照舊式的，就是在住家附近的空地，搭了鐵架，蓋上塑膠帆布做會場，棺木出去之後，把場地清理一下，擺上桌子，辦桌請會葬的人。因為大部分是親戚和鄰居，開桌的時間，還要去請人過來會餐。

石世文沒有參加會餐。他在會中聽到，大水河要做堤防了。堤防會是什麼樣子？他想到台北的高大堤防，把河和整個城區隔開了。

舊鎮是他長大的地方，有很多記憶，多少記憶會消失？有人說，河邊還要沿河造一條汽車道，那整個河域就會完全變樣了。

他先到公會堂。公會堂包括一個建築物和四周的庭園。公會堂在大戰末期變成日本海軍的倉庫。戰爭結束，日本海軍人都跑光了，許多居民去偷東西，主要是乾糧和罐頭。石世文也去過，後來警察出來捉人，他很怕。有人說他年紀小，警察有查出，卻沒有抓。實際上，有好幾個人被抓去關了。

戰後，公會堂變成戲院，那以前，它可以開會，演電影，演話劇，辦展覽。有一次，辦女人生育的展覽，他還小，不能進去。有一次辦衛生展覽，他看到在藥水瓶中有一個人膽。他看過豬膽，還看過大一點的小孩，拿它吹風做氣球。

他看到人膽，又黑又小，上面寫這是膽癌病人和他的姓名，他一直想，那個人已經死掉了。

公會堂建築物的四周，種了很多樹，以前有草坪，後來被踐踏，只剩下泥地。建築物的兩側，種了兩排檳榔樹。他爬上去把快掉下的葉子拉下來，去港坪做滑板，從上往下滑。除了檳榔，公園裡還有很多樹，有榕樹，鳥屎榕，茄苳，朴仔樹，愛睏樹，也有樟樹，和苦楝，還有一棵印度橡樹。那棵樟樹，葉子已掉光，根部開了一個大洞，還有人說有狐躲在裡面。還有人說，狐會變，他不敢探視裡面。

在舊鎮，大水河叫港，據說以前大帆船可以進來，舊鎮也叫內港，外港應該是淡水。這裡，河叫港，河邊叫港墘，有一段河堤是用紅磚串起來的斜坡，叫港坪。舊鎮的這一部分，地勢高，大水河在下面流著，斜坡從上面算，到河面大約有十公尺以上。

港坪的上面，排著幾個石條，就是長形石椅，都在大樹下，可以乘涼，也可以遠眺。他曾經和呂秀好坐過，和月桃坐過，後來也和林里美坐過。

他也想到月桃的母親，臭香姨。她的名字叫阿香，為什麼變臭香呢？以前，為了避諱，故意用一個相反的字，小孩生下來明明長得很媠（美）很古錐，卻叫他阿鄙（音bai）。有人說，臭香姨是趁食查某，有香也有臭。她趁食，不在家鄉，都去南部。

臭香姨家就在公會堂後面的後街，就是石世文以前住家的後面。後街不長，整條街面對大水河，聽說很久以前，後街是兩排屋子相對，對面的一排，被大水河的洪流刮走了。港坪就是為了防止洪水的沖刷建造的。

後街沒有商店，都是住家。臭香姨是租前半，面對大水河。

臭香姨很會做鼠麴粿。鼠麴粿是用鼠麴草做的，要去對岸的沙埔採摘。第一次，是臭香姨帶他去的，還有月梅。臭香姨教他們如何分辨鼠麴和鼠麴龜仔，鼠麴龜仔是不能做粿的。它們有一點像，不過，鼠麴的花是鮮黃色，容易認出來。另外有一種草，叫雞屎藤，在港坪上就有一株，聽說也可以做草粿，不過名字不好聽，幾乎沒有人用它了。

房子是陰暗的。出來的是月梅。月桃和月梅是雙胞胎姊妹。

「月梅，阿姨呢？」

月梅默默的帶他到大廳，中間有帖案，右邊是神佛像，左邊是牌位。上面有臭香姨的肖像。

「多久了？」

「兩年多了。你好久沒有回來了。」

「嗯，三年以上了。」

「聽說，你的阿雲姊過世了。」

「嗯，今天出山。」

「你回來做外家？」

「沒有，他們請宗文。」

「呃，現在，你去哪裡？」

「我想去河邊看看，聽說要做堤防了。」

「你要畫？」

「畫幾張素描。」

「你畫好回來看我，我有話跟你講。」

石世文出來，走到港坪上，看看河，下流不到兩百公尺的地方，已造了一座橋，橋把台北那邊的景色遮住了。以前，看那個方向，最高的是總督府，也就是後來的總統府。現在，除了橋，台北那邊已有很多更高的房子擋住，已看不到總統府了。

在造橋之前，河上有渡船，他生父虯毛伯是船夫。這一次回來，他想去看他，李宗文說不要，他不願提起和阿雲姊有關的事，甚至這個名字。

他再看看對岸。因為橋，渡船沒有了。不但如此，對岸他很熟悉的景色也已經完全改變了。水邊是沙灘，過去是竹叢，菜園。現在，房子已蓋到河邊了，也做了河堤，原來沙灘沒有了，竹林沒有了，整片田園也沒有了。

以前，在沙灘，靠近水邊，還有濕沙的地方，有蜆，一個眼睛形的小洞，用手指一挖，就是一顆黃澄澄的蜆。大水河，水清，河底是乾淨的沙，蜆殼是很少有黑斑的。再過去，高一點的地方點綴著不少芒草叢，雲雀從那裡飛起，在空中不停地搧著翅膀，吱吱喳喳的叫個不停，直線上升，越飛越高。

石世文走到雲雀下面，有人說雲雀是在監視下面菅芒叢裡的巢，所以從他的位置直對下來的芒草叢會有巢。他卻沒有找到。

「呆瓜，雲雀是故意把你引開的。」同伴告訴他。

沙埔再上去，是菜園，因為是沙地，開始種的是栽培較簡單的番薯、落花生、菜頭，後來也有人種菜瓜、冬瓜，而後才種更高價位的白菜、高麗菜。

有一次，一個比他大一兩歲的小孩，帶了狗，說要去對岸捉兔子，結果，狗看到小圓洞，先聞，再扒挖，一個洞繼一個洞，把一片番薯園挖了一條條的溝，最後咬到一隻小老鼠。

他迅速的畫了幾張素描，不只是現在的場面，有的是記憶中的景色。河的對面已經變了，而這邊也將改變。會怎麼改變呢？

紅磚港坪就要消失了。從舊鎮消失，從他的記憶裡消失。他走過台灣的一些地方，好像只有舊鎮有這種紅磚的河堤，其他的都是用竹籠或鐵絲籠裝石頭做成的石籠。實際上，舊鎮，從媽祖宮前面的通道走過來，有一段石階，上游也是石籠。如果這是台灣唯一的紅磚斜坡堤，也將要永遠消失了。

小時候，他常常撿檳榔樹葉，坐在上面，由港坪頂滑下去，像滑溜滑梯。沒有檳榔葉，可以用稻草束代替。

他走下港坪。港坪有四十五度以上的坡度。因為是磚坪，時間久了，每次大水一來，淹上來就要沖擊一次，有些地方磚坪已稍微有凹凸，有些地方已變成波浪形了。以前，他可以微蹲腰身直接走下去。已久了，他的腳力沒有以前好，又拿著畫具，所以蹲得更低，有時，還用手撐一下。

有一次，他記得是陪月桃走下去的。

「世文，月桃回來了，聽說你喜歡畫畫，她有問題請教你。」

臭香姨邀石世文去她家。

「世文，喝杯茶。」

臭香姨說。

「妳喜歡哪些畫家？」

石世文問月桃。

「米勒，還有莫內。」

「為什麼米勒？」

「寧靜和平和。」

「妳指的是？」

「〈晚鐘〉、〈拾穗〉……」

「妳知道，他畫的是窮人？」

「窮人？」

「以〈拾穗〉來說，一般人只看到三個拾穗的女人，三個在撿掉在地上的麥穗的女人。外表上，她們愛惜穀糧，惜福的場面，也是很感人的場面，但是掉下的殘糧有多少？妳有沒有看到，畫的遠處，地主騎著馬，指揮農人和工人，收穫大量的麥子？畫家用模糊的筆觸，畫了出來。」

「呃，我沒有注意到。」

「世文，你帶月桃出去走走吧。」

「世文，我可以這樣叫你？」

「當然。月梅也這樣叫我。」

他們走到鳥屎榕下的石條，坐下來。

「世文，你有畫過哪些風景？」

月桃指著河，河邊和對岸。

「有。」

「可以給我看？」

「可以呀。不過，我沒有帶在身邊。」

「呃，下面還有一條路。可以走嗎？」

「妳想下去？」

「怎麼下去？」

「那邊有石階，不然就從這裡走下去。」

石世文指著紅磚港坪。

「從這裡？」

月桃看著紅磚斜坡。

石世文不說話，一個人微蹲著身體走下去，而後再走上來。

「我不行。」

「我牽妳。」

石世文伸出手。

「我自己試試看。」

月桃站在港坪頂端，遲疑一下，然後蹲下身。

「妳可以趴著倒退下來。妳可以踩著長在磚縫的草，或磚本身因不平微凸出來的地方。」

石世文站在下面一兩公尺的地方，微張開雙腿，雙手微向前，準備隨時可以接她。

她下了兩小步，突然停下來，手緊抓著裙襬，臉都紅了。

「怎麼了？」

「沒有。」

她是穿著裙子，他在下面看到她的內褲，是白色的。

她轉過身子，面向前，蹲得很低，慢慢移動腳步。他依然可以看到內褲。她又抓緊裙襬。

「要下來嗎？」

「要。」

石世文走上來兩步，雙手抓住她的手臂，讓她蹲高一點，慢慢往下移動腳步。

「啊。」

她忽然整個人滑下去，一直滑到下面的路邊。臀部重重的撞在地上。他不敢鬆手，人也跟著被拉下去，不過他人在上面，整個人壓在她身上，他一手撐地，另一手的手肘壓在她的胸部。他很快的站起來，同時拉她起來，她的臉又漲紅了。

「妳在這裡靠一下。」

路上有一塊大石頭，有半身高，表面不平，不能坐。

「沒有受傷吧？」

石世文看著她的手和腿。

「我，我不知道。」

「我看一下。」

她依然沒有回答，也沒有動。

大概過了十分鐘，她站起來，把身上的草屑和灰塵拍一下，而後垂下雙手，低著頭。

「妳這裡有烏青，痛嗎？」

他指她的小腿側部。

「不痛，不痛。」

「這是臭川芎，對烏青很有效。」

石世文摘了幾葉臭川芎，用手掌搓幾下。

「妳聞一下。」

「哼，哼。」

「怎麼了，味道太強？」

「我自己擦。」

她的小腿皮膚很光滑，腿股微微鼓起。她把裙襬拉高一點，很快的搓了一下，又把裙子放下。

「好一點了？」

「你會游泳？」

「會。」

「在這裡？」

「以前是，小時候。妳看，現在水髒了，沒有人下去了。」

「這裡的水很靜。」

水流得很平順。

「下面是沙，不是石頭。」

「有，我聽到了，很輕，水流的聲音和拍打河岸的聲音，你仔細聽。」

「呃，真的。」

「這紅磚坪，一直伸入水中？」

「沒有錯，下面也是紅磚坪，一直到河底。水雖然不是很乾淨，不過洗過的地方顏色還鮮明。」

「我喜歡。」

「這些都會消失。」

「好可惜喔。這裡有魚嗎？」

「以前有。」

「你釣過？」

「釣過？」

「什麼魚？」

「溪哥仔、小鯽魚、蝦子、小鰻條。冬天，也有毛蟹。」

忽然，她伸出手，眼睛看著他。

「月桃，這一塊大石頭，大水來的時候，好像往下游移動一下，可是不很明顯。奇怪的是這一條路，這一條小路，洪水來了，有時快淹到坡頂，把小路整個淹沒，可是水一退，這條路還是完好的。妳說奇怪不奇怪？」

石世文拉了她的手。

「真的，很奇怪。」

「不過，它就要消失了。」

「整個景觀都會改變嗎？」

「對。完全改變。包括上面的，聽說要蓋市場，那些樹也都要砍掉。」

「呃，真的……」

「月桃，我告訴妳一件很可笑的事。」

「可笑的事？」

「這裡，就是這裡。媽祖宮那邊有一道階梯，這邊也有一道，那邊以前是碼頭，比較寬，是卸貨用的，這邊較窄，用來做挑水的，也是洗衣婦的通道。以前，自來水不夠，河水也清，有人下來挑水，也有很多女人在這裡洗衣服。有些小孩，就喜歡游到這裡來。有一位國小的女老師，叫小林老師，是改姓名的，在洗衣服的時候，不小心，鐵桶掉進水裡，我潛水下去找，拿上來給她，她很高興，叫我去她家，送我一盒蠟筆。那時候，蠟筆是很珍貴的。」

「你怎麼去？」

「穿著短褲，全身濕濕的。」

「為什麼在女人洗衣服的地方游泳？」

「不只是我一個人。我是跟大一點的小孩游過來的。」

「呃，是這樣。」

她說，把裙襬拉了一下。

「另外一件事。有一個小孩，大我一兩歲，皮膚很黑，大家叫他黑甜粿，他很會游泳。他說他可以在水中呼吸，像魚。方法是，由鼻子吸氣，然後由嘴吐出。他說這樣可以增加潛水的時間。」

「你做了？」

「我做不到。他又潛下去，浮上來，叫我再試一次。我差點嗆死了。」

「哈哈，原來，你不是魚。」

「我沒有鰓。」

「嗤嗤嗤。」

「哈哈哈。」

「這個地方，晚上會有人散步？」

月桃拉住他，頭輕靠著他。

「不會。只有在戰爭末期，有幾個韓國女人，當時叫朝鮮婆仔，在工作之前太陽還沒有下山的時候，出來走走，穿著韓國女人的衣服，唱著韓國歌。」

「為什麼沒有人散步？」

「路窄，兩邊有雜草，近河邊，又沒有燈光……」

「好可惜。晚上在這裡，聽水聲，看月亮。」

「月桃，聽說妳在教鋼琴？」

「沒有到那種程度，只是音樂課，唱歌的時候，為小朋友伴奏一下。」

「所以對聲音有特別的感覺？」

「只是自然的感覺，對較微弱的聲音也會有些感覺。你說你會釣魚，晚上也釣魚嗎？」

「釣。」

「在這裡？」

「也釣過。」

「怎麼釣？」

「看不到浮標，用暗釣，就是在釣竿末端結一根香條，看它一抖動，就知道有魚吃餌。有時魚拉重了，香火碰水，熄了，後來改用鈴鐺。」

「呃，很好玩。」

「現在，可能沒有什麼魚了。」

「真的？」

「妳看看河水，污濁的河水。」

「大水來的時候會把它沖掉？」

「會。不過水退了，又恢復原狀。」

「大水的聲音很大？」

「浩浩蕩蕩，轟轟烈烈。我不會形容，真的，我不會形容。」

「世文，你看，你說這裡是以前婦女們洗衣服的地方？那些紅磚，水輕拍著，你說沒有以前水清，紅磚的顏色還是那麼鮮明。你說，它將消失，你會想念？」

「會。」

「我體會不深，我也會想念這水的聲音。雖然那麼輕微。」

「妳看看上面，是橋面的底部。妳會感到壓力？」

「會。現在，什麼都變大了，車子變大了，房子也變大了。你說，以前可以從這裡看到總統府，現在被其他的房子遮住了。」

「變化很快呀。」

「世文，你要畫的是過去？現在？還是未來？」

「我畫我看到的，還有，很重要的，是我記憶中的。」

兩人在河邊，在那短短的路程，來回走了十幾分鐘，手拉著手。

「世文，我們該回去了。」

「我們回去，走階梯？」

「不，我們走港坪，你不是說上去容易？」

上去的時候，月桃叫他走在她的側邊，她自己是半爬著上去。

「妳什麼時候回台南？」

「我要住一個禮拜。」

「明天，或者後天，我們去對岸，在河邊，在河和沙灘相接的地方，沙灘緩緩伸入水中，沿著沙灘，在淺水中走。」

「要赤腳嗎？」

「對，要赤腳。」

「我……我很想去。」

可是，第三天，她回去台南了。第二天，他沒有約她。

「為什麼？」

石世文問月梅。

「月桃紅著眼眶，說臨時有事，非回去不可。再進一步問她，她就不回答了。你有對她做了什麼？」

月梅看著世文。

「沒有呀，她告訴我要住一個禮拜，表示我們還可以見面。」

「世文，你畫好了？我以為你不會再來了。」

石世文畫了十幾張素描之後，又回去後街看月梅。

「臭香姨過世的時候，月桃有回來？」

「有。」

月梅拿一張兩人合照的相片給他看。

「她有說，當時為什麼突然回去？」

「她說，你摸她的胸部。」

「什麼？」

不對。他不是故意的。後來，她不是自動的伸手給他嗎？

「你為什麼不寫信給她？」

「我，我有寫，寫了五封，她都沒有回答。」

「真的？」

「她沒有告訴妳們嗎？」

「我母親喜歡你，我知道她也希望月桃能回到身邊來。」

「妳們沒有問她？」

「她回來參加母親的喪禮時對我說，你抓了她的胸部。第一次見面，你就摸她？」

「什麼？她怎麼說？」

「她說你抓了她的胸部。」

「怎麼會這樣呢？」

「她只這樣說。不然，又是怎樣？」

「在下港坪的時候，她滑下去，拉了我的手一起滑下去，我倒在她身上。」

「有摸她？」

「不是有意的。」

「現在，我倒在這裡好了，你可以實演一下？」

「不行。妳站起來。」

月梅躺在地上，四肢張開，眼睛直看著他。

「我問你，幾年前，在三重，你有去看脫衣舞？」

「……」

「有去看我跳脫衣舞？對不對？」

「有。」

「你知道我在跳？」

「……」

那是在市郊一個新興的城鎮裡，一間小小的劇院，很簡陋，布景都沒有，連座椅都是板凳，有些觀眾還在抽菸。

當時，他是想，或許可以看到竇加。不過，好像看到的是羅特列克。

「你有看到，看到我脫光？」

在三重，一個小舞台。那是違法的。

在月梅出場之前，有幾個女孩邊跳邊脫，只脫上身，剩下內褲。月梅是壓軸，一件一件地脫，最後全部脫光。

「有。」

「都有看清楚了？」

「沒有。時間太短，電燈很快熄了，妳也很快跑進後台了。」

「你知道，我們都怕警察。你覺得怎麼樣？」

「妳的皮膚很白……」

當時，他的感覺是，她像一條白蘿蔔，剛拔出來，在水裡洗滌一下，沒有姿勢，也沒有表情。

「可能是燈光的關係，實際上，我的皮膚並不很白，不過很平滑。來，現在我再給你仔細看一次。算是補償。」

「不要，不要。」

「我知道，你看不起我們，看不起我們這種趁食查某。」

月梅的阿媽叫阿市，石世文小時候還在，他叫她阿市姨媽。阿市姨媽年輕時，在南部趁食，到了中年以後才回來舊鎮。她生了一個女兒，有人說是收養的，就是臭香阿姨，她和她母親一樣，年輕時，也在南部趁食。

她生了兩個女兒，是雙胞胎，就是月桃和月梅。男人開了一家鐵工廠，他告訴臭香姨，不要再去接客，就住在工廠裡的一個小房間。他太太得了消息，來想把她趕走。那時，她懷孕了。太太不能生，男人一直說要納妾。太太把臭香姨留下來了。她生了雙胞胎，本來，太太兩個都要，母親不給，要一個，母親還是不給。太太說，她發誓一定會像自己的女兒那樣疼她。太太挑了大的。實際上，也給她念到師範學校，畢業以後，在當地教小學。

月梅五歲的時候，臭香姨帶她回舊鎮。

「我沒有看不起妳，看不起妳們任何一個人。」

他記得很清楚，後來，在河邊，月桃不是自己伸手給他嗎？為什麼碰她的胸部是她離開的原因？

「有人說，我是髒女人，我的母親、阿媽都是髒女人。月桃也是？」

「我沒有這樣想呀。我不是叫她們阿姨、姨媽嗎？」

「你敢碰我？現在？如果你說我沒有髒，你就碰我。你要做什麼都可以，你敢？你真的沒有看不起我？」

「……」

「過來。你怎麼碰月桃的？月桃和我，很像，也有不同。對不對？」

月梅拉了石世文的手放在自己的胸部。

「月梅，妳穿好衣服，好不好？」

「你這是看不起我，對不對？我看你的眼睛我就知道。」

「沒有。我沒有看不起妳。」

「月桃，一直到這次離開之前，才告訴我。我是說這一次。她說，真正的理由不是你摸她的胸部，是你的阿雲姊來我家，趁我母親不在，就告訴月桃，聽說你們去散步？妳不知道世文已經有女朋友了？他們快結婚了。」

「那時候，我沒有女朋友呀。」

「現在推想起來，你和林里美，是以後的事。對不對？」

「對，兩年以後吧。」

「你說，你有寫信給月桃。那一次，月桃是哭著離開的。你知道嗎？她說，你有女朋友就不應該摸她。你有寫信給她，你說你寫了五封？後來她有感覺你是有誠意的。她忽然感覺到，你的阿雲姊反對，真正的理由是在我們的家世，她看不起我們。我的阿嬤、母親和我，我們都是趁食查某。你的阿雲姊是看不起我們。認為我們不配。月桃想，也許她可以不管你的阿雲姊，可以寫信回你，但是想回來你的家庭有這樣一個人，所以她就放棄了。」

「那……」

「那，以後，她沒有結婚。」

「……」

「看，這是這一次她回來，我們的合照。」

相片有幾張，都是兩姊妹，其中有一張是全身，另外有一張是半身。月桃穿的是白襯衫，灰藍色的套裝，像里美她們銀行員的制服。月梅是黑白條長袖襯衫，深灰色長褲。

「有像？我們兩人？」

「有。」

「兩個人在一起，才知道有多像。」

「真的，真的一模一樣。」

「世文，我告訴你一個祕密，我和月桃的祕密。」

月桃要離開的前一個晚上，兩個姊妹睡在一起。起先，月梅抱住月桃，抱得很緊。

「月梅，我快喘不過氣了。」

「月桃，妳知道嗎？我們在母親的肚子裡，就是這樣抱著。」

「呃。」

「不對。我們在母親的肚子裡是沒有穿衣服。」

「月梅，妳這是做什麼？」

「我們要回到母親肚子裡的樣子。」

月梅先脫衣服，再去脫月桃的。

「月梅，不要這樣。拜託。」

月梅聞她，摸她。摸她，聞她，從頭髮，臉頰，耳朵，她吻她的耳朵，還咬它。

「妳的乳房比我好，妳的還結實，我的已垂下來了，像粿袋。」

「月梅，妳病了？」

「妳是不是處女？月桃？」

「為什麼？」

「我想知道。」

她摸她。

「我不知道，應該還……」

「妳沒有接觸過男人？」

「沒有。」

「真的？」

「真的。」

「讓我看一下。」

「不行，不行。」

「我經過那麼多男人。我十六歲那年，算滿的，還不到十五歲，一個我不認識的男人，我還不懂的時候，一下子就把它戳破了。」

月桃微張開大腿，讓月梅看它、摸它、吻它。她也摸她胸部和臀部，不過她的手是有些遲疑的，微微顫抖著。

「為什麼？」

月桃沒有回答。

「我知道，那是一個沒有男人碰過的身體，害羞的身體。」

那天晚上，兩個人的話少了，只是緊抱在一起，一直到天亮，在上午九點左右，月桃離開了。

月梅送她出門，看她走到紅磚港坪頂上，站了差不多三分鐘，先是低頭看看紅磚港坪，抬頭看看遠處，河的對岸，再看看紅磚港坪，回頭抱住月梅，轉身走開了。

「那時候，我感覺，她不會再回來舊鎮了。」

「月梅，我想我該走了。」

「等一下，你可以幫我畫一張？」

月梅搬了椅子，坐上去。

石世文很快的畫了一張素描。月梅拿過去看了一眼。

「幫我畫一張裸體的。」

石世文又畫了一張。

「那一次，你說沒有看清楚？我是說在看脫衣舞的時候。」

「沒有很清楚。」

「為什麼？」

「妳一脫光，就立即遮住，跑掉了。同時，燈光也熄了。」

「那，這一次呢？」

「有……有清楚。」

「你畫過其他的模特兒，對不對？」

「有畫過。」

「今天，你畫的這幾張素描，你畫了誰？你知道嗎。」

「畫妳呀。」

「不對，是月桃。」

「真的？」

「你再看著相片。月桃喜歡讀書，是近視。我的眼睛比較大。」

「呃，真的。」

「你不至弄錯吧，我相信畫家的眼睛。有人喜歡大眼睛，也有人喜歡小眼睛，瞇瞇的，眼睛先笑出來了。你看著我，想的是月桃。畫的也是月桃，對不對？」

「……」

「你過來，摸我。我知道你摸月桃不是故意的。我想，後來，如果她不走，你摸她，她會接受的。你來，你把我當月桃好了。」

「……」

「一個是處女，一個是妓女。我不是處女，我經過不少男人，不過我相信，我的身體還是這樣乾淨的。過來。」

月梅拉了石世文的手，放在她的胸部，他很快縮回去。

「你看得出來嗎，現在，我是月桃。如果月桃站在你前面，你會要她嗎？」

「我不能要。」

「為什麼？」

「我已經結婚了。」

「那我，也不能要嗎？」

「不能要。」

「因為我曾經是一個趁食查某嗎？」

「……」

「我不收錢，你可以吧。」

「……」

「舊鎮五月初一大拜拜，你記得吧，在前一個晚上，大眾爺出巡，很多官將隨行，脖子上掛著一串串鹹公餅，碰到熟人，就叫他拉一枚，說可以祈福他。你就把我當做一個鹹公餅好了。拉一枚行嗎？」

「月梅，我想我該走了。」

「真的要走了？」

「時間不早了。」

「現在幾點了？」

「快四點了。」

「四點鐘了，你有開車嗎？」

「有。」

「可以載我？」

「去哪裡？」

「我會告訴你。」

月梅穿好衣服，由石世文開車到舊鎮國小大門對面。舊鎮國小就是石世文畢業的學校。石世文讀國小的時候，舊鎮叫舊街，只有這個國小，聽說舊鎮大了，人口也增加了，已有三間國小了。

那是國小放學的時間，學校門口有老師在指揮，小學生由值日生帶到校門口，而後往左右散開，校門口很多人在等候，出來的學生有的由家長、傭人或補習班的老師接走，有的家長還開車來接。要過馬路的，就到路口等紅綠燈。現在的小學生都有穿鞋子，還有很漂亮的書包，書包上還有各種裝飾品，小兔、小鳥、小貓。以前，他是用包裹巾綑起來的。

「妳來帶小孩？」

「不是。」

月梅說，眉頭皺了一下。

「誰的小孩？」

「我曾經生了一個女孩，把她賣掉了。」

「賣掉了？」

「那時候，在婦產科，有人問，說有一對夫婦，家庭不錯，不過沒有小孩，想買。我想，我們家三代，除了月桃，都是趁食的。有人要，就讓別人去疼惜。月桃就比我好多了。我希望她長大，能像月桃。母親知道這件事，還把我罵了一頓。」

月梅說，眼眶都紅了，淚水也掉下來了。

「本來，我不收錢，只要有人疼，我就滿足。不過，對方包了一個小紅包，說兩邊都吉利。我收了，現在還沒有用。三不五時，就拿出來看一看，摸一摸。那些錢不能代表她，卻叫我想到她。她在哪裡？」

石世文伸出手拉住她，她的手是涼的。

「我算過，她應該是小三了，你看，站在校門口的是三年級的老師，我認得。」

「她在這個學校？」

「不大可能。當時我們約定，兩邊都不知道對方是誰。他們從產房把嬰兒抱走，直接去報出生。我不知道他們的姓名，也不知道他們的住所。」

「醫生和護士都同意？」

「他們相信，他們是在做善事。」

「妳常來這裡看小孩放學嗎？」

「有時間就來，已經兩年多了。」

「下雨天也來？」

「嗯。我喜歡看小學生穿雨衣的樣子。有的還撐著小小的傘。」

石世文記得，他畢業那一年，全校有兩千多的學生。一年級五班，一班大約七、八十個人，還有兩年的高等科。學生一隊一隊的出來。不知道現在有多少學生，不會更少吧。

「世文，你看那邊，那個在紅綠燈那邊指揮交通的家長，有一次，我說讓我指揮一下。她看我，把棍子和反光衣給我。」

「為什麼？」

「我要那種感覺，看著每一個小學生平安的橫過馬路。」

「嗯。」

「我們回去吧。」

月梅一直低著頭，流著淚，用手帕擦鼻子。

「到了。」

「世文，你要進來？」

「不，今天不。」

「那你還會回來看我嗎？」

「我會回來看我的姑丈，妳知道，就是我的生父。這一次因為喪事，不方便去看他。我要回來看他。我還要把畫對照修改一下，我看的，我畫的，這些景色都將會消失。」

「你會來看我？」

「一定會，我還要送畫來給妳。」

「給我幾張？」

「妳要幾張？」

「一張。一張就好。」

月梅想了一下。

「我要裸體的。」

「妳要裸體的？」

「對。我要裸體的。」

附錄　鄭清文手稿

（未刊稿，鄭清文家屬提供）

陸梅伶經常打電話給林里美。陸梅伶偶爾會請她吃一個飯了。　1

西餐

「里美，晚上有空嗎？我們去吃西餐。」

陸梅伶今天穿的很樸素，是淺灰色的套裝，白襯衫。童朝民來公司之一個月了，二個月，陸梅伶天天穿著大紅、大綠、大黃樣色的衣服，顏色鮮艷，甚至可以說已到了野俗的地步。不管這些顏色怎麼配，林里美總感覺到不自然，甚至有不舒服的感覺。

有一次，有人打電話來找陸梅伶，林里美去洗手間找她，沒有，再到二樓也沒有，再到三樓。她看到陸梅伶一個人站在窗邊抽煙。（公司在舊市區，住舊式房子，只有三樓，其實三樓也只有前面一半。）

「我沒有抽，只是吹風。」

陸梅伶轉過頭來一笑。

「為什麼呢？」

林里美在心裡想著。

前些日子，鄭小虹常常撕信封，唰唰唰。

「怕累。」

有一次，陸梅伶生氣了信裏，就唰唰的把它撕掉。那以後，手有空的時候，也會拿出一疊紙一邊，而以空白的信箋唰唰唰的撕起來。梅伶小虹姐，

「有電話。」

「誰的嗎？」

「不在。」

不在若了，林里美會代她回答。（一般都是國外的客戶，）

「她會小姐的電話。」

林里美常常接到俞小姐的電話，人卻沒有見過。

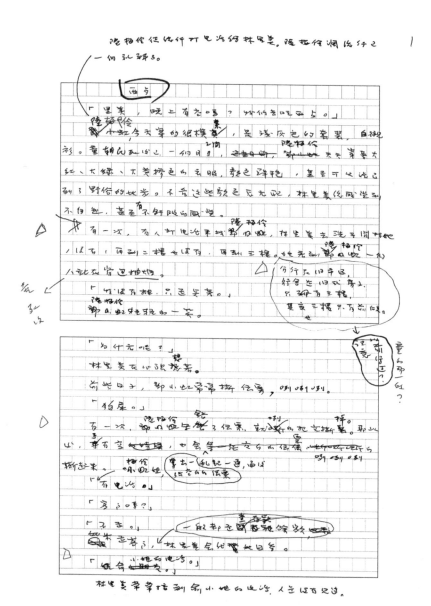

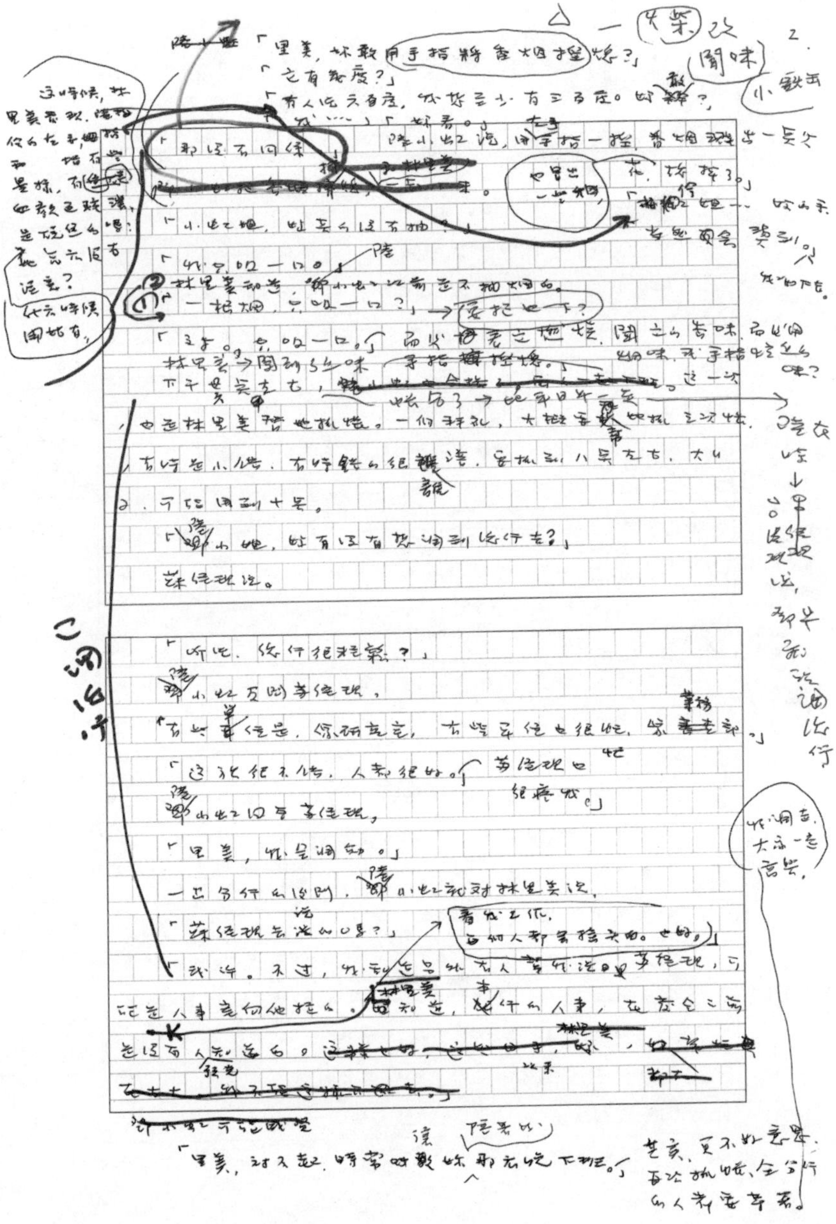

「里美，妳敢用手指將香煙捏熄？」

「這有什麼？」

「小姐，妳是不是有抽？」

「我只吸一口。」

林里美知道，陸小姐以前是不抽煙的。

「一枝煙，只吸一口？」

「是的。只吸一口。」

「里美，對不起，時常叫妳陪我去吃午飯。」

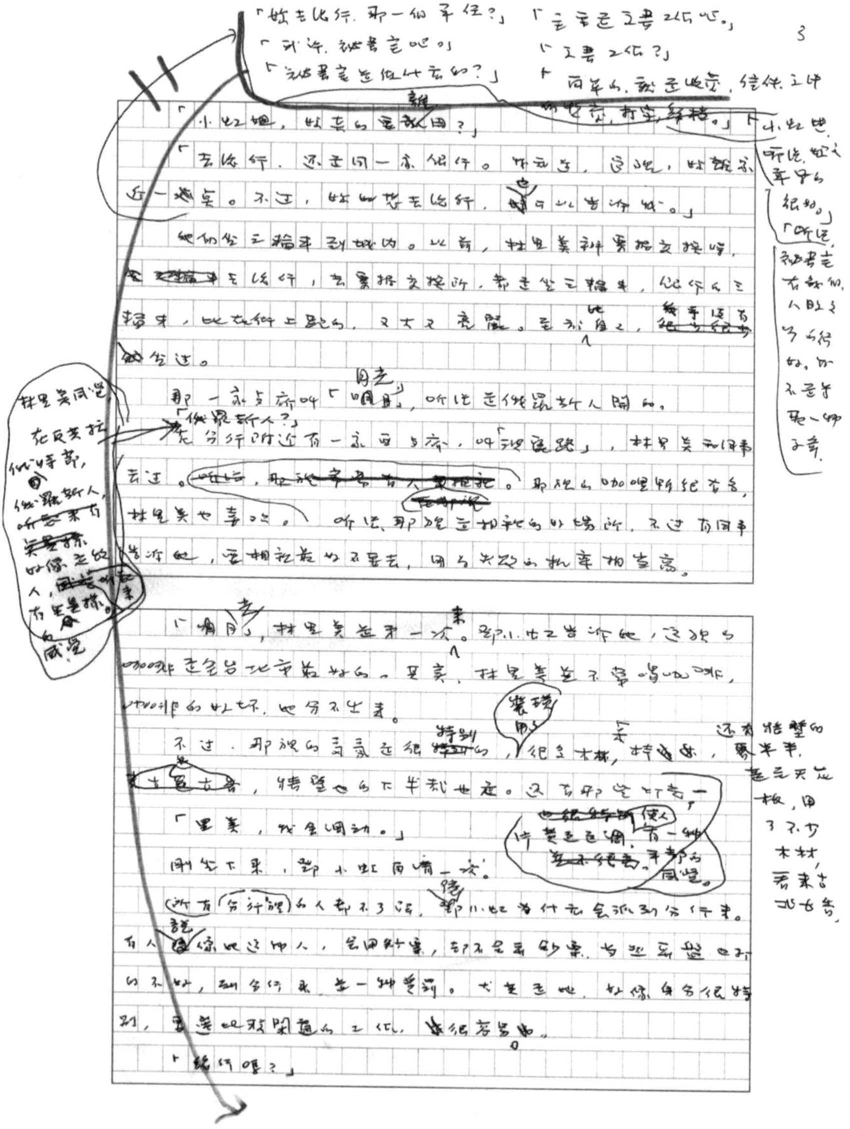

4

②「我……」
「妳吃牛排好了。」
「不，我不吃牛肉。」
「為什麼？」
「牛要工作，幫我們工作。」
「這種牛肉是進口的，這種牛，並不用工作的。哈哈，你說我。」
「真的，我不吃牛肉。」
「那妳吃魚好了。」
菜送了過來。這家的牛排做得很不錯。」

「大概是吧。」

「那一部門？」

林里美覺得，不應該問太多，銀行於這種人事命令發佈之前，任何人都不能說出去，也不能問。④A 里美，妳想吃什麼？

①「希望是研究室或秘書室。」

那小姐先是點點頭，拿了一塊，塗塗果醬，擦擦手，了點頭。

「研究室是做什麼的？」
林里美望著她，拿了麵包，塗了一點果醬。
「聽說，看看報紙，剪剪報紙，再把它分一分類。」

「那秘書室呢？」

「大概是整理一些檔案吧。」「小姐，妳會打字？」「會是會一點。」

「難道我也是銀行業務嗎？」

「既然有人要做，總該有吧。」

「那應不用打算盤吧？」

「大概不會吧。不然，我又要拿零了。」

「很不一樣的工作。」

「是很不一樣。里美，妳有想調什麼？」

「可是……」

「我看，你行裡一天坐車差不多五分十分。還有，妳算盤打得那麼好，可以去會計室。」

「呃。」

「妳不喜歡？很多人想去呢。」

「我，我也不知道。」

「里美，我們是好朋友，其實，我也很想你，我們很想

5

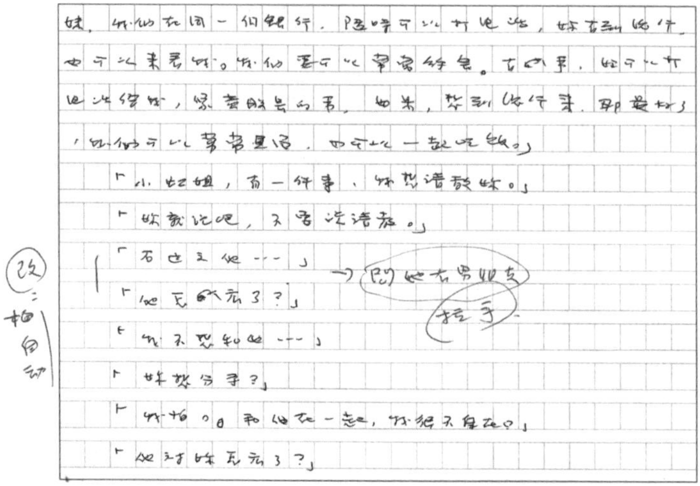
妹，我們在同一個銀行。除了可以相見外，妳去到他行，
也可以來看妳。我們還可以幫忙介紹客。在的事，妳可以打
電話給我，緊急時是好事。如果，找到他行來，那最好了
，我們可以常常見面，也可以一起吃飯。」
「小姐姐，有一件事，我想請教妳。」
「妳就說吧，不要客氣。」
「有他又他……」 → 問她有男朋友 拉手
「他怎麼了？」
「我不想和他……」
「妳想分手？」
「我怕。和他在一起，我很不自在。」
「他對妳怎麼了？」

改：拍自動

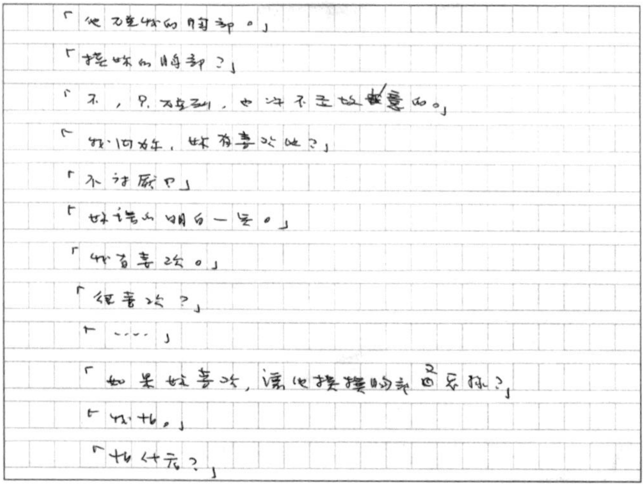
「他又碰我的胸部。」
「摸妳的胸部？」
「不，只碰到，也許不是故意的。」
「我問妳，妳有喜歡他？」
「不討厭。」
「妳說明白一點。」
「我有喜歡。」
「很喜歡？」
「……」
「如果妳喜歡，讓他摸摸胸部又怎樣？」
「我怕。」
「怕什麼？」

6.

阿芝，鋼琴曲。

「我指我的家人。」

「妳家人反對了？」

「他們反對。」

「為什麼？」

「他們反對我嫁人。我大姐沒有嫁，因為全家人反對。我二姐也沒有嫁人，因為全家都反對。大姐的婚姻，二姐也反對。二姐的婚姻，大姐也反對。」

「妳呢？」

「我沒有反對。但是，我只有一個人。」

「如果妳喜歡，妳要活得快樂一點。」

「你要說？」

「不要。只要像他們一樣，她不討厭他。」

「我已和他認識也有了。」

「我知道。」

「妳知道？小紅姐，」

「嗯。我的朋友告訴我的。」

「打聽那些人的朋友？妳會……」

「不是。是她的。」

「為什麼？」

妳的朋友，知道事情。

「如果她要嫁人，我就讓出來。」

「什麼？小紅姐，妳不怕嗎。」

「我的朋友告訴我，她很好。」

「怎麼好？」

「她心地小，她絕對不會做大的壞事。」

「小玲姐……」

7.

「什麼事？」

「妳可以問，怎麼看出來？」

「我的朋友，有一次下課在停車站等他，人很多，天也快暗了，他記得走過，胸部被碰著——他，他沒有反應，沒有什麼反應，反而伸手握住他的手，他只是把手伸去，手掌張開，沒有什麼動作[illegible]似的，那一天，我的朋友才[illegible]，[illegible]。」

「好。」

「也許，也不會做什麼好事。」

「那——」「不過，這種人，會接受[illegible]吧。」

「妳打算怎麼樣……那種人？」

「小玲姐……」

「妳不高興嗎？」

「不是，不是……不過……」

「不，不。」

「那妳可以讓他摸妳的胸部。」

「不行，不行。」

「為什麼？」

「我不是討厭他，他也是家人。」

「怎麼了？」

「小時候……被摸過……的事。」

家庭會議

月光餐廳

戴小虹調到總行以後，第二次約林里美過去吃飯。地點同樣是「月光」西餐廳。

這個餐廳，好像整個房間都是木頭，　的木頭，天花板、牆、桌子、椅子都是。

戴小虹告訴她，「月光」是德國餐廳，那裡最有名的是各種香腸和咖啡。

以前林里美沒有喝過咖啡。戴小虹教她喝咖啡的方法。如何加糖，加多少，如何加牛奶，加多少，如何攪拌，攪拌之後，湯匙不能放在咖啡杯裡，要放在碟上。

「妳和他去看過電影了？」

「嗯，看過了。」

「看幾次？」

「一次。只有一次。」

「怎麼搞的，只一次？」

「我不知道怎麼再約他。」

「不是約過一次了，照約就好了。」

「可是⋯⋯」

「你們看了什麼電影？」

「宮本武藏。」

「不是有三集？」

「第三集還沒有演，我們以前各自看了第一集，所以這一次，只看第二集。」

「我很喜歡阿通那個角色。」

「妳也看過？日本片？」

「日本已經輸了，我不全面反日。我喜歡那種彩色。我也很喜歡阿通。她很柔，卻不容易屈服。」

「那一次，我很緊張，好像什麼都沒有看到。」

「妳不是說，有看過第一集嗎？」

「……」

「如果妳是阿通，他是宮本武藏……不行，宮本武藏只知道修道學藝。」

「宮本武藏並不是一個懂感情的男人？」

「他有沒有拉妳的手？」

「沒有。」

「怪不得。妳喜歡他嗎？」

「不討厭他。」

「妳膽子小，他也膽子小。沒有火花。」

「什麼？」

「沒有熱度，撞不出火花。」

「我們是鄰居，」

「你們的關係有一點像阿通他們，是青梅竹馬？」

「不是。小時候有講過話，大了，就不講話了。小鎮上，就是這樣。」

「妳對他有什麼印象？」

「現在？小時候？」

「都可以……」

「小時候，就是戰爭末期，物資缺乏。我們家本來有做肉脯，因為戰爭，豬肉配給，我們改做蜜餞，做冬瓜糖柚和桔餅。他去撿，也可以說去收柚子皮，來換柚子糖，他還分給我。」

「妳是說，妳家做的柚子糖，他還給妳？」

「我們家人都不吃。」

「捨不得吃？」

「嗯。」

「妳印象很深，現在還記得？」

「嗯。那時候，我們還一起玩過。」

「他是一個膽子小的人。膽子小的人，不能做大事，大好事和大壞事。妳會喜歡這種人？」

「我不知道。」

「我有一個朋友，女的朋友，在師範學院碰到他……」

「現在已改為師範大學了。」

「對，對。已改成師範大學了。我有一個朋友，女性朋友，裝作學生，等他下課，和他一起上車，因為下課時間，人多車擠，我的朋友擠到他身邊，先是擠他一下，他沒有反應，再拉他的手，他……」

「他有什麼反應？」

「沒有反應，讓她拉他的手。」

「一直到下車？」

「她再進一步，用身體擠他……」

「呃。」

「他依然沒有反應。他就是這樣一個人。宮本武藏不懂女人，他也好像不懂女人。我那個朋友，是個標準的女人喔。」

戴小虹是什麼人？林里美想起，童朝民發生事故那天，很多辦案人員去分行辦案，那個帶隊的，還對她客客氣氣的問候。她是什麼人？可以叫人做那種事。還有，她想調總行，很快就調了。她到底是什麼人？

「里美，妳在想什麼？湯來了，喝湯呀，要小心，不要燙到。」

「小虹姐，我，我有一點怕。」

「有什麼好怕的？不喜歡就不再想他，喜歡，就積極一點，向阿通學習。像阿通那麼積極，還不一定成功呢。」

香腸來了，有五種，也就是說有五根，不同的顏色，不同的粗度，不同的長度。

「吃東西的方法，很重要的一點，就是如何用刀叉。歐洲人，右手拿刀，左手拿叉子，一邊切，一邊吃。美國人，右手拿刀，先切好，再用右手拿叉子。妳看，就是這樣。」

戴小虹，左手拿叉子叉住一根香腸，比較粗的一根，切了三分之一，繼續用左手叉起來吃。

「我喜歡歐洲的方式，又方便，又雅觀。這是佐醬，我喜歡抹一點芥末。還有醬菜，也是德國餐的特色。」

林里美學著戴小虹，想用叉子叉住和戴小虹選的同一根香腸，叉子沒有叉好，鏗了一聲，叉到碟子。林里美臉紅了。

「沒有關係。在這裡，又不能用筷子。吃西餐，要先學好拿刀叉。」

吃過了主菜，來了咖啡。

「里美，妳知道嗎？全世界的咖啡，只有一種，原產是非洲的衣索比亞。由那裡傳到全世界，因為各地的氣溫、土壤，還有烘焙的方法不同，變成幾百種咖啡。咖啡有兩個主要系列，苦和酸。我喜歡酸的，妳呢？」

「我不知道。」

「沒有關係，慢慢會知道。」

戴小虹教她加糖，加奶油，她自己是喝什麼都不加的黑咖啡。

「里美，妳有想到總行來嗎？到了總行，妳才知道銀行不是有不同的。在分行，午餐最多只一個小時，在總行，可以有兩個小時。」

「謝謝小虹姊。」

「妳要學阿通，選定對象，不要退縮。」

「我知道，謝謝小虹姊。」

星空下

石世文坐在公會堂河邊的石椅條上，下面，往舊鎮的人叫港坪的斜坡下去是大水河的河面。水面上來，一公尺多的地方有一條沿河的通路，戰爭末期，黃昏時分，他看過有幾個朝鮮婆子在那裡散步，有時還小聲唱歌。

過年已經過了，風是冷的，風吹動著河水。遠處，是台北的夜景，燈光明滅，也可以看到總統府的高塔，在戰時，美軍飛機來空襲，那時的總督府也中彈燃燒起來。

天上，沒有月亮，只有星光明滅閃爍。他想到梵谷的一幅叫「星空下」的畫，比現在的夜景閃亮多，也熱鬧多了。

他也想到阿子，林里美。

三天前的夜晚，和現在類似的情況，他感覺有人接近的腳步聲。後面有公會堂的側門，後街的人從那裡出入，常常有人經過。但是，那個人影一直走向他，停在他的側面。那是阿子，林里美。

港坪上，有三條石椅條，成一直線，和大水河平行。石世文是坐在中間，林里美坐在他左邊的石椅條上，默默的看著河面。大概經過五分鐘，她站起來，坐到石世文這邊的石椅條上。兩人之間，大概有十多公分的距離。

「謝謝妳請我看電影。」

又過了十幾分，風是冷的，他感覺，峰在吹動著她的頭髮。她穿著長褲，上身穿著短外套。

「我要回去了。」

林里美站起來，慢慢走開。

隔天，他去泰岳鄉找阿姨。

「世文，你來了，有什麼事想到阿姨了？又要來偷看阿姨洗澡？」

「阿姨，不要再挖苦我好嗎？」

「那你有什麼事？一定有事才會想到阿姨。」

「阿姨，妳還記得我家隔壁的肉脯店？」

「當然記得。他們的肉脯很好吃，不過我討厭他們一家人。」

「他們姊妹，有一個叫阿子，林里美，在銀行工作的那個女孩子，阿姨記得嗎？」

「我記得，不過，那個時候她還小，皮膚白白的，下巴戽斗的那個？不對，她們姊妹，都戽斗。暗地，我們叫她們花王姊妹。她怎麼了？你看上她了？」

「我喜歡她。」

「可是，他們一家人……」

「這就是我的困擾。」

「我看，你的困擾，不只這樣吧。你想知道，她為什麼會坐到你的身邊。是公會堂，不是巴士上吧。」

「阿姨的意思……」

「你膽子不夠大，不敢向她表示，對不對？」

「阿姨，我怎麼辦？」

「很簡單，拉她的手。你敢嗎？」

「阿姨，我敢。」

石世文提高一點聲音。

「好，很好。現在，我就是阿子，你向我表示你如何敢。」

「阿姨。」

石世文忽然走近阿姨，用力抱住她。

「好了，好了。世文，好了。」

「阿姨。」

「你從來沒有這樣子抱過我，你看，我快喘不過氣來了。」

「阿姨，我做到了。」

「真的，你真的向前跨了一步了。那阿姨就等你的消息了。」

離開阿姨之後，石世文一直想著，再碰到林里美的時候，要怎麼辦？真的要像抱阿姨那樣抱她嗎？

冷風吹過來。他看著河面的水，隨著漣漪，不斷的閃著微弱的光，他的耳朵向著側門那邊，林里美會來嗎？

林里美來了，不是從側門那邊，是側門，是從她家的後門出來，石世文家也一樣。她是從家正門出來的，經過市場，再從公會堂的大門那邊走過來。石世文家是在街區的中央，後街的人會有人把他家當通道，阿子的家總是門禁森嚴，是很少開後門的。

「里美嗎？」

「嗯。」

林里美坐到他身邊，和上次一樣，兩人離開十幾公分。

「很冷嗎？」

「一點。」

林里美吸了鼻子一下，她的手放在膝蓋上。

「很漂亮。」

「什麼很漂亮？」

「夜景很漂亮，像一幅畫。」

「真的很漂亮，真的像一幅畫。」

石世文說，慢慢伸手，放在林里美的手背上。她的手是冷的。她抖了一下。

林里美沒有說話，慢慢把手掌翻上來，在他的手掌中。他輕輕的握住她的手，她也輕輕的回握。

「有人看到我到這裡來。這樣下去，消息很快就會傳到母親、哥哥、姊姊他們那裡。」

「那要怎麼辦？我們可以在台北見面。」

「在台北見面，或許慢一點，我想早晚消息會傳到他們那裡。」

「那我們不能見面了？」

「你知道，我兩個姊姊都沒有結婚。你住在隔壁，可能已知道原因。我大姊，是人家做媒的，大姊有中意，忽然家裡大亂，那時父親還在，父親說他們家境不好，不能相配，二哥說，那個男人行為不檢點。後來，聽鄰居說，不是你家說的，說我們家人，表面上是想留大姊幫忙家業，實際上是怕賠嫁妝。我們二姊的情形，差不多。父親已過世，形式上開家庭會議，不過反對的人加上大姊。我有一個三姊，夭折了。我的情形，很容易想到，[illegible]姊也會加入戰爭，她們都沒有結婚，反對我的心境，是很容易了解的。」

「妳的意思，我們應該分手嗎？」

石世文說，把手握的很緊。

「我想，我想了很久，我們應該有個默契。」

林里美，也緊握他的手，人也更靠近他，身體已接觸了。

「什麼默契？」

「我想了很久，也許是一個很不好的做法。」

「妳說，什麼做法？」

「我想了很久，已有兩個晚上沒有睡好了。」

「什麼做法？」

「我要對母親說，我可能已經懷孕了。」

「什麼？我們什麼都沒有做。」

「我們什麼都沒有做，這是事實。如果我對他們說，我可能懷孕了，他們就沒有辦法反對了。他們可能沒有辦法接受，他們會鬧，會大鬧，卻沒有辦法反對了。」

林里美說，把握住石世文的手的手放鬆一下。

「阿子，里美。」

國家圖書館出版品預行編目資料

紅磚港坪：鄭清文短篇連作小說集. 2 / 鄭清文著. -- 初版. --
臺北市：麥田出版：家庭傳媒城邦分公司發行, 2018.12
面； 公分. --（鄭清文短篇小說全集；10）

ISBN 978-986-344-606-4（平裝）

857.63 107018954

鄭清文短篇小說全集 10

紅磚港坪——鄭清文短篇連作小說集(2)（戰後・戒嚴篇）

作　　者　鄭清文
原稿提供　鄭谷苑　丁士欣
責任編輯　林秀梅
校　　對　鄭谷苑　丁士欣　許素蘭　林秀梅　吳淑芳

版　　權　吳玲緯　蔡傳宜
行　　銷　艾青荷　蘇莞婷
業　　務　李再星　陳玫潾　陳美燕　馮逸華
副總編輯　林秀梅
編輯總監　劉麗真
總 經 理　陳逸瑛
發 行 人　涂玉雲

出　　版　麥田出版
104台北市民生東路二段141號5樓
電話：(886)2-2500-7696　傳真：(886)2-2500-1967
發　　行　英屬蓋曼群島商家庭傳媒股份有限公司城邦分公司
104台北市民生東路二段141號11樓
書虫客服服務專線：(886)2-2500-7718、2500-7719
24小時傳真服務：(886)2-2500-1990、2500-1991
服務時間：週一至週五09:30-12:00・13:30-17:00
郵撥帳號：19863813　戶名：書虫股份有限公司
讀者服務信箱E-mail：service@readingclub.com.tw
麥田部落格：http://ryefield.pixnet.net/blog
麥田出版Facebook：https://www.facebook.com/RyeField.Cite/

香港發行所　城邦（香港）出版集團有限公司
香港灣仔駱克道193號東超商業中心1樓
電話：(852) 2508-6231　傳真：(852) 2578-9337
E-mail：hkcite@biznetvigator.com

馬新發行所　城邦（馬新）出版集團【Cite(M) Sdn. Bhd. (458372U)】
41, Jalan Radin Anum, Bandar Baru Sri Petaling,
57000 Kuala Lumpur, Malaysia.
電話：(603)9057-8822
傳真：(603)9057-6622
E-mail：cite@cite.com.my

書封設計　黃暐鵬
電腦排版　宸遠彩藝有限公司
印　　刷　前進彩藝有限公司

初版一刷　2018年12月04月

定價／580元
ISBN：978-986-344-606-4
城邦讀書花園
www.cite.com.tw